KB209350

ROY JACOBSEN

HVITT HAV

A NOVEL

하얀 바다

로이 야콥센 지음
손화수 옮김

잔

차례

1장

1

물고기들이 먼저 왔다. 인간은 바다에 손님으로 찾아온 하나의 끈질긴 생명체일 뿐이다. 십장이 찾아와 예상치 못했던 대구 떼가 해안에 몰려왔다며, 여자들 중에 생선 손질을 할 수 있는 이가 있냐고 물었다. 잉그리드는 청어를 절여 넣은 나무통 위에 앉아 하늘에서 춤추듯 내리는 눈송이들이 거뭇거뭇한 나뭇가지 사이로 자취를 감추는 부두 쪽을 바라보다가 앞치마에 손을 닦고, 그를 따라 염장실로 들어가 생선 손질을 하는 한 사내의 옆에 섰다. 그가 도마 위의 작은 도끼를 연상시키는 칼을 턱으로 가리켰다.

그녀는 양동이 속에서 거의 1미터가 족히 넘는 큼직한 대구를 꺼내 도마 위에 올려놓고, 머리통을 잘라 낸 뒤, 배에서 꼬리까지 칼집을 넣어 잔가시와 등뼈를 발라낸 후 꼬리뼈를 잘라 냈다. 그리고 생선을 오른쪽으로 돌려 마치 녹슨 지퍼를 열어젖히듯 다시 남은 등뼈를 발라내 왼손으로 집어 들었다. 피가 흥건한 도마 위에 하얀 날개처럼 펼쳐진 생선은 이제 물에 씻겨 소금에 절여진 뒤, 차곡차곡 쌓여 잘 말려졌다가 다시 씻겨 시장에 내놓아질 것이고, 이러한 생선 손질법이 최초로 소개되었던 8백여 년 전부터 지금까지 이 앙상한 해안 마을의 주민들을 먹여 살려왔듯 상아색

백금과 맞먹는 가치로 팔려 나갈 것이다.

"등 쪽으로 돌려 봐."

잉그리드는 엄지와 검지 사이에 생긴 상처를 숨기기 위해 생선 뼈를 오른손으로 옮겨 쥐었다.

"완벽하군."

그는 잉그리드가 계속 그곳에서 일을 할 수 있다면 좋겠지만 가을이라는 계절은 워낙 변덕스러워 일감을 예상할 수 없다며 말을 얼버무렸다.

"장갑을 껴."

잉그리드가 손가락에서 떨어진 핏방울이 생선 살에 스며드는 것을 발견한 순간, 그가 등을 돌려 고무장화 소리를 저벅저벅 내며 사무실로 걸어갔다.

잉그리드는 그곳을 떠나 다시 바뢰이섬으로 돌아가고 싶었다. 하지만 섬에서 홀로 사는 것은 불가능하다. 게다가 올해 가을부터 그 섬에서는 사람은 물론 동물 한 마리도 찾아볼 수 없었다. 바뢰이섬은 텅 비어 황량하기에 그지없는 곳으로 변했다. 지난 10월 이후로는 그녀의 눈에 띄지도 않았다. 그렇다고 그녀는 이 본섬에서 계속 머무를 수도 없었다.

잉그리드는 염장꾼 두 명과 가능한 한 마주치지 않으려 애쓰며 매일 열 시간씩 생선 손질을 했고, 일주일이 지난 무렵에는 잠을 이루지 못했다. 넬리와 함께 사용하던 싸늘한 다락에는 전쟁을 피해 내륙 지방에서 피신해 온 두 명의 소녀도 함께 머물렀다. 그들은 밤에 잠자리에 든 후에는 울지 않는 척 애를 썼고, 아침이 되면 청어를 손질해서 나무통에 넣어 소금에 절이고 커피 대용품(Kaffeer-statning, 커피콩을 쓰지 않고 밀이나 민들레 뿌리, 고구마 등을 볶아서 만든 카페인이 없는 커피 대체 음료— 옮긴이)을 마신 후 다시 청어를 염장하고 잠에 들었다. 세수는 이틀에 한 번씩 저녁 무렵 차가운 물로 했으며, 머리는 일주일에 한 번씩 청어 비늘처럼 반짝이는 밤하늘의 별빛 아래에서 역시 검붉게 녹슨 차가운 물로 감았고, 잉그리드는 성인 남자처럼 대구를 손질했다.

2주 차 중반 무렵 염장꾼 한 명이 소리 없이 자취를 감추었고, 넬리가 그를 대신해 잉그리드와 함께 일하기 시작했다. 다음 날은 몰아치는 폭풍을 피해 섬의 피난처를 찾는 배들이 몰려들었다. 그다음 날에는 배들이 들어오지 않았다. 사흘째 되는 날 아침, 마침내 배 한 척이 눈을 뚫고 들어왔지만 배 안에는 멸치 한 마리도 없었다.

배가 들어오기를 기다리는 사람들은 많았다. 다시 한번 살아남아 성한 몸으로 집에 돌아오는 사람들을 맞이하기 위해 마을 전체가 목 빠지게 기다렸다 해도 과언이 아니었다. 폭풍은 다시 찾아왔고 해변에 정착한 배들과 미처 처치하지 못했거나 사용할 수 없는 포획물들이 비료로 사용되었다. 이 모든 것은 이 세상이 아닌 다른 세상의 가격에 의존할 수밖에 없었다. 난파선들은 교수형에 처해졌고 그해 가을의 이상한 모험은 그렇게 끝이 났다.

잉그리드와 넬리는 소금에 절인 생선을 차곡차곡 쌓아 나란히 늘어놓고, 그중에서 상태가 좋지 않은 것을 골라냈다. 동시에 이전 적재분의 가장 밑에 있던 생선을 다음 적재분의 제일 위에 올려놓는 것도 잊지 않았다. 청어잡이 시즌이 끝나자 아르바이트를 하던 낯선 소녀들은 쥐꼬리만 한 급여를 받고 해고되었다. 그들은 서로의 얼굴에 묻은 생선 비늘을 털어주고 찬물로 서로의 머리를 감겨준 후 머리를 빗겨주고 머리띠가 제대로 자리를 잡았는지 확인한 후 처음 보는 낯선 옷을 입고 얼굴에 미소를 띤 채 증기선을 타고 그곳을 떠났다.

같은 증기선을 통해 잉그리드에게 편지 한 장이 배달되었다. 병원에 있는 바브로 고모가 보낸 편지는 간호사가 대필한 것이었다. 의사의 필체라 해도 좋을 만큼 갈겨쓴 글씨였지만 잉그리드가 읽어 내기에는 문제가 없었다. 단지 그 의미를 이해할 수 없었을 뿐. 고모가 북쪽 지방으로 오지 못했던 것은 대퇴골 골절 때문이 아니라 마땅한 교통수단이 없기 때문이라 했던가……. 하지만 성탄절 전에는 무슨 일이 있어도 꼭 오겠다고 두 번이나 적혀 있었다. 이제 바브로는 쉰아홉 살, 잉그리드는 서른다섯 살이었다. 그날 저녁 일찍 잠자리에 든 잉그리드는 꿈도 꾸지 않고 푹 잤다.

다음 날 아침 일찍 잠에서 깬 잉그리드는 침대에 누워 머리 위에서 들려오는 넬리의 숨소리와 함께, 슬레이트 지붕에 부딪히는 바람 소리와 부두 기둥 사이에서 격노하듯 요동치는 바닷물 소리에 귀를 기울였다. 넬리는 사람답게 잠을 잤다. 그곳에서 정상적인 것은 잠을 자는 넬리의 숨소리뿐이었다. 날이 갈수록 견디기가 더욱 힘들어졌다.

잉그리드는 자리에서 일어나 양동이에 물을 떠서 세수를 하고 짐을 쌌다. 아침 식사도 거르고 커피도 마시지 않은 채 악취 나는 작업복을 입고 통조림 공장 뒤쪽으로 내려갔다. 독일군들이 쓰레기를 태우는 곳에 이른 그녀는 쓰레기통을 비우고 피어오르는 불꽃을 응시했다. 곧 사람들이 하나둘 부둣가에 모습을 드러냈다. 하늘에서는 가벼운 눈송이가 내렸다.

그녀는 다시 위쪽으로 올라가 커피 대용품을 끓여 컵을 채운 후 넬리의 침대 머리맡 옆 의자 위에 내려놓았다. 잠을 자는 넬리의 모습은 행복한 죽음을 맞이한 사람처럼 보였다. 부두벽에 어른거리는 그림자를 통해 통조림 공장 사장이 출근했다는 것을 알 수 있었다. 어둠 속에서 날이 밝기 시작했다. 그녀는 자리에서 일어나 미리 싸 둔 짐을 들고 내려가 사장에게 밀린 급여를 달라고 요구했다.

낡은 연필을 내려놓는 그는 짐짓 놀란 표정을 지었다. 그녀가 미리 선수를 쳤기 때문일까. 그는 바로 그날 저녁 생선을 실은 배가 들어오기 때문에 그녀의 요구를 당장 들어줄 수 없다고 말했다. 그는 그녀가 그곳에서 매우 필요한 인력임과 동시에 불필요한 인력이고, 지금 당장 일을 그만둔다는 것은 임금 노동자가 할 수 있는 매우 특별한 경우에 해당하며 심지어는 복잡한 사기 행위라고 말했다. 잉그리드는 하늘을 지붕과 벽으로 삼아 사는 섬 출신이었다. 그녀는 아랑곳하지 않고 당장 밀린 급여를 받아야겠다고 말하며, 서랍을 열었다 닫았다 하는 그의 모습과 바닥으로 우수수 떨어져 내리는 갖가지 서류들을 인내심을 가지고 지켜보았다. 그는 마치 월급날에 급여를 요구하는 것이 매우 모욕적인 일이고, 월급날은 노예가 아니라 사장을 불쌍히 여기는 날이란 듯이 근무시간 기록표 위에 미심쩍은 한숨을 내뱉으며 마지못한 듯 꼬깃꼬깃 접힌 지폐들을 천천히 세었다.

잉그리드는 얼음으로 뒤덮인 오르막길을 올라 마르고트가 문을 열기를 기다리며 상점 앞에서 기다렸다. 그녀는 현금과 식량 배급표를 이용해 커피와 마가린 등 필요한 물건들을 구입한 후, 마르고트에게서 빌린 손수레에 물건을 싣고 가을 내내 주인 없는 나룻배가 널브러져 있는 선착장으로 내려갔다.

그녀는 나룻배 위에 쌓인 눈을 퍼내고 방금 구입한 물건들과 옷가지를 넣은 여행 가방을 올린 후, 다시 오르막길을 올라 염장실 뒤에서 바람을 피해 담배를 피우고 있던 독일군 두 명을 지나쳤다. 보아하니 그들은 그곳에 꽤 오랫동안 서서 그녀를 지켜보고 있었던 것 같았다.

그녀는 계단을 내려가 나룻배에 오른 후 계류 밧줄을 풀고 노 옆에 자리를 잡고 앉았다. 독일군 중 한 명이 선착장으로 나와 한겨울의 빨간 눈동자 같은 담배를 든 손을 허공에 마구 휘저으며 그녀를 향해 소리를 쳤다. 그녀는 노에 몸을 기댄 채 영문을 모르겠다는 표정을 지었다. 그는 다시 무슨 말인가를 외쳤지만 점점 세차게 휘날리는 눈바람 때문에 그녀는 알아들을 수가 없었다. 나룻배는 미끄러지듯 움직였고 군인은 시야에서 사라졌다.

잉그리드는 연이은 암초와 나룻배 사이에 노 한 개의 길이만큼 일정한 간격을 두고 길게 쭉 뻗은 그로홀멘을 향해 나아갔다. 암초들을 지나자 보이는 것이라고는 무겁고 잔잔한 망망대해뿐이었다.

마지막 암초를 기점으로 그녀는 뱃머리를 돌려 나룻배가 만들어 내는 물결과 해안을 향하는 파도가 직각을 유지하도록 배의 위치를 잡고 오테르홀멘에 이르기까지 한 시간가량 노를 저었다. 그녀는 오테르홀멘을 우현에 두기를 바랐으나 막상 도착하고 보니 섬은 좌현에 자리 잡고 있었다. 다시 뱃머리를 돌려 꿈틀거리는 항적과 파도의 각도를 이전처럼 유지하며 오테르홀멘을 뒤로 하고 약 30분을 더 나아가 바뢰이에 도착했다.

그녀는 짐을 뭍에 올리고 정고(艇庫, 배를 넣어 두는 창고—옮긴이)의 문을 연 후 어릴 적 아버지가 설치해 둔 크레인을 사용해 나룻배를 끌어올렸다. 허리를 펴고 주위를 둘러보니 회색빛 섬의 구부정한 등성이에 자리한 집들이 눈에 들어왔다. 날씨가 좋을 때면 150~200킬로미터 앞까지 볼 수 있으나, 지금은 얇은 우윳빛 구름 아래 작고 네모난 상자처럼 보이는 거뭇거뭇한 건물들밖에 볼수 없었다. 빛이 내리쬐지 않는 눈 위에는 생명체의 흔적이라곤 하나도 보이지 않았다.

그녀는 어깨에 지게를 지고 짐을 얹은 후 발을 내디뎠다. 거뭇거뭇한 상자들은 하나둘 모양을 갖추어 집으로 변했고, 주변의 나무들은 얼어붙은 손가락처럼 건물을 에워싸고 있었다. 그녀는 집 안으로 들어가 방과 방을 돌아본 후 램프에 불을 밝히고, 부엌과 거실에 불을 지폈다. 그녀는 그곳에 머무를 수 없었다. 다시 밖으로 나가 정고에 간 그녀는 다시 한번 문이 잘 닫혀 있는지 확인하고 나무 벤치를 처마 밑으로 옮겨 놓았다. 조약돌로 쌓아 올린 방파제와 나무 울타리 그리고 저 멀리 오테르홀멘이 시야에 들어왔다 사라지기를 반복했다. 배 한 척, 새 한 마리 눈에 띄지 않았다. 그녀는 몸을 돌려 뒤쪽에 자리한 집들을 바라보았다. 그 하나는 한 쌍의 노란 눈동자를 지니고 있었다. 다시 집을 향해 걸었다. 이제 눈 위의 발자취는 적어도 세 개로 늘어났다.

2

부엌에 온기가 돌기 시작했다. 잉그리드는 외투를 반쯤 벗어 내려 걸친 후 커피 원두를 빻고 주전자에 물을 부었다. 가져온 식료품을 음식 저장고에 넣어 정리하고 땔감을 가져오니 어느새 물이 끓고 있었다. 그녀는 외투를 모두 벗어 던지고 격자무늬 창 옆의 의자에 앉아 커피를 마시며 서쪽에 자리한 몰트홀멘, 스코그스홀멘, 룬데셰레네 그리고 앞날을 기약할 수 없는 그날의 심연 속에 깊숙하게 자리한 나른한 해안들을 향해 비스듬히 눈길을 던졌다. 그녀는 여전히 아무것도 먹지 않은 상태였다. 어디서부터 일을 시작해야 할까. 난로 밑 또는 탁자 위? 아니, 거실의 식료품 저장실로 향하는 모퉁이?

그녀는 자리에서 일어나 광주리를 꺼내고 신문을 갈기갈기 찢어 동그랗게 뭉친 후 바닥에 차곡차곡 쌓았다. 금세 무너져 내린 신문지 뭉치를 그녀는 다시 쌓아 올렸다. 과거 사람과 동물과 등대, 비바람과 폭풍 그리고 결연한 의지, 일과 직업, 여름과 겨울과 부유함으로 채워졌던 하나의 어엿한 사회로서의 바뢰이는 이제 자잘한 나뭇가지 위에 지탱된 채 땔감으로 전락했다. 문득 이전에는 미처 아무도 떠올리지 못했던 생각이 그녀의 머릿속을 스쳤다.

섬에 자리한 집 한 채를 태우는 것. 바뢰이의 동쪽에는 폐허 몇 채가 자리하고 있지만 화재로 인한 것은 아니었다. 갑자기 모든 것이 확실해졌다. 그들은 화재나 재앙 때문이 아니라 스스로 원했기에 카르비카를 떠난 것이었다. 그들은 단지 그곳에 사는 것이 싫어졌기에 어느 날 아침 거울을 보고 짐을 싼 후 홀연히 떠났던 것은 아닐까. 그것은 참을 수 없는 생각이었다.

그녀는 램프를 들고 북쪽 방과 남쪽 방을 차례차례 돌아보았다. 동쪽에 자리한 바브로의 침실과 바퀴 달린 서랍 침대와 화분, 침대 옆 탁자와 학교에서 그렸던 낡은 그림들이 자리한 자신의 침실도 들러보았다. 작년 9월 감자를 캐기 위해 집에 들렀을 때 이후로 한 번도 들여다본 적이 없는 방이었다. 문득 집이 예전보다 훨씬 작아졌다는 느낌이 스쳤다. 방문도 낮아졌고, 유리창도 훨씬 비좁아진 것 같았다. 이전에는 사방 벽에 사람들의 체취가 페인트 냄새처럼 배어 있었지만, 지금은 묵직하고 젖은 흙냄새만 날 뿐이었다. 그녀는 하얀 서리가 긴 유리창에 손가락을 대어 본 후 부모님이 사용하던 침대 위에 앉았다. 어머니는 바로 그 침대에서 세상을 떠났다.

라스에게 바뢰이를 물려줄 거야.

그것은 어머니의 유언이었다.

너는 이곳을 떠나렴. 너는 젊고 현명하니까. 바다에서 등을 돌리고 살아야 해. 나의 전철을 밟지 않았으면 좋겠어…….

잉그리드는 어머니의 마지막 말을 거부했다.

넌 험난한 섬 생활을 하기엔 약한 사람이야.

잉그리드는 죽어가는 어머니에게 그렇지 않다고 대들었다.

라스는 그다음 해 봄이 되어도 로포텐에서 돌아오지 않았다. 그의 편지에는 로포텐에서 삶을 함께할 사람을 만났다고 적혀 있었다. 그는 그곳에서 배를 타거나 정비를 하며 생계를 이어갔다. 해는 거듭 흘렀고 그는 전쟁 중에도 로포텐에 머물렀다. 아침에 해가 뜰 때마다, 폭풍이 잠잠해질 때마다, 가축을 도살할 때마다, 오리털로 꽉 채운 포대를 하나도 팔지 못할 때마다 잉그리드와 바브로의 외로움은 점점 깊어졌다. 젊은 여인과 중년의 여인은 정갈하게 줄을 맞추어 쓴 라스의 편지를 기다리며 외로운 섬 생활을 했다. 해가 거듭 바뀐 후 어느 날, 낙서처럼 보이는 녹색 글자로 가득한 편지가 그들에게 도착했다. 라스의 세 살배기 아들 한스가 보낸 편지였다. 그 3년이라는 세월은 잉그리드의 삶에서 가장 긴 3년이었다. 전쟁이 4년째로 접어들었던 해, 한스에게는 동생 마틴이 생겼다. 그와 동시에 그들에게는 꼬불꼬불 낙서 같은 새로운 편지가 날아오기 시작했다. 하지만 아이들의 고모인 잉그리드와 할머니 바브로는 단 한 번도 답장을 보내지 않았다. 그중 한 명은 답장을 보내기에는 너무나 자존심이 강한 사람이었고, 다른 한 명은 글자를 읽고 쓸 줄 몰랐기 때문이었다.

북쪽 방에 들어간 잉그리드는 그곳에서 자기로 결심했다. 바닥의 해치를 열어 놓으면 아래층 부엌에서 올라오는 온기를 느낄 수 있기 때문이었다. 그녀는 몸을 일으켜 이불을 툭툭 털고 침대를 정리한 후 아래층으로 내려가 미지근한 커피를 마시며 바브로가 보낸 편지를 다시 읽고 그것을 꾸깃꾸깃 뭉쳐 바닥에 쌓아둔 신문지 뭉치 위로 던졌다.

하지만 그녀는 불을 붙이지 않았다.

난로에 땔감을 넣기 위해 거실로 간 그녀는 할아버지의 침실 문이 조금 열려 있는 것을 발견했다. 손잡이를 돌려 문을 닫으려는 순간, 조금 전 이미 그 문을 닫았다는 기억이 났다. 집 안에 들어온 사람도 없는데 어떻게 문이 다시 열린 걸까.

희미한 소리가 귓전을 스쳤다. 그것은 저 멀리 세상의 뱃속에서 들려오는 끈질긴 천둥소리 같았다. 그녀는 살금살금 뒷걸음질로 부엌에 들어가 숨을 죽인 채 한참 서 있다가 다시 침실로 돌아가 방문을 홱 열어젖혔다. 동시에 왜 진작 방문을 열어보지 않았을까 하는 생각에 치밀어 오르는 화를 참을 수 없었다. 그녀가 부엌에 서 있는 동안 이미 낯선 침입자는 어디론가 몸을 숨겼을지도 모르는 일이었으니까.

하지만 그곳에는 아무런 냄새도 나지 않았다. 발을 질질 끄는 소리도 들리지 않았고, 중얼거리는 말소리는커녕 고양이의 사뿐사뿐한 발소리도 들을 수 없었다. 오직 집 안팎을 막론하고 쉴 새 없이 윙윙거리는 희미한 바람 소리뿐이었다. 그녀는 거실 벽에 걸려 있던 램프를 내려 손에 들고 침실 안으로 들어가 여기저기 망치로 쿵쿵 내려쳤다. 아무도 없다는 것을 스스로에게 확인시켜 주기 위한 행위였다. 침대 위와 침대 밑, 귀퉁이에 자리한 벽장과 궤짝의 뚜껑도 열어 샅샅이 살펴본 그녀는 궤짝 뚜껑 위에 털썩 주저앉아, 귓전에 세차게 몰아치는 서늘한 정적 때문에 가슴 속에서 북받쳐 오르는 비명을 터뜨릴 수밖에 없었다.

　정적이 뒤를 이었다.

　그녀는 주섬주섬 외투를 걸치고 밖으로 나가 하늘에서 떨어져 내리는 눈송이 사이에 서서 집과 외양간, 해안의 부두와 정고를 응시했다. 갑자기 그녀를 이 섬에 붙들어 두었던 그 모든 것들이 엄밀히 따지자면 아무것도 아니었다는 생각에 놀라지 않을 수 없었다. 얼마 있으면 눈은 비로 바뀔 것이고, 섬은 진드기처럼 갈색으로 변할 것이며, 바람이 불지 않는다면 바다는 잿빛으로 변할 것이다.

　마당을 가로질러 남쪽으로 발길을 옮기던 그녀는 마치 어렸을 때 그랬던 것처럼 문을 피해 울타리를 뛰어넘었다. 하지만 그녀는 이제 어린아이가 아니었다. 남쪽 끝 막다른 공간에 이른 그녀는 제자리에 가만히 서서 등대의 잔해를 응시했다. 전쟁이 발발했을 때 그녀와 바브로는 아버지의 다이너마이트를 사용해 등대를 폭파시켰다. 날카롭고 선명한 유리 조각들, 녹슬고 비틀어진 쇠기둥을 검은 머리카락처럼 감싼 미역과 해초들, 불에 탄 장미꽃을 닮은 파라핀 통. 그녀는 언젠가 마을 사람들이 뗏목에서 떼어 내어, 파도에 떠내려가지 않도록 볼트와 닻, 밧줄로 단단히 고정해 놓았던 통나무 위에 앉았다. 먼 훗날 꽤 큰 가치를 지니리라 기대했던 그 거대한 백골 같은 통나무는 지난 30년 동안 사람들이 단 한 번도 앉지 않았던 벤치로 전락했다.

　그리고 이제 그녀는 더 이상 어린아이라 할 수 없었다.

　그녀는 몸에 한기가 잦아들 때까지 기다렸다가 서쪽의 암벽을 따라 섬의 북쪽으로 발을 옮겼다. 살아 있는 것의 흔적이라곤 하나도 보이지 않았고 귀에 들리는 것은 바다의 황량한 통곡뿐이었다. 암벽 밑에 자리한 새 선착장과 세 개의 교각 옆에는 적어도 필요 없는 건물이 하나 있었다. 들쑥날쑥한 생각에 사로잡혀 있던 잉그리드는, 만약 그날 아침 넬리를 깨워 그녀의 목소리와 미소를 접했더라면 자신은 지금도 여전히 통조림 공장에서 죽은 대구의 등뼈를 발라내고 있을 것이라고 확신했다.

잉그리드는 새 선착장 위에 서서 젖은 머리를 돌돌 말아 올렸다가 다시 어깨 위로 늘어뜨리기를 반복하며, 왜 배가 고프지 않은지 의아해했다. 문득 울스웨터의 소매에 구멍이 난 것을 발견했지만, 언제 무슨 이유로 그 구멍이 생겼는지 기억해 낼 수 없었다. 벤치 위의 길쭉한 사각형 상자 속에는 서로 다른 굵기의 실패들이 가지런히 놓여 있었다. 그중에서 가장 큰 실패를 집어 들고 이리저리 살펴보던 그녀는 귀퉁이에 보이는 라스의 이빨 자국을 발견했다. 그녀의 손톱 밑에는 말라붙은 생선의 핏자국이 아직도 남아 있었다. 스웨터 소매의 구멍은 그날 아침 여행 가방을 들고 통조림 공장의 계단을 내려올 때 못에 걸려 생긴 것이었다. 작업대 위의 선반에는 갖가지 크기의 실뭉치와 함께 칼과 숫돌, 훅과 코르크…… 그리고 바늘, 바브로의 바늘이 있었다.

　잉그리드는 의자를 당겨 창문 아래 쇠고리 앞에 앉아 바늘에 실을 꿰고 둘둘 감기 시작했다. 약 한 시간 후, 그녀는 실뭉치 세 개를 만들어 냈다. 그녀의 손은 서늘한 공기 속에서 부드럽고 매끈했다. 배가 고파진 그녀는 저녁 어둠을 헤치며 집으로 향했다. 날씨는 예상했던 것과는 정반대였다. 축축하던 땅 위에는 숯처럼 바짝 마른 가볍고 부드러운 눈이 쌓여 있었고, 그녀는 이제 더 이상 두렵지 않았다.

3

배를 채우고 잠을 잔 후 눈을 뜬 후에도 여전히 두렵지 않았다. 그녀는 천천히 음식을 먹고 옷을 입은 후 창창한 11월의 빛 속으로 걸어 나가 나룻배를 꺼냈다. 바람은 방향을 바꾸어 남서쪽에서부터 강하게 불어왔다. 그녀는 집채만 한 파도 속에서 곶을 빙 돌아 남쪽 해협을 지나며, 배에서 내리지도 않은 채 라스가 해안에 박아 놓은 쇠막대기에 밧줄 한쪽 끝의 고리를 걸어 놓고, 몰트홀멘으로 향하는 좁은 해협을 향해 노를 저어 언젠가 그가 박아 놓은 쇠막대기에 연결된 크레인 앞에 도착했다. 그녀는 배 위에 서서 크레인의 고리에 밧줄을 끼워 넣고 다시 바뢰이를 향해 노를 저었다. 그 거리는 80~90길(fathom, 물의 깊이 측정 단위로, 1길은 약 1.8미터―옮긴이) 정도 될 것이라 짐작했으나 알고 보니 150길은 족히 되는 것 같았다. 밧줄은 턱도 없이 짧았다.

그녀는 울음을 터뜨렸다. 밧줄을 끌어당겨 그 끝에 부표를 달아매고 바다에 던진 후 파도를 타고 북쪽으로 노를 저어 새 선착장에 가서 여분의 밧줄을 더 가져왔다. 바다는 점점 더 거칠어졌다. 그녀는 몸을 숙여 뱃전에 몸을 지탱한 채 부표를 건져 올리고 밧줄을 연결해 연장시킨 후, 그 한쪽 끝을 잡고 바뢰이의 선박 계류장으로 노를 저었다. 젖은 두 뺨은 열기로 화끈거렸고, 짜증과 화가 머리끝까지 치밀어 올랐다. 하지만 이제 섬 사이 해협에 적어도 당김줄 하나는 걸어 두었으니, 얼음이 두껍게 얼기 전까지는 어떤 날씨에도 배에 앉아 그물 한두 개쯤은 충분히 당겨 올릴 수 있을 것이다.

그녀는 배가 파도를 타고 앞으로 나아갈 수 있도록 뱃머리를 북쪽으로 돌린 후 자리에 앉았다. 파도가 점점 거칠어질 것이라 생각했지만 예상과는 달리 바다는 잠잠했다. 그녀는 자리에서 일어나 생각에 잠겼다. 여전히 두렵지 않았다.

그녀는 집에 들어가 난로 옆 나무 벤치에 누워 잠에 빠졌고, 저녁이 되어서야 눈을 떴다. 온몸이 으슬으슬하고 뻐근했다. 몸을 일으켜 난로에 장작을 넣고 불을 지피며 음식을 만들던 그녀는, 그날 밤 어둠이 내린 후에 그물을 칠까 고민하다가 생각을 바꾸고 가져온 책 한 권을 펼쳤지만 글자는 눈에 들어오지 않았다.

그녀는 주섬주섬 옷을 입고 새 선착장으로 나가 그물 두 개를 가져왔다. 남쪽 바다가 보이는 섬의 뒤쪽으로 가서 마치 거미가 거미줄을 치듯 소리 없이 그물 하나를 어두운 물살 속으로 던졌다. 그물의 끝과 끝을 연결한 그녀는 나머지 그물도 바닷속으로 던졌다. 하나의 고리에 연결된 그물 두 개를 15길 정도 쭉 펼친 그녀는 그물의 가장자리를 잘 고정시킨 후 집으로 돌아왔다.

그녀는 북쪽 방에 자리한 부모님의 침대에서 벌거벗은 채 누워 오래도록 푹 잤다. 아침이 되어 눈을 뜬 그녀는 그물 하나를 걷어 올려 신선한 대구를 삶아 먹은 후, 다시 그물 하나를 더 던지기 위해 밖으로 나갔다. 그물 세 개, 아니 네 개 또는 다섯 개까지도 던질 수 있을 것 같았다. 그녀에게는 작년 겨울에 말려 두었던 생선이 있었고, 지하실에는 감자도 넉넉히 있었다. 잼, 밀가루, 커피, 시럽, 말린 콩, 버터와 설탕도 있었다. 이제는 여기에 더해 갓 잡은 싱싱한 생선도 있다. 부엌 바닥에 산더미처럼 쌓아 두었던 신문지 뭉치는 난로 밑 장작더미 위에 올려놓았다. 구름 사이로 날아가는 비행기 두 대가 보였다. 본섬 북쪽 요새에서 폭격 소리가 들려왔고, 구름 사이로 보이던 파란 하늘은 곧 자취를 감추었다.

다음 날 아침, 그녀는 대서양 대구와 북대서양 대구를 먹었다. 다시 갓 잡은 싱싱한 생선과 간을 먹은 후, 나머지는 소금에 절여 놓았다. 따뜻한 부엌에 앉아 주위를 둘러보던 그녀는 갑자기 무슨 생각을 했는지 벌떡 자리에서 일어나 축사를 지나 오리털 포대를 저장해 둔 헛간으로 향했다. 첫 번째 포대에는 '바뢰이. 1킬로그램. 1939년'이라고 적힌 쪽지가 붙어 있었다. 그녀는 포대를 열어 따뜻한 여름 속으로 손을 쑥 집어넣었다. 포대를 잘 묶고 두 번째 포대를 열었다. 거기에는 '1937년'이라고 적혀 있었다. 또 하나의 여름이었다. 그녀는 배를 타고 시내로 가서 고양이 한 마리를 사야겠다고 마음먹었다.

집으로 되돌아온 그녀는 물을 끓이고 손톱 밑이 벗겨질 정도로 온몸을 박박 문질러 씻었다. 머리를 감고 돌돌 말아 올린 후 다시 어깨 밑으로 늘어뜨리니, 뜨거운 물이 배와 엉덩이와 허벅지를 거쳐 다시 대야 속으로 흘러내렸다. 그녀는 옷을 입고 부엌 식탁 앞에 앉아 어제 펼쳤던 책을 다시 집어 들었다. 역시나 글자가 눈에 들어

오지 않았다. 하지만 이제 그녀는 넬리처럼 잠에 잘 들 수 있었다.

그녀는 누워서 고양이를 생각했다. 곧 바브로도 이곳에 올 것이다. 바브로에 대해 생각했다. 그리고 수잔을 떠올렸다.

수잔은 잉그리드에게 딸이나 마찬가지였다. 하지만 수잔은 열네 살이 되기도 전에 그녀를 남겨 두고 바뢰이섬을 떠났다. 스스로 원한 일이었다.

잉그리드는 자리에서 일어나 거실로 내려갔다. 아버지가 정신이 오락가락했을 때 구입했던 서랍장에서 편지를 꺼냈다. 수도에서 부잣집 식모로 일하다가 꽤 그럴듯한 이름의 규모 있는 전화 회사의 교환원으로 일을 하게 된 수잔이 보내온 정갈한 글자들이었다. 잉그리드는 천천히 소리 내 편지를 읽으며 박자를 맞추듯 몸을 흔들거리기도 하고, 고개를 끄덕이기도 했다가, 머리를 좌우로 절레절레 흔들었다. 잉그리드는 서랍장 속에 편지를 다시 넣으며 수잔이 가지고 있던 옷 중에서 가장 좋은 옷을 입고 상기된 표정으로 어쩔 줄 몰라 하며 섬을 떠나던 날을 떠올렸다. 건드리면 부서질 듯 연약했던 수잔은 몸만 떠난 것이 아니라 그들이 모아 놓았던 돈도 모두 가져갔다. 절대 아름다운 광경이라곤 할 수 없었다.

잉그리드는 램프 불을 훅 불어 끄고 다락으로 올라가 바브로를 다시 떠올렸고, 돈을 빌리기 위해 상점의 마르고트에게 저당잡혔던 시계를 되찾을 궁리를 했다. 아름답게 장식된 시곗바늘과 로마 숫자가 적힌 묵직한 시계였다. 비록 섬사람이라 할지라도 소리 없는 하루와 하루를 구분하기 위해 시계는 필요한 법이다.

4

잉그리드가 다시 바뢰이섬에 와 머문 지도 꽤 되었다. 시계 생각
이 슬슬 사라질 무렵, 바다에 쳐 놓았던 그물 가장자리에 물개 한
마리가 갇히는 일이 발생했다.

그물을 뭍으로 끌어올려 보니 물개는 이미 죽어 있었다. 새끼로
보이는 자그마한 물개였다. 그녀는 독수리들을 위해 물개의 사체
를 그 자리에 방치했다. 물개 때문에 망가진 그물을 수리하기 위
해 북쪽 해안으로 가져간 그녀는 물갈퀴조차 움직이지 않고 눈 위
에 죽은 듯 널브러져 있는 또 한 마리의 물개를 발견했다. 물개는
검은 눈 하나, 하얀 눈 하나로 그녀를 쳐다보고 있었다. 예전에도
물개들이 섬에 온 적이 있었지만, 그때는 사람들을 피해 자주 물
속으로 몸을 숨겼기에 눈에 띄는 일이 드물었다. 그녀의 앞에 축
늘어져 있는 물개는 조금 전에 본 죽은 물개보다 몸집이 더 작았
고 병에 걸린 것 같았다.

잉그리드는 그물을 내려놓고 눈을 헤쳐 찾아낸 돌멩이로 물개
를 세차게 내려쳤다. 몰트홀멘에서 독수리 두 마리가 날아올라 그
녀를 향해 돌진했다. 그녀가 한 팔을 허공으로 번쩍 들어 올리자
독수리들은 멈칫하더니 거대한 날개를 펄럭이며 왔던 곳으로 되

돌아가 앉아 고개를 갸우뚱거리며 그녀를 바라보았다. 그중 한 마리는 머리가 거의 흰색이었고, 다른 한 마리는 갈색 머리에 몸집이 조금 더 작았다.

잉그리드는 물개의 가죽을 벗겨볼까 생각했으나, 선뜻 손을 대지는 못했다. 물개 고기에는 선모충이 있기 때문에 매우 조심해야 한다는 아버지의 말이 떠올랐기 때문이다.

그녀가 자리에서 일어나 그물을 집어 드는 순간, 쌓인 눈 아래에서 갈색 천 조각이 보였다. 거친 모직물 같았다. 그녀가 그 누더기 같은 스웨터를 집어 들자 톱밥이 떨어졌다. 스웨터는 한쪽 무릎 아래가 잘려 나간 바지가 삼베로 연결되어 있었고, 더 많은 톱밥이 묻어 얼룩져 있었다. 그녀는 지금까지 단 한 번도 그런 옷을 본 적이 없었다. 그녀는 그것을 생선 건조대 위에 빨래처럼 걸어 놓고, 새 선착장으로 가서 그물을 펼쳐 지지대 고리에 연결해 펼친 후 그물에 걸려 있던 해초와 미역 등을 떼어 냈다. 나중에 그물을 꿰매어 수선하기 위해서는 지금 거둬들이기보다는 그대로 말리는 것이 좋겠다고 생각했다.

그녀는 바다에 새 그물을 띄울까도 생각했지만 앞으로 며칠 동안 끼니를 해결할 수 있을 만큼 소금에 절인 생선이 충분했기에 보슬보슬 내리는 눈을 맞으며 집으로 향했다. 그녀가 뒤를 돌자 생선 건조대 옆에서 한쪽 다리가 없는 남자가 그녀를 뚫어지게 바라보고 있었다. 남자의 뒤에서는 독수리 두 마리가 물개를 쪼아 먹고 있었다. 언뜻 그 남자도 독수리들을 바라보는 것 같았으나, 그가 어디를 보고 있는지는 확실히 알 수 없었다. 남자에게는 머리가 없었으니까.

잉그리드는 집에 가서 음식을 만들어 먹고 부엌과 현관 바닥을 박박 문질러 닦은 후 다락으로 향하는 계단을 쓸었다. 실을 찾아 구멍난 스웨터를 꿰매던 그녀는 스웨터의 구멍이 못에 걸려 생긴 것이 아니라 생선 손질용 칼 때문에 생긴 것이라는 것을 깨달았다. 내일은 온 집안에 고소한 냄새가 풍기도록 밀가루 빵과 납작한 감자빵을 구울 것이며 전신이 얼얼할 정도로 열심히 일을 할 계획이었다.

그녀는 미곡창(米穀倉)에 가서 포대에 들어 있던 양털을 꺼내 깨끗이 씻고 빗으로 빗어 내렸다. 양모 뭉치를 가져온 그녀는 날이 저물 때까지 실을 감았다. 일정한 리듬에 맞춰서. 실내 벽에는 더 이상 서리를 찾아볼 수 없었다. 축축하게 젖은 흙냄새도 나지 않았다. 거실 벽난로에 불을 지피는 것도 그만두었다. 식료품 저장실 벽의 못에는 달력을 걸어 두었고, 조만간 고양이 한 마리도 데려올 것이다. 그녀가 이제는 더 이상 필요 없는 벽시계, 라놀린(lanolin, 양모에서 추출되는 오일—옮긴이)으로 매끈해진 손가락 사이에 끼어 있는 실을 지나 창밖으로 시선을 옮길 때마다 생선 건조대 옆에 있는 남자는 여전히 그곳에 서서 그녀를 응시하고 있었다.

창밖의 남자를 허수아비라 여기고 그냥 두어야 할까, 아니면 갈기갈기 찢어 바닷물 속에 던져 버리거나, 땅에 묻어 버리거나, 또는 불에 태워 버려야 할까…….

어둠이 내리고 잉그리드는 외투를 걸쳐 입고 생선 건조대 쪽으로 가 보았다. 남자는 얼어붙은 땅에 마치 못을 박아 둔 듯 꼼짝하지 않았다. 물개가 널브러져 있던 해안에는 거뭇거뭇한 그림자 두 개가 보였다. 독수리들은 온데간데없었다. 하지만 그녀는 독수리뿐 아니라 이름 모를 낯선 새의 울음소리도 들을 수 있었다. 우주의 소음은 너울거리는 구름처럼 그녀를 쫓아 새 선착장까지 따라왔고, 그물은 바짝 말라 수선할 준비가 되어 있었다. 새들의 울음소리는 집으로 돌아가는 그녀의 뒤를 따랐다. 생선 건조대 옆의 남자는 이제 어둠에 가려 보이지 않았다.

5

섬에 산다는 것은 항상 무언가를 찾아 나서야 한다는 것을 의미한다. 잉그리드는 태어날 때부터 열매, 새의 알, 오리털, 물고기, 조개, 봉돌, 이판암, 양, 야생화, 상자, 쌀 등을 찾아다녔다. 섬 사람이라면 머릿속으로 무슨 생각을 하든지 또는 두 손으로 무엇을 하든지, 두 눈으로는 항상 뭍과 바다의 작은 변화를 감지하기 위해 쉴 새 없이 살피며 무의미하게 보이는 조그만 신호들을 관찰해야 한다. 봄이 오기 전에 봄을 알아차려야 하고, 도랑과 계곡에 하얀 눈이 쌓이기 전에 겨울이 오는 것을 알아야 한다. 가축이나 동물이 죽기 전에, 아이들이 넘어지기 전에 알아차려야 하고, 물새들의 하얀 날개 아래 보이지 않는 바닷물 속의 물고기들을 볼 수 있어야 한다. 섬사람의 눈은 쉴 새 없이 뛰는 심장과도 같다.

아침이 되어 밖으로 나간 잉그리드는 그날도 시내에 갈 만한 날씨가 아니라는 것을 깨달았다. 동시에 무언가 눈에 보이지 않는 것들을 찾아야 한다는 느낌이 스쳤다. 아무리 애써 마음을 다잡아도 마치 실수하기 직전에 곧 실수하게 될 것이라 확신하게 되는 느낌과도 같았다. 눈에 보이는 것이라고는 하늘을 가로지르는 누더기처럼 너덜너덜한 구름이 부산스럽게 움직이는 바닷물 위에 빗살처럼 흩뿌리는 빗방울뿐이었다.

남쪽으로 발길을 옮겨 동쪽 해안에 이르니 물개와 헤진 옷가지는 온데간데없이 사라져 보이지 않았다. 그녀는 점점 고조되는 불안감을 이겨내기 위해 크게 소리내어 혼잣말을 하기 시작했다. 사람은 사람의 소리를 들어야 한다. 하지만 외딴섬에 홀로 사는 사람이라면 그것은 자신의 목소리일 수밖에 없다. 꼭 고양이를 키워야겠다고 말한 그녀는 낯설게 들리는 자신의 목소리에 깜짝 놀랐다. 그녀는 자신의 목소리가 귀에 익어 사소하게 들리고 마음이 안정될 때까지 같은 말을 반복했다. 머지 않아 자신이 사는 섬에서 길을 잃어버린 것만 같은, 낯선 섬에 발을 들여놓은 것만 같은 느낌이, 아니, 섬에 있는 사람이 자기 혼자가 아니라는 불길하고 이상한 느낌이 다시 그녀를 덮쳤다.

문득 독수리들이 죽은 물개의 살점을 얼마나 빨리 찢어 먹었는지 확인한 그녀는 놀라지 않을 수 없었다. 눈 위의 핏방울만이 새로이 내린 눈 속에 파묻혀 희미한 그림자로 남아 있을 뿐이었다. 그녀는 서둘러 발걸음을 옮겼다. 해초 더미와 천 인형의 안감 같은 축축한 톱밥, 갈색으로 변한 누더기 같은 옷가지들을 더 발견했고, 그것들은 마치 다른 습관을 지닌 다른 세상의 낯선 사람에게 속한 것 같았다. 그녀는 옷가지들을 눈 쌓인 땅 위에 펼쳐 놓았다. 옷 세 벌과 카디건 하나, 재킷 하나. 몸집이 꽤 큰 사람 한 명과 몸집이 좀 작은 사람 두 명의 옷으로 모양새를 갖추었고, 그러고도 옷 한 벌이 더 남았다. 사람 반 명의 몫이었고, 그것들은 모두 남자들의 옷이었다.

그녀는 그것들을 섬의 북쪽 해안에서 태울 생각으로 항상 가지고 다니던 봉지 안에 모두 차곡차곡 담았다. 하지만 옷가지들은 축축해서 이대로 태울 수 없었고, 얼어붙은 땅에 묻을 수도 없었다. 그녀는 하는 수 없이 생선 건조대에 매달려 있던 남자 곁에 그것들을 걸어 두고 섬을 한 바퀴 더 돌아봐야겠다고 마음먹었다.

첫 번째 옷을 발견했던 섬의 후미에 이르자 독수리들이 눈에 띄었다. 흰머리의 커다란 독수리 한 마리와 그보다 좀 더 몸집이 작은 갈색 머리 독수리 한 마리는 저 멀리 보이는 암초에 앉아, 마치 먹이를 사이에 두고 다투기라도 하듯 날개를 퍼덕이며 발톱으로 서로를 할퀴고 있었다.

하지만 그곳은 원래 암초가 있을 자리가 아니었다. 수백 길이나 되는 깊은 바닷물 위에서 암초라 여겼던 것이 파도에 넘실넘실 흔들리고 있었다.

곶을 향해 뛰어가던 그녀는 망원경을 가져오기 위해 급하게 몸을 돌리다가 돌멩이에 걸려 넘어졌다. 그때 또 다른 암초가 눈에 들어왔다. 그 자리 역시 원래는 암초가 있던 자리가 아니었다. 파도에 흔들리며 바닷물 속으로 자취를 감추었다가 뗏목처럼 다시 모습을 드러낸 것은 바로 고래의 등이었다. 그 위에는 성난 듯 날카롭게 울부짖는 새들의 울음소리가 구름처럼 모이다가 흩어지길 반복하더니 깃털과 소리의 소용돌이를 만들어 내며 물 속으로 뛰어 들었다가, 다시 세찬 눈보라 속에 자취를 감추었다.

잉그리드는 두 손으로 눈을 가리고 소리를 질렀다. 속이 메슥거리고 심장이 요동을 쳤다. 그녀는 두 손으로 땅을 짚고 엎드렸다. 방금 무엇을 보았는지 깨닫는 순간 숨을 쉴 수가 없었다.

축축한 눈을 뭉쳐 얼굴을 문지르고 집을 향해 달리던 그녀는 또 다른 옷가지를 발견했다. 윗부분이 떨어져 나간 바지 한 벌과 누더기처럼 헤진 망토 한 벌……. 그녀는 그것을 봉지에 넣고 정원을 가로질러 생선 건조대 위에 걸어 놓은 후, 집에 들어가 눈에 보이는 램프란 램프에 모두 불을 켰다. 거실에도.

그녀는 젖어서 물이 뚝뚝 떨어지는 외투를 입은 채 벽난로에 불을 지피고 제자리에 가만히 서서 창밖의 생선 건조대에 모여 바람에 흔들리는 머리 없는 무리를 바라보았다. 다리 하나가 없는 존재, 팔 하나가 없는 존재, 상체만 남은 존재, 즐거운 듯 바람에 흔들리는 망토 두 벌. 그중 한 벌에서는 역시 팔 하나를 찾아볼 수 없었다. 그녀가 그것들을 한데 모아 둔 것은 아무리 헤지고 가치가 없다 하더라도 모두 어느 한 개인이 소유했던 의미 있는 물건들이라는 생각이 들었기 때문이었지만, 톱밥에 대해서는 여전히 의문이 남았다.

잉그리드는 스웨덴 사람들이 지은 정고로 내려가 망원경을 찾아냈다. 작은 스크루 두 개와 쇠고리가 달린 검은색 가죽 주머니 속에 거푸집 형판으로 만든 것 같은 묵직한 접이식 실린더로 만들어진 것이었다. 희미한 기억 속의 아버지는 망원경이 시각을 왜곡시킨다며 단 한 번도 사용하지 않았다. 그녀 또한 그것을 사용할 필요가 없었다. 그녀가 무엇을 보았는지 너무나 확실하니까.

그녀는 불에 손가락을 댄 듯 급히 망원경을 내려놓았다. 손가락이 꽁꽁 얼어붙을 때까지 바짝 마른 그물 두 개를 모아 움켜쥐었다가 쌓인 눈 위에 펼쳐 놓은 후 고리에 밧줄을 고정시켰다. 코르크 부표가 파도 속으로 미끄러지듯 들어가자 동그란 석판 조각을 암초에 부딪쳐도 깨지지 않을 만큼 적당히 매단 후, 다른 그물과 연결했다. 잠시 후 뭍에서 약 열다섯 길 정도 떨어진 바다 위에 펼쳐져 있던 그물 두 개를 끌어당기고 바다와 밧줄에 고정되어 있던 시선을 들어 올리는 순간, 그녀의 눈에 첫 번째 시신이 띄었다.

그녀는 손에서 밧줄을 놓쳤고, 그것을 건져내기 위해 바닷물 속으로 뛰어들었다. 그녀는 다시 뭍으로 첨벙첨벙 걸어 나온 뒤 밧줄을 고정하고 두 손을 무릎 위에 얹은 후 허리를 쭉 펴고 부두 후미의 내해 쪽으로 시선을 고정했다. 여전히 바다는 넬리처럼 푹 잘 수 있었던, 전날의 모습 그대로였다.

그녀는 엄지장갑을 툭툭 마주치며 눈을 털어 내고, 바닷물 속에 두 다리를 덜렁거리며 늘어뜨린 채 암초 위에 누워 있는 남자를 바라보았다. 누군가가 그의 몸을 닻 말뚝에 못질해 고정해 놓은 것 같았다.

간조가 되어 바닷물이 빠지면 그는 마른 땅에 누워 있게 될 것이고, 다시 물이 차오르면 그는 바닷물에 실려 어디론가 사라지게 될 터였다. 그러면 하피(Harpy, 고대 그리스 로마 신화에 나오는 괴물—옮긴이)들이 바닷물 속으로 뛰어들어 그 거뭇거뭇한 갈색의 존재를 갈기갈기 찢어놓을 것이다.

정고가 있는 섬의 북쪽으로 발을 옮기던 잉그리드는 이미 미곡창에 두 번이나 가 보았다는 것을 깨달았다. 한 번은 오리털이 담긴 포대를 찾기 위해서였고, 다른 한 번은 양털이 담긴 포대를 찾기 위해서였다. 어쩌면 거기서도 무엇인지 모를 것을 보았을지도 몰랐다. 또한 그녀는 집 밖에 수차례 들락날락거리면서도 뒷마당의 열매 나무가 있는 곳은 단 한 번도 발을 들이지 않았다는 것을 생각해 냈다. 겨울이 되면 자연스레 발길이 뜸해지는 곳이었다. 한겨울에 자신의 집 주변을 하릴없이 서성이는 사람이 있다면 그 또한 이상한 일이 아니겠는가.

생선 건조대를 지나 습지 쪽으로 달리던 그녀는 발을 멈추고 잠시 주저하다가 현관문을 열기 전에 잠시 망설였고, 마침내 안으로 들어가 한동안 가만히 서 있었다. 세차게 쿵쿵 뛰는 심장 소리가 귓전에서 들렸다. 그녀는 일부러 큰 소리를 내며 집 안 곳곳을 돌아다녔고, 밖으로 달려 나와 집을 한 바퀴 둘러보며 간밤에 새로 쌓인 눈 아래 남아 있는 흔적이 있는지 살펴보았다. 지난밤 정원을 가로질러 미곡창 안에 포대를 가져다 놓은 사람을 찾아내기라도 하듯이.

문이란 문은 전부 다 안쪽에서 빗장이 걸린 채 닫혀 있었다. 집을 한 번 빙 돈 후에 축사로 향하던 그녀는 문득 계단 위에 물방울이 떨어져 젖은 흔적이 있었던 것을 기억해 냈고, 지붕이 새는 것이라 짐작해서 높다랗게 쌓아둔 건초 더미 위로 올라갔다. 그곳에서 그녀는 희미한 불빛 아래 낡은 양가죽 밑으로 삐죽이 나온 두 다리를 발견했다. 양가죽을 옆으로 밀친 그녀의 눈에 띈 것은 머리를 빡빡 깎은 중년의 남자였다. 창백하고 홀쭉한 얼굴에는 새카만 턱수염이 보였다. 남자의 시신이었다. 짐작하건대 누군가가 그의 눈을 감겨준 듯했고 두 손은 가슴 위에 포개어져 있었다. 언뜻 누워서 기도를 하는 것처럼 보이기도 했다.

안쪽으로 더 들어가니 낡은 말안장과 오리털이 담긴 포대 아래에 또 다른 남자의 시신이 있었다. 그녀는 시신을 바깥쪽으로 끌어 냈다. 갈색의 누더기에는 톱밥이 듬성듬성 묻어 있었다. 마치 인형의 속을 채운 톱밥이 헤진 구멍을 통해 겉으로 빠져나온 것 같았다. 유니폼에는 훈장과 배지가 빈틈없이 달려 있었는데, 독일군의 것이었다. 그 또한 홀쭉한 뺨에 머리카락이 없었고 몸은 비쩍 말랐으며 턱수염은 보이지 않았다. 수염을 기르기에는 어린 나이 같았고, 놀랍게도 아직 숨이 붙어 있었다.

6

잉그리드는 땅에 무릎을 대고 앉아 그의 몸을 조심스레 흔들어 보았다. 그는 아무런 반응을 보이지 않았다. 찢어진 바지 사이로 오른쪽 허벅지에 난 깊은 상처가 보였다. 상처의 가장자리는 검붉게 퉁퉁 부어 있었다. 그녀가 상처에 손가락을 대자 힘없는 신음 소리와 함께 피가 흘러나왔다. 그의 한쪽 손은 불에 덴 듯 까맣게 그을려 있었으나 손가락은 멀쩡해 보였다. 손톱이 모두 빠져 있는 다른 쪽 손 역시 까맣게 그을려 있었다.

잉그리드는 젖은 유니폼을 짜서 떨어지는 물방울의 맛을 보았다. 짭짤한 바닷물과는 거리가 멀었다. 그렇다면 그들은 이 섬에 배를 타고 들어온 것이 틀림없었다. 배는 그녀가 이곳에 와서 유일하게 가 보지 않은 곳, 폐허가 된 카르비카에 정박해 있지 않을까. 그녀는 카르비카의 폐허를 항상 두려워했다. 항상 그랬다.

그녀는 그의 몸을 반쯤 일으켜 올리고 몸을 굽혀 두 팔을 그의 가슴께에 둘렀다. 미곡창 문 쪽으로 그를 질질 끌고 가던 그녀는 그의 몸이 생각보다 훨씬 가볍다는 사실에 놀랐다. 그녀는 빗장을 벗겨 내고 마당을 가로질러 그를 부엌까지 데려와 벤치 위에 그를 눕히고 담요를 덮어 주었다.

그녀는 그를 부축해 머리를 살짝 들어 올리고 국자로 물을 떠서 그의 입술을 축여 주었다. 그가 몸을 비틀며 고통스럽게 신음소리를 냈다. 그녀는 그의 머리 밑에 베개를 놓고 깔대기를 사용해 그의 입속에 물을 흘려 넣었다. 그는 몸을 뒤틀며 까맣게 그을린 눈꺼풀을 치켜뜨고 두 손으로 직접 물을 마시려고 바둥거렸다.

그녀는 그의 화난 듯한 눈빛 앞에 국자를 내밀었다.

그는 고개를 끄덕이며 물 몇 방울을 삼킨 뒤 기침을 하며 두 손을 치켜들었다. 자기 손을 살펴보는 동시에 잉그리드 또는 신에게 자기 손을 보여 주려는 것만 같았다. 갑자기 그의 까만 눈두덩에서 눈물이 흘러내렸다. 거친 뺨을 타고 흘러내린 잿물처럼 거뭇거뭇한 눈물 때문에 그는 단 한 번도 인간으로 살아 본 적이 없는 존재, 앞으로도 인간으로 살아갈 수 없는 존재처럼 보였다.

그녀는 손톱이 다 빠져 버린 그의 한쪽 손을 잡고 가만히 앉아 말없이 허공을 응시했다. 그의 몸이 애원을 담고 죽음을 준비하는 사람처럼 심하게 떨렸고, 그녀의 몸도 떨렸다. 그녀가 "안 돼!" 외치며 다시 국자로 물을 떠서 그의 입을 축여 주었으나 그는 물을 모두 토해내고 말았다. 그는 징징거리는 조그마한 아기로 변해 버린 것 같았다. 동시에 그의 몸에서 나는 악취가 따뜻한 부엌에 가득 차 숨을 쉴 수 없을 정도였다.

몸을 일으킨 그녀는 식료품 저장실로 가서 통조림 음식과 잼이 놓인 선반 앞에 뻣뻣하게 서 있다가, 링곤베리 젤리가 들어 있는 병을 가져와 컵에 옮겨 담고 뜨거운 물과 섞었다. 그리고 그에게서 풍기는 악취를 이겨내기 위해 입으로만 숨을 쉬며 억지로 빨간 수프를 떠먹였다. 그는 기침을 하며 뱉어냈다가 곧 정신을 차리고 게걸스럽게 수프를 넘겼다. 그녀는 그가 수프를 토해 내고 목으로 넘기는 횟수를 셀 수 있었다. 잠시 후 그는 정신을 잃었다.

잉그리드는 컵을 식탁 위에 올려놓고 스웨터로 얼굴을 닦았다. 귓전에 맴도는 울음소리는 그녀 자신의 것이었다. 울음소리는 점점 커져 벽에 부딪혔다. 그녀는 그에게 여전히 숨이 붙어 있는지 확인한 후 대문 밖으로 나가 눈보라 속에서 어둠을 뚫어지게 응시했다.

피할 수 없는 상황에 직면했다는 것을 깨달았다.

선착장으로 내려간 그녀는 나룻배에 올라타 북쪽 만을 빙빙 돌며 노를 저었다. 거세게 맞불어 오는 바람을 피해 바뢰이의 깎아지른 암벽 아래로 뱃머리를 돌리고 거품을 일으키는 하얀 파도를 뚫고 그물을 쳐 놓은 서쪽으로 향했다. 몰트홀멘 쪽에서 울부짖는 새소리가 바람을 타고 그녀의 귓전에 이르렀다.

바람과 맞서 노를 젓던 그녀는 마침내 내해를 지나 뭍에 도착했다. 해안에 세워둔 나룻배는 바람을 이겨내지 못하고 바위에 쉴 새 없이 부딪쳤다. 그녀는 밧줄을 손목에 둘둘 감고 손에 쥔 노로 땅을 툭툭 쳐 가며 거세게 울부짖는 바람 속을 걸었다. 시신 한 구가 눈에 띄었다. 쩍 벌린 검붉은 입. 열린 뱃가죽 사이로 드러난 내장은 등뼈를 도려내기 위해 손질한 대구 같았다. 앙상한 뼈가 드러난 손과 불에 탄 나무 둥치처럼 보이는 발. 그녀는 노를 배 위에 던져 놓고, 해초 더미 속에서 꿈쩍도 하지 않는 시신을 들어 올리기 위해 있는 힘을 다해 보았지만, 배에 옮겨 싣기에는 역부족이었다. 그녀는 밧줄을 시신의 한쪽 허벅지에 감고, 배에 올라 시신을 끌어내기 시작했다. 머리 위에 떼를 지어 따라오는 한 무리의 물새들이 쉴 새 없이 나룻배가 만들어 내는 물살을 향해 몸을 던졌다. 되돌아가는 길은 바람을 탈 수 있었기에 속도를 낼 수 있었다. 선착장에 도착한 그녀는 뱃머리에 동여매었던 밧줄을 풀고 고리를 크레인에 건 다음 거울같이 맑은 바닷물 위로 죽은 남자를 끌어올렸다. 그는 교수대에 오른 사람처럼 거꾸로 매달린 채 뭍으로 올라왔다.

흰머리 독수리는 마치 길이 잘 든 가축처럼 그녀의 옆에 와 앉았다. 그녀가 독수리에게 발길질하자 독수리는 얼른 몸을 피했다. 다시 발길질하며 소리를 지르던 그녀는 그만 레인의 손잡이를 놓쳐 버렸다. 서둘러 손잡이를 고정하고 나무 막대기를 찾아 커다란 독수리를 마구 내리쳤지만 독수리는 그녀를 놀리기라도 하듯 재바르게 몸을 피했다. 그녀는 다시 크레인 쪽으로 달려가 마지막 남은 몇 미터의 밧줄을 감아올렸고, 죽은 남자는 마침내 선착장의 돌바닥 위로 올라올 수 있었다. 선착장의 울타리 문을 열고 시신을 끌고 가던 그녀는 남자의 바지 한쪽이 텅 비어 헐렁하다는 것을 발견했다.

울타리 문을 닫은 그녀는 선착장과 지붕 위에 떼를 지어 모여 있던 물새들을 향해 소리를 질렀다. 다시 나룻배에 올라타고 정고를 향해 노를 젓던 그녀는 자신이 울고 있다는 것을 깨달았다. 집 대문을 나설 때부터 쉴 새 없이 흐르고 있던 눈물이었다.

잉그리드는 축축한 스웨터 소매로 눈물을 닦고 언덕을 올라 숨을 쉴 수 없을 만큼 악취로 가득한 부엌에 들어갔고, 링곤베리 젤리를 담아 두었던 컵이 텅 비어 있는 것을 발견했다.

그녀는 스웨터를 벗고 얼굴에 스카프를 두른 후 담요를 치우고 남자의 옷을 벗기기 시작했다.

그의 유니폼 안에는 다른 시신의 몸에서 보았던 갈색 누더기 천과 톱밥 그리고 물에 젖은 종이 뭉치를 닮은 정체 모를 잿빛 덩어리가 있었다. 그녀는 햇볕에 그을린 등에서 하얗게 변한 죽은 피부를 떼어 내듯, 그의 몸에서 톱밥과 검댕과 곰팡이와 천 조각 들을 떼어 내 벽난로 속의 꺼져가는 불꽃 속으로 던져 넣었다. 실내 온도를 더 높이기 위해 장작을 더 넣는 순간에도 그는 인간의 소리라고는 믿기 어려울 정도의 기괴한 목소리로 쉴 새 없이 비명을 질렀다.

더는 견딜 수 없었다. 그녀는 뱃속에 있던 것을 모두 토해 내고 다시 일을 시작했다.

그의 벌거벗은 몸은 검은색, 분홍색, 노란색, 파란색 등 불에 그을린 세계지도 같았다. 그녀는 미지근한 물을 대야에 담아 그의 몸에서 상처가 없는 부분부터 씻기기 시작했다. 그는 앓는 소리를 내며 사지를 버둥거렸다. 어쩔 수 없이 그의 몸 위에 올라앉아 몸을 씻겨 주던 그녀의 몸에도 속옷인지 불에 탄 살점인지 모를 정체 불명의 것이 묻었다. 그는 다시 정신을 잃고 죽은 사람처럼 힘없이 누워 있었지만 숨은 이어지고 있었다.

잉그리드는 그의 몸을 다 씻기고 남은 누더기들을 벽난로 속에 모두 던져 넣어 태운 다음 남쪽 방에 들어가 새 이불과 러그를 가져왔다. 그를 위해 러그를 깔아 주고 이불을 덮어 준 뒤, 집 안의 문과 창문을 모두 열어 놓고 커다란 냄비에 물을 떠서 스토브 위에 올려 끓이기 시작했다. 그녀는 그 어느 때보다도 더 세게 불을 지폈고, 그 와중에도 그가 숨을 쉬고 있는지 확인하는 것을 잊지 않았다.

그녀는 자신이 입고 있던 옷을 벗어 불에 태우고 난 뒤, 있는 힘껏 몸을 박박 문질러 씻었다. 그러고 나서 새 옷으로 갈아입었으나, 악취는 여전히 남아 있었다.

그녀는 이불을 걷어 내고 다시 그의 몸을 씻겨 주기 시작했다. 하얀 대구의 뱃살처럼 매끈하고 연약한 그의 피부에는 여기저기 얼룩이 남아 있었다. 그의 살갗을 문질러 씻기고, 곱돌과 화상 연고, 실과 바늘을 가져와 촛불에 바늘을 데운 다음 그의 벌어진 허벅지 상처를 꿰맸다. 그의 허약한 몸에 고통의 파도가 쉴 새 없이 몰아쳤지만 맥박은 규칙적이었다. 그녀가 상처를 다 꿰매고 바늘을 내려놓자 그가 깊은 안도의 한숨을 내쉬었다.

그녀는 창문을 닫고 거실에 가서 서랍장 위에 놓인 거울을 바라보며 감각이 없어 뻣뻣한 입술을 다신 다음 다시 부엌으로 돌아갔다. 자리에 앉아 그의 얼굴과 물에 젖어 퉁퉁 붓고 언 자신의 손을 번갈아 바라보았다. 다행히 손은 떨리지 않았다. 다시 눈을 떴을 때, 그녀는 바닥에 웅크리고 누워 있는 자신을 발견했다. 난롯불은 꺼져 몸이 으슬으슬했고, 부엌에는 불도 켜져 있지 않았다. 창밖에는 정적이 감돌았다.

잉그리드는 몸을 돌려 천장을 바라보고 누운 채 나직하게 들려오는 규칙적인 숨소리에 귀를 기울였다. 창밖은 캄캄한 밤이었다.

그녀는 마치 낯선 사람의 몸을 일으키듯 자신의 몸을 일으켰다. 남자의 이불을 걷어 내고 한참 동안 그를 내려다본 후 다시 이불을 덮어 주었다. 난로에 불을 지피고 외투를 입은 후 그가 타고 왔을 배를 찾아 나섰다. 그녀는 배가 어디 있는지 잘 알고 있었다. 카르비카만의 나직한 타원형 돌출구는 언제나 버려진 판자와 금속 실린더, 뗏목 등으로 가득 차 있었고, 맑고 화창한 날이면 본섬에서도 망원경으로 볼 수 있는 곳이었다. 하지만 지금은 어두컴컴한 밤이라고 해도 하늘의 별을 볼 수 있을 정도로 맑은 날이어서 버려진 배를 태우기는커녕 배를 뭍으로 끌어올려 바윗돌 사이에 감출 수도 없었다.

그녀는 자리에 털썩 주저앉았다.

바람 한 점 없는 조용한 밤이었다. 새소리도 들리지 않았다. 다시 몸을 일으킨 그녀는 배에서 연료통 하나를 발견했다. 플러그를 열고 배를 다시 바다 쪽으로 밀어 넣은 후 돌멩이를 가득 채워 넣고 발로 밀었다. 곧 배는 하얀 그림자처럼 바닷물 속으로 가라앉았고, 수면에는 희미한 별빛만 남았다. 장갑을 잊고 가져오지 않아 손이 얼어붙는 바람에 손가락 하나 움직이기 힘들었다.

집으로 돌아온 그녀는 옷을 다 벗고 벌거벗은 채로 이를 잡듯 온몸을 샅샅이 살핀 후, 피부가 발갛게 될 때까지 박박 문질러 씻었다. 한기와 온기가 동시에 그녀의 몸에 자리 잡았을 때, 그녀는 거실로 가서 거울을 바라보았다. 얼굴은 메말라 푸석푸석했고 몸은 젖어 있었다.

그녀는 물기를 닦고 감자와 생선을 죽처럼 변할 때까지 오래 삶은 후, 생선의 간을 넣어 그에게 먹일 음식을 마련했다.

남자는 자고 있었다.

잉그리드는 그의 상처에 손을 대어 보았다.

그는 피부가 벗겨진 눈꺼풀을 치켜뜨고 검푸른 바닷속의 해파리 같은 눈동자로 그녀를 바라보았다. 그녀가 숟가락을 내밀자 그는 고개를 끄덕이며 입을 벌렸다. 음식을 받아 힘겹게 목구멍으로 넘기던 그가 갑자기 음식을 입에 문 채 정신을 잃었다. 그녀는 그의 입가에 흐르는 음식을 닦아 주고, 그가 숨이 붙어 있는지 목의 움직임을 관찰하면서 이마에 손을 짚어 열을 확인했다. 그의 이마에 오랫동안 올려놓았던 손에서 애정 같은 미묘한 감정이 일어날 즈음, 그녀는 얼른 손을 떼고 그의 얼굴을 한참 바라보았다가 그의 뺨을 내리 두 번이나 쓰다듬었다. 그렇게 하지 않을 수가 없었다. 잠시 후 그녀는 남은 음식을 먹고 위층으로 올라가 옷을 입은 채 잠들었다.

7

잉그리드는 마치 물이 새는 것 같다고 생각했다. 그렇게 그녀의 귓속으로 넘쳐 들어온 말들은 머릿속을 가득 채웠다. 가벼운 오리털 이불의 무게는 물론 자신의 몸이 내뿜는 열기도 느낄 수 있었다. 아프게 쑤시던 손에서 더 이상 통증이 느껴지지 않았고, 발갛게 부어 있지도 않았다. 목이 메말랐다. 그녀는 아무 말도 하지 않았다. 낯선 말들은 여전히 바닥의 해치를 통해 새어 들어오고 있었다.

그녀는 몸을 일으켜 해치를 열고 아래층으로 내려가 부엌으로 바로 들어가지 않고 겉옷을 입은 후 땔감을 가지러 밖으로 나갔다. 회색빛 하늘에서는 조용히 눈송이들이 떨어져 내리고 있었다. 배 한 척 보이지 않는 바다에서는 물새들이 울부짖는 소리가 들려왔다. 그러다 다시 고함을 지르는 듯한 말소리가 들려왔는데, 그것은 집 안에서 들려오는 소리였다.

집 안으로 들어온 그녀는 악취에 코를 들 수가 없었다. 다시 남자의 몸을 씻겨 줘야만 했다. 그녀는 열의 장막 속에서 자신을 바라보는 그의 시선을 느끼며 천천히 난로에 불을 지폈고, 그는 어린 나이에 비해 이상하다고 생각될 만큼 깊고 묵직한 목소리로 다시 낯선 말을 내뱉었다. 그 소리는 이제 적어도 인간의 목소리를 닮았기에 그녀는 안도할 수 있었다.

그녀가 용기를 내어 그를 똑바로 바라보자, 그는 손톱이 벗겨진 손을 그녀에게 내밀고 다른 한 손을 감추었다. 그녀는 그가 다시 잠에 빠질 때까지 그의 손을 잡아 주었고, 이어서 그의 몸을 정성껏 닦아 주었다. 적지 않은 시간이 걸렸다. 그녀는 눈물을 흘렸고, 허기를 채우고 나서 인내심을 가지고 기다렸다. 정적이 감도는 창밖에는 쉴 새 없이 눈이 내렸고, 그는 조용히 잠을 잤다.

더 이상 미룰 수 없다고 생각한 그녀는 스카프를 세 개나 겹쳐 얼굴에 두르고, 칼집에 꽂은 칼과 아버지가 사용하던 돛단배의 돛을 들고 섬의 남쪽을 향해 발을 옮겼다. 갈매기들의 소리를 따라가던 그녀는 러시아에서 떠내려온 뗏목 잔해 옆에서 첫 번째 남자를 발견했다. 몰트홀멘에서 발견했던 남자와 마찬가지로 형체를 알아보기가 쉽지 않았다. 그녀는 새들을 쫓아내고 돛을 잘라 시신을 덮어 준 후 돛의 가장자리에 돌멩이를 얹어 고정하며, 남자가 아니라 여자의 시신을 발견하게 된다면 어떻게 처리해야 할지 생각에 잠겼다.

곧 그녀는 바닷물 위에서 넘실거리던 암초를 보았던 다음 곳으로 발을 옮겼다. 거기서 발견한 시신도 돛을 잘라 덮어 주었다. 세 번째 시신은 그물을 쳐 놓았던 선착장의 남쪽에 있었다. 그녀는 시신을 덮어 준 후 바다 쪽으로는 고개도 돌리지 않고 스웨덴인들의 선착장 바깥쪽에 있던 네 번째 시신을 향해 걷기 시작했다. 잉그리드는 학창 시절 선교에 관한 글을 읽은 후 사람을 구하는 일을 꿈꾼 적이 있었다. 이제 그녀는 벌레와 새들이 갉아 먹고 남긴 텅 빈

껍데기뿐인 죽은 사람을 구해내고 있었다. 그들이 어쩌다 여기까지 오게 되었는지 궁금해하던 그녀는 분명 그들에게 크나큰 재난이 닥치면서 배가 난파되었기 때문이라 확신했다. 그날 일어났던 일이 틀림없었다. 할아버지의 방에서 이전에는 한 번도 들어본 적이 없었으나 무엇을 의미하는지 너무나 잘 알겠는 소리가 귓전을 가득 채웠던, 낯선 불안감으로 온몸을 떨었던 바로 그날.

잉그리드는 정고로 가서 나룻배를 꺼낸 후, 시신의 유품과 옷가지들을 그물 자루에 담아 선착장으로 가져갔다. 크레인을 사용해 구름처럼 모여 있는 갈매기 떼들 사이로 그물 자루를 끌어올려 뭍에 올리고, 낡은 삼베 천으로 잘 덮어 놓았다. 앞으로의 일이 문제였다. 영상의 날씨가 오래도록 계속된다면 시신은 부패할 터였다. 그리고 여자의 시신을 발견할 경우에는 또 어떻게 해야 할까?

그녀는 집으로 돌아가 부엌을 들여다보지도 않고 바로 할아버지의 방으로 가서 러그와 크라그 에르겐센(Krag-Jørgensen, 노르웨이의 오연발 볼트 액션 소총—옮긴이)을 찾아 밖으로 나갔다. 언덕 위에 러그를 깔고 엎드린 후 물새들로 뒤덮인 새 선착장 건물의 슬레이트 지붕을 향해 총구를 겨누었다. 한 발, 두 발 연달아 새들에게 총을 쏜 후, 다시 총을 장전하고 처마 위에 앉아 있던 흰머리 독수리를 조준했다. 독수리는 거뭇거뭇한 날개를 퍼덕이며 어디론가 사라졌다. 이어서 갈매기와 까마귀 떼가 잿빛 하늘을 향해 솟아올랐다가 다시 지붕 위에 내려앉았다. 잉그리드는 총을 쏘았다. 몸집이 작은 갈색 머리 독수리가 날개를 퍼덕였고, 까마귀 두 마리와 검은 등갈매기 한 마리가 그 뒤를 따랐다. 그 순간, 그녀는 서쪽에서 불어오는 바람을 타고 총소리가 시내까지 들릴 것이라는 사실을 깨달았다. 이미 값비싼 슬레이트 지붕도 총에 맞아 망가진 후였다. 하지만 그녀는 총알을 다 써 버릴 때까지 총을 쏜 후 몸을 일으키고 러그에 묻은 눈을 털어 냈다.

그녀가 부엌에 들어섰을 때, 벌거벗은 남자가 손톱이 다 빠져 버린 손으로 식탁 가장자리를 짚고 힘없는 다리로 비틀거리며 서 있었다. 그는 급하게 다른 한 손을 등 뒤로 감추었고, 깜짝 놀란 표정으로 그녀를 뚫어지게 바라보았다.

그에게 장총을 보여 준 후 모퉁이에 서 있던 그녀는 문득 아직도 얼굴에 스카프를 두르고 있다는 것을 깨닫고 얼른 스카프를 벗어 던졌다. 그러고는 그에게 자리에 앉으라고 말하며 화상을 입은 손을 보여달라고 덧붙였다.

그는 그녀의 말을 알아듣지 못하는 것 같았다.

그녀는 그의 어깨를 눌러 벤치에 앉히고 그의 손을 잡았다. 손이 아니라 발톱이 빠져 버린 다섯 개의 검은색 발가락처럼 보였다. 그녀는 행주로 러그에서 탄피를 털어 내고 벽난로에 집어넣은 후, 그의 손에 연고를 바르고 거즈를 둘러 주었다. 그는 시선을 창밖으로 돌리며 소리 없이 울음을 삼켰다.

그녀는 자신의 짐작이 맞다면 곧 동풍이 불어올 것이라 말했다. 그러면 노를 저어 배가 난파된 곳으로 가서 무슨 일이 있었는지 알아낼 수 있고, 시내에 가서 도움을 청할 수도 있을 것이다. 하지만 그는 그날 아침의 메아리처럼 낯선 말을 되풀이할 뿐이었다. 그녀는 그가 자신에게 엄마라고 말하는 것 같다고 느꼈다.

마침내 그와 눈을 다시 마주친 그녀는 자신을 가리키며 '잉그리드'라고 말했다. 그는 고개를 끄덕이며 붕대를 감은 자기 손을 내려다보았다. 그녀는 그가 다시 고개를 들 때까지 기다렸다가 손가락으로 그를 가리키며 그의 이름이 무엇인지 물었다. 그는 하얀 붕대가 감긴 손을 들어 자신의 가슴에 얹으며 '알렉산더'라고 말했다. 잉그리드는 고개를 끄덕이며 '알렉산더'라고 말한 후 미소를 지으며 자신의 이름을 되풀이했다. 잉그리드. 잉그리드와 알렉산더. 그녀는 마치 반박할 수 없는 명백한 사실을 말하듯 자신 있게 두 사람의 이름을 말한 후, 몸을 일으켜 링곤베리 젤리를 따뜻한 물에 개어 담은 컵을 그에게 내밀었다. 그는 붕대를 감은 두 손으로 힘겹게 컵을 들어 올려 마신 후 붕대로 입가를 닦았다. 그러고는 심각한 표정으로 다시 잉그리드에게는 '엄마'처럼 들리는 단어를 반복해서 말했다.

잉그리드는 '알렉산더'라고 소리 내어 말했다.

그녀는 그의 손이 얼른 나아 다시 사용할 수 있기를 바란다고 덧붙였다.

그는 이해할 수 없다는 표정을 지으며 주위를 둘러보았다.

그녀는 했던 말을 되풀이했다. 그가 고개를 끄덕이며 얇은 얼음판처럼 보이는 창문을 응시했다. 그녀는 생선과 감자를 삶았다. 숟가락을 들어 올릴 수 없다는 시늉을 하는 그에게 음식을 떠먹여 준 후, 자신도 배를 채웠다. 커피 그라인드를 꺼내 두 무릎 사이에 놓고 원두콩을 갈자 부엌은 그라인드 소리와 값비싼 커피

향으로 가득 채워졌다. 지금까지 보았던 그 어떤 사람의 것보다 더 하얀 그의 치아를 본 잉그리드는 누더기로 변해 버린 그의 유니폼을 떠올렸다. 그녀는 연이어 질문을 던졌지만 그는 한마디도 알아듣지 못했다.

그녀는 그에게 무슨 말이라도 해 보라며 재촉했고, 그는 몇 마디를 중얼거렸으나 전혀 독일어처럼 들리지 않았다. 그녀는 그에게 어디서 왔으며 나이는 몇 살이냐고 물어보았다. 그는 대답 대신 같은 말만 되풀이했다. 그녀는 그의 말이 '나는 당신의 말을 이해할 수 없습니다'라는 의미를 지니고 있다고 짐작했다.

그렇다면 그가 독일군 유니폼을 입고 있었던 까닭은 무엇일까?

잉그리드는 자리에서 일어나 주전자 속의 커피 가루가 컴컴한 습지의 기포처럼 솟아올랐다가 공기가 빠져 내려앉을 때까지 기다렸다. 그리고 주전자를 들어 올려 스토브의 가장자리에 탁탁 두 번 친 뒤, 커피를 잔에 따르고 그중 하나를 그의 앞에 내밀었다. 그녀는 자신의 잔을 입가에 들어 올려 커피를 마시면서도 그에게서 눈을 떼지 않았고, 그가 잔을 비운 후에는 커피를 더 마시겠느냐고 물었다.

"다, 스파시바(Da, spasiba, 네, 감사합니다)."

그녀가 그 잔을 움켜쥐고 커피를 더 마시겠느냐고 다시 물었고, 그는 피곤함과 짜증이 묻은 표정으로 좌우를 둘러보며 같은 말을 되풀이한 후 한마디를 덧붙였다. 그 역시 독일어처럼 들리지는 않았다.

그녀는 그의 커피잔에 커피를 더 채워 그에게 건넸다.

그는 붕대를 감은 손으로 커피잔을 받아 들고 식탁 위에 내려 놓으려다 그만 커피를 쏟고 말았다. 그녀는 미안하다고 말하며 얼른 식탁을 훔치고 새 잔을 가져와 커피를 다시 따라 준 후, 서둘러 그의 등 뒤에 가서 그가 몸을 기댈 수 있도록 부축한 채 커피잔을 그의 입에 가져다주었다. 그는 고개를 비스듬히 돌려 놀란 표정으로 그녀를 올려다보더니 커피를 몇 모금 마셨다. 그녀는 한 남자의 무게를 느낄 수 있었다. 그에게서 나는 심한 악취는 덤이었다. 그의 끊어질 듯 이어지는 거친 숨소리를 들으며 앉아 있는 동안, 그녀는 마치 난생처음으로 자신이 여자라는 것을 자각한 것처럼 이 세상에는 또 다른 섬도 존재한다는 확실한 믿음을 가지게 되었다.

동풍이 불기 시작하면서 하늘이 맑아졌다. 하지만 잉그리드는 노를 저어 시내로 가지 않았다. 그녀는 할아버지의 낡은 돛과 칼을 지니고 섬을 한 바퀴 돌며 물새들이 떼를 지어 모인 곳에서 여러 구의 이름 없는 시신들을 더 찾아냈다. 한때는 삶과 고통으로 존재했으나 지금은 상한 음식처럼 끈적끈적하게 변해 버린 살 거죽, 주먹만 한 크기로 뻥 뚫린 해면 질의 누룩 반죽 같은 눈구멍을 가득 채운 코발트블루 색의 진흙, 소금기 어린 바닷물 때문에 푸르뎅뎅하게 변해 버린 뼈, 썩어가는 살점과 해조 그리고 미끈미끈한 점액.

그녀는 잘라 낸 돛으로 시신을 덮고 돛의 가장자리를 돌멩이로 고정한 후 북쪽으로 한참을 걸어 올라가 나룻배를 끌어왔다. 새 선착장으로 시신을 실어 간 그녀는 자신이 바다의 야생 동물로부터 섬을 보호한다거나 모든 죽음은 우리가 순종해야 하는 그 무언가를 요구한다는, 그 어떤 생각도 없이 시신을 끌어올렸다.

그녀는 노를 저으며 일정한 간격으로 산탄총을 발사했다. 총소리에 놀란 물새들은 구름을 향해 버섯처럼 솟아올랐다가 곤두박질을 치며 그녀와 나룻배를 에워쌌고, 그녀는 새소리와 퍼덕이는 날개 속을 헤치며 앞으로 나아갔다. 적어도 바람은 총소리를 바다 쪽으로 실어 갔다.

그녀는 집으로 돌아와 입고 있던 옷을 벗어 불에 태우고, 그 누구와도 비교할 수 없으며 앞으로도 결코 질리지 않을 것이라는 것을 전날 아니, 이미 그제 깨달았던 그 거뭇거뭇한 눈빛 앞에서 스스럼없이 몸을 씻었다. 그녀에게 힘을 불어넣어 준 것은 바로 그 눈빛이었고, 그녀는 자신이 그 어느 때보다 더 강인하다는 것을 느낄 수 있었다.

잉그리드가 음식을 만들었고 두 사람은 함께 음식을 먹었다. 그녀는 소파에 앉아 벤치에 누워 있는 그의 몸을 동경했다. 그녀는 커피를 끓였고 두 사람은 침묵 속에서 함께 커피를 마셨다. 그녀가 다락에서 아버지의 낡은 옷을 가져와 그에게 입혀 주었다. 그녀의 손가락이 그의 몸에 닿았고, 그는 초보 낚시꾼, 어부, 뱃사람, 농부, 거친 땅을 일구는 개척자처럼 보였다.

두 사람은 나직이 소리 내어 웃었다. 그가 자신을 가리키며 알렉산더라고 말하고 잉그리드를 가리키며 잉그리드라고 말했다. 그는 그 이름을 말하는 데 싫증을 내지 않았다. 잉그리드도 마찬가지였다. 그녀가 다시 그의 옷을 벗기고 상처를 입지 않은 대리석처럼 하얀 발을 잡고 발톱을 깎아 주었다. 그리고 천천히 그의 몸을 씻기는 동안 두 사람은 각자의 모국어로 말할 수밖에 없었지만, 한마디 두 마디를 나누며 서서히 서로를 이해해 갔다.

어둠이 내리자 그녀는 다시 총과 돛을 들고 밖으로 나가 시신을 거두었고, 집으로 돌아와서는 옷을 벗어 불에 태운 후 그의 앞에 벌거벗고 선 채 온몸을 박박 문질러 씻었다. 머리를 감고 다시 몸을 씻은 그녀는 머리를 빗고 땋아 내렸다. 그는 아무 말도 하지 않으며 그녀에게서 눈을 떼지 않았다. 함께 배를 채운 후, 그녀는 그에게 몸을 일으켜 걸어 보라고 말했다. 걸을 수 있나요? 단 몇 발짝이라도.

몸을 일으킨 그가 비틀거리며 창가까지 힘겹게 발을 옮기더니 식료품 저장실까지 갔다가 몸을 돌렸다. 그가 자신의 맨발을 내려다보며 소리 내어 웃었으나 얼굴은 고통으로 일그러져 있었다. 그는 현관까지 갔다가 다시 창가로 돌아오다가 창문에 비친 자신의 모습을 보더니 절망이 담긴 일그러진 얼굴로 몸을 홱 돌려 그녀를 바라보았다. 그녀는 얼른 몸을 일으켜 그의 붕대 감은 손을 잡았다. 그를 부축해 복도를 가로지르고 계단을 올라 북쪽 방에 이른 그녀는 남은 생을 함께했으면 좋겠다는 바람과 함께 그의 옆에 누웠다.

9

잉그리드는 남쪽 방의 판자벽과 이어진 문 뒤에 자리한 작은 벽장
에 그를 위한 은둔처를 마련했다. 그것은 언뜻 새의 둥지처럼 보
이기도 했다. 그가 혼자서도 어려움 없이 걸을 수 있게 되자 그녀
는 그를 어둠 속으로 데리고 나갔고, 그가 화장실에서 일을 보는
동안 문 밖에서 그의 중얼거리는 말소리를 들을 수 있었다. 두 사
람은 정원을 가로질러 섬의 남쪽으로 가는 동안 아무 말도 하지
않았지만, 그녀는 그가 울고 있다는 것을 잘 알고 있었다. 그녀는
제철이 아닌데도 비정상적으로 쏟아져 내리는 무지개 폭포, 북극
광과 하늘을 가리켰고, 칠흑처럼 캄캄한 육지의 산 이름을 말했으
며, 물, 바람, 눈, 지금은 눈에 뒤덮여 볼 수 없는 잔디, 미역, 배, 물
고기, 고양이 등의 단어를 그에게 가르쳐 주었다.

어느 날 저녁, 그녀는 그를 미곡창으로 데려가 말안장을 걷어
내고 그 밑에 있는 시신을 보여 주며 누군지 아느냐고 물었다. 그
녀는 이미 오래전에 함께 발견했던 유니폼을 시신 위에 얹어 놓
은 후였다.

그는 쪼그라든 미라를 외면하며 '알렉산더'라고 두 번이나 반
복해서 중얼거렸다. 그녀가 영문을 알 수 없다는 표정으로 그를

바라보았다.

그가 "사샤[Sasha, 러시아어권에서 남자 이름 알렉산드르(Aleksandr) 및 여자 이름 알렉산드라(Aleksandra)를 친근하게 부르는 이름으로, '인류의 수호자'라는 뜻—옮긴이]." 하고 말했다.

그녀가 시신을 덮고 있던 유니폼을 걷어 내며 그의 이름과 고인이 된 이 남자의 이름이 같다는 뜻인지 물었다. 그는 세차게 고개를 끄덕이며 마치 추위를 견딜 수 없었다는 듯이 온몸을 부들부들 떠는 시늉을 했다. 그녀는 그가 온기를 유지하기 위해 유니폼을 훔쳤던 것이 틀림없다고 생각했다. 동시에 체온을 유지하기 위해 옷 속에 톱밥을 집어넣었던 것이라는 사실도 이해할 수 있었다. 그 모든 것은 그가 포로라는 것을 말해 주고 있었다. 그녀는 그에게 러시아인이냐고 물었다. 그는 그녀가 질문을 세 번이나 반복한 후에야 '다(Da, 네)'라고 대답했다. 그녀가 그에게 군인이냐고 묻자, 그는 그렇다고 했다가 바로 뒤이어서 그렇지 않다고 했다. 그녀는 그 어느 때보다 더 그에게 매력을 느꼈고, 더 이상 질문을 던지지 않았다.

그녀는 나룻배에 그를 태우고 몰트홀멘의 내해에 이를 때까지 노를 저었다. 그는 풋내기 선원처럼 배 후미에 앉아 안절부절못했다. 두 사람이 던진 그물은 나룻배가 만들어 내는 은빛 물살을 타고 그들을 따랐다. 선착장에 되돌아온 그들은 그물을 끌어올렸다. 물새들은 보이지 않았고, 그녀는 그를 위로하려 애썼다.

집 안으로 들어간 그들은 서로의 옷을 벗겨 주고 몸을 씻겨 준 후 한 쌍의 연인처럼 북쪽 방에 함께 누웠다. 잉그리드의 머릿속은 어린 시절, 부모님, 바브로, 수잔, 라스는 물론 그녀가 그리워했던 것, 스스로 방해하고 파괴했던 그 모든 것들이 들어올 자리가 없을 만큼 꽉 차 있었고, 그녀는 이 세상 전부를 가진 것 같은 만족감에 몸을 맡겼다.

그녀는 천장의 중도리 나무를 쳐다보며, 내일은 시내에 가서 장을 보고 고양이를 가져오는 김에 그간 무슨 일이 있었는지 알아봐야겠다고 중얼거렸다.

그녀는 팔을 통해 그가 고개를 끄덕이는 것을 느꼈다.

그녀는 그가 자신의 말을 이해하는지 물어보았고, 그가 이제는 그녀의 말을 거의 대부분 알아들을 수 있다는 것을 깨달았다.

그녀는 '고양이'라고 말한 후 '야옹야옹'하고 고양이의 울음소리를 흉내 냈다. 그는 '코시카(Koshka, 러시아어로 고양이—옮긴이)'라고 말했고, 그녀는 손가락 끝을 통해 그가 미소 짓는 것을 느낄 수 있었다. 그녀는 그에게 밖에서 총소리나 비명이 들려와도 그녀가 직접 문을 열어줄 때까지 다락에서 죽은 사람처럼 꼼짝없이 기다려야 한다고 명령처럼 말했다. 몇 시간이 될 수도 있고 길게는 반나절이 될 수도 있다고 하자 그는 '스파시바'라고 말한 후, 더듬더듬 '고양이', '은둔처'라고 연이어 말했다.

잉그리드는 앞을 볼 수 없을 정도로 짙게 내리는 눈 속에서 돛을 올리고 바닷물 위로 미끄러져 나갈 때만 해도 준비가 단단히 되었다고 생각했다. 자신의 행동이 옳았다면 시신과 의혹 그리고 침입자들의 손에서 바뢰이를 구할 수 있으리라 생각했던 것이다.

배를 매어 놓고 마을에 들어서니 전에 없던 고요함이 그녀를 덮쳤다. 무언가 매우 중요하고 본질적인 것이 거친 손에 의해 찢겨 나갔고, 보초와 탈 것, 말과 정확히 무엇 때문인지 모를 공허함이 그 자리를 채우고 있는 것 같았다.

가게에서 만난 마르고트는 남쪽으로 몇 마일 떨어진 곳에서 영국 전투기가 독일군 수송선을 폭파했고, 그 때문에 수백, 아마도 수천 명이 죽었다고 말했다.

"그랬나요?"

마르고트는 섬의 북쪽 요새에 물건을 배달하는 아들에게서 직접 들은 이야기라고 했다.

"군인들이 타고 있었나요?"

"그렇다고 하더구나."

"모두 독일군이었대요?"

그렇다고 대답하던 마르고트는 표정을 바꾸어 잉그리드를 찬찬히 살펴보았다. 잉그리드는 순식간에 자신감과 희망이 사라지는 것을 느꼈고, 학교 뒤의 초소도 없어졌냐고 물었다. 마르고트는 대부분 통신 시설과 포로수용소와 포대가 자리한 요새 쪽으로 자리를 옮겨 갔지만, 사령관은 오늘 마을에 머물러 있다고 대답했다.

눈을 껌벅이며 주위를 둘러보던 잉그리드는 제니와 한나가 여전히 고양이를 키우는지 물었다.

마르고트는 잉그리드가 어렸을 때 통조림 공장 내 북쪽 회색 방에서 청어를 소금에 절이는 일을 할 때와 마찬가지로 그들 모녀는 지금도 여전히 고양이들과 함께 가족처럼 지내고 있다고 말했다.

그녀가 가게에서 나왔을 때 그녀의 주춤거리던 계획에 또 다른 장애물이 생겼다. 학교 뒤편의 초소에 이르렀을 때 그녀는 군복을 입은 보초병 한 명과 맞닥뜨렸다. 그녀가 책임자를 만나야 한다고 말하자 보초병은 몸을 뒤틀며 그건 불가능한 일이라면서 어설픈 노르웨이어로 대답했다.

잉그리드는 '토테(Tote, 독일어로 '죽음' 또는 '시체'라는 뜻―옮긴이), 토테'라고 말하며 그를 향해 손가락을 두 번 들어 보였다.

보초병은 담배에 불을 붙이고 그녀에게 바짝 다가와 위협적인 몸짓을 하며 전혀 이해할 수 없는 말을 날카롭게 쏟아냈다.

그녀는 다시 '토테, 토테'라고 말하며 손가락을 들어 보였다.

그는 한숨을 푹 내쉬더니 공터 맞은편 끝 쪽에 자리한 막사를 바라보며 그녀에게 자기를 따라오라고 말했다. 숨을 제대로 쉴 수 없을 정도로 무더운 막사 안에는 중년의 대머리 장교 한 명이 참호에 몸을 숨기듯 높다란 책상 뒤에 앉아 있었다. 옅은 색의 콧수염, 분홍색 상처, 순진하게 보이는 커다란 눈을 지닌 그는 수화기에 대고 무슨 말인가를 열정적으로 내뱉으면서 동시에 커다란 숟가락으로 삶은 달걀을 후벼파고 있었다.

그녀를 발견한 그가 짜증 섞인 표정으로 의자를 가리켰다.

잉그리드는 의자에 앉아 그의 북슬북슬한 손이 움켜쥔 숟가락을 호기심 어린 눈으로 뚫어지게 바라보았다. 보초병은 장교가 수화기에 대고 폭포수처럼 말을 쏟아내는 틈을 타서 밖으로 나가 버렸다.

전화를 끊은 장교는 숟가락을 다른 손으로 옮겨 쥐었다. '토테, 토테'라고 말하며 손가락을 들어 보인 잉그리드는 자신의 사는 곳과 도움이 필요하다는 말을 덧붙였다. 그는 잉그리드의 말을 알아듣는 것 같았다.

"야볼(Jawohl, 그렇고 말고), 그들은 큰 재앙에 희생된 것이 틀림없어. 아이네 리지게 카타스트로페(Eine riesige Katastrophe, 큰 재앙이지). 디 라이헨 진트 유바알 아우프 덴 인젤른(Die Leichen sind überall auf den Inseln, 섬 전체에 시체가 널려 있으니까)."

잉그리드는 존재하지 않는 것을 찾아 헤맨다는 생각에 오싹함을 느끼며 이제 돌아가도 되겠냐고 물었다.

"젤프스퍼슈탠들리히(Selbstverständlich, 물론이지). 이히 합 지 니히 아인겔라덴(Ich hab' Sie nicht eingeladen, 내가 당신을 초대한 적도 없잖아)." 그가 눈을 찡긋하며 말했다.

그녀는 추위 속에서 나룻배를 향해 비틀거리며 걷다가 통조림 공장 옆에서 방향을 바꾸어 북쪽으로 발을 옮겼다. 제니와 한나의 따뜻한 회색 부엌으로 들어간 그녀는 안부를 물은 후 그들이 고양이를 키우고 있다는 얘기를 들었다고 말했다.

"맞아요. 일단 자리에 앉아서 좀 쉬어요, 잉그리드. 몸이 안 좋아 보여요." 한나가 말했다.

그 말에 코웃음을 치며 자기가 어떻게 보이길래 그러냐고 되묻던 잉그리드는 문득 그들에게는 아무것도 말하면 안 되겠다는 생각을 했다. 평생을 알고 지내 온 사람들이지만, 그들은 마치 다른 섬에서 온 사람들, 신뢰할 수 없는 사람들처럼 느껴졌다. 한나는 뜨개질거리에서 눈도 떼지 않고 잉그리드에게 바뢰이에서 홀로 사는 삶이 외롭지 않냐고 물었다.

"그래요. 바로 그 때문에 고양이를 키우려고 하는 거예요."

"바브로가 올 때까지만이라도 여기서 우리와 함께 지내는 건 어때요?"

그녀가 뜨개질거리에서 눈을 떼고 잉그리드를 응시했다.

잉그리드는 고모가 언제 돌아올지 확신할 수 없다고 말했다.

한나는 미심쩍은 표정을 짓더니 옆방을 향해 소리를 쳤다.

곧 제니의 목소리와 함께 문이 열리는 소리가 들려왔다. 그들의 깨끗한 집은 금방 청소를 마친 듯 오븐의 훈기와 빨래 삶는 냄비의 물 끓는 소리로 가득했다. 한나는 등에 체크무늬가 있는 특별한 고양이 새끼 한 마리가 있다고 말했다.

"그건 그렇고…… 배고프지 않아요?"

잉그리드는 이런 때에 다른 사람들의 음식을 얻어 먹을 수 없다며 정중히 거절했다.

제니가 광주리에 고양이를 담아 가져왔다. 고양이가 도망치지 못하도록 광주리 위에는 청어잡이 그물이 덮여 있었다. 잉그리드는 그물을 살짝 들어 올려 고양이를 보며 이름이 무엇이냐고 물었다.

"아직 이름이 없으니 마음대로 부르세요." 말을 마친 제니 역시 잉그리드를 뚫어지게 바라보며, 이곳에서 며칠 머무르지 않겠냐고 제안했다.

잉그리드는 미소를 지으며 거절하고 집에서 나왔다. 그리고 마치 상점으로 가면 다시 희망과 사람을 되찾을 수 있기라도 하다는 듯 서둘러 발걸음을 옮겼다. 적어도 필요한 물건들을 구입할 수는 있겠지. 별안간 예전에 전당을 잡혔던 시계를 되찾고 싶다는 생각이 스쳤다. 마르고트가 돈 대신 식량 배급표를 받아줄까?

마르고트는 식량 배급표로 뭘 할 수 있겠냐고 되물었다.

"그냥 가져가. 이미 고장 났으니까."

창고에 가서 시계를 가져온 마르고트는 작은 자루에 시계를 넣고 수건으로 둘둘 감아 식료품과 함께 상자에 담아 주었다. 현기증이 나도록 큰 안도의 한숨을 내쉬며 가게를 나선 잉그리드는 나룻배에 올랐다. 그녀는 노를 저으면서도 지켜볼 수 있도록 고양이를 담은 광주리를 배의 후미에 자리한 두 개의 그물용 닻돌 사이에 놓아두었다.

그녀는 끊임없이 불어오는 남서풍 속에서 힘겹게 노를 저었다. 처음 얼마간은 뒤로 노를 젓다가 곧 앞으로 방향을 바꾸어 노를 움직였다. 바다는 그 어느 때보다 더 깊고 거대했고, 하루는 그 어느 때보다 더 짧았다. 너무나 빨리 노를 저어서인지 피곤이 몰려왔고 온몸에서는 땀이 흘렀지만, 그녀는 개의치 않고 더 힘차게 노를 저었다. 바닷물이 나룻배를 거세게 때렸다. 오테르홀멘의 바람 없는 곳에 이른 그녀는 배에 차 들어오기 시작한 물을 퍼내야만 했다. 그새 나룻배는 파도를 타고 북쪽으로 떠내려가기 시작했다. 그녀는 다시 힘차게 노를 저었고, 고양이는 비처럼 쏟아져 내리는 바닷물 속에서 울부짖었다. 마침내 저 멀리 바뢰이의 선착장이 보이기 시작했을 때는 이미 날이 어두워져 있었다.

그녀는 광주리를 들고 집으로 뛰어 들어가 부엌과 거실의 램프 불을 켜고 난로에 불을 지폈다. 계단을 올라간 그녀는 큰 한숨과 함께 다방 문을 열고 고양이를 마치 방패처럼 앞으로 쑥 내밀었다.

그는 갑작스레 새어 들어온 빛 때문인지 빈 포대처럼 힘없이 바닥에 주저앉았다. 잉그리드는 가만히 선 채 아무 말도 하지 않았다. 그가 고양이를 받아 들고 '코시카'라고 말하며 미소 띤 얼굴로 고양이의 얼굴에 코를 비벼댔다.

잉그리드는 그가 독일사람인지 물어보았다.

그는 잉그리드의 말을 이해하지 못했다.

독일군 수송 차량에 폭격이 가해졌다고 소리치던 그녀는 그의 한쪽 손에 감겨 있던 붕대가 사라졌다는 사실을 발견했다. 아마도 그는 이로 붕대를 뜯어냈으리라. 붕대가 사라진 곳에는 새살이 돋기 시작했고, 분홍색 조개껍질 같은 손톱도 자그맣게 자라 있었다.

그녀는 자신도 이해하지 못할 말을 외치며 다시 대문 밖으로 나가 나룻배를 향해 뛰어갔다. 음식이 담긴 상자를 가져온 그녀는 부엌에 앉아 찢어진 그물 조각을 이어 천장의 해치 구멍에 매달아 놓았다. 그물을 타고 올라간 고양이는 한 발로 매달려 있다가 다시 바닥에 내려와 장난치며 놀았다. 그러는 동안 알렉산더는 그녀를 향해 재미있다는 듯한 미소를 지었다. 그런데 그의 이름이 알렉산더였던가?

그녀는 이층 방에 올라가 그물 조각을 바닥에 내려놓았다. 고양이가 그물 속에 발을 들여놓자 그녀는 얼른 그물을 들어 올렸다. 고양이는 그녀의 손 안에서 북쪽 방을 두리번거렸다. 그녀는 고양이를 데리고 부엌에 내려왔다가 다시 홀에 올라가는 일을 반복했다. 마침내 고양이가 천장에 매달린 그물의 목적을 알아차린 듯하자 알렉산더도 그제야 이해했다는 듯 소리 없는 박수를 쳤다.

잉그리드는 고양이의 이름이 '코시가'라고 말했다.

그는 그녀의 발음을 두 번이나 정정해 주었고 마침내 그녀가 제대로 발음하자 "그래요, 그래요." 하고 말했다.

하지만 그녀는 미소를 짓지 않았다.

그녀는 그가 독일인인지 러시아인인지 다시 물어보았다.

그는 말없이 팔을 둘러 그녀를 감싸안았다. 그때 갑자기 자그마한 달걀과 커다란 숟가락이 떠오른 그녀는 비명을 지르며 주먹으로 그를 마구 때리기 시작했다. 그는 벤치 끝으로 그녀를 데려가 눕힌 후 그녀의 몸 위에 앉아 무슨 말인가를 쏟아냈다. 그의 말은 전혀 독일어처럼 들리지 않았다. 잠시 후 그가 노래를 부르기 시작했는데, 동요처럼 들리는 그 노래의 가사도 독일어와는 거리가 멀었다. 곧 그가 그녀의 옆에 가만히 누웠고, 그의 숨소리가 그녀의 귓전에 닿자마자 두 사람의 숨소리는 이내 하나가 되었다. 아무도 말을 하지 않았다.

잉그리드는 그의 짧고 검은 머리카락 속으로 손가락을 집어넣었다. 숨을 들이켜니 비누 냄새가 났다. 그녀는 그에게 입을 맞춘 후 장작을 가져와 달라고 부탁했다. 손가락 하나 까딱할 힘도 없어요. 마치 죽은 사람 같아요. 당신은 죽음이라는 말이 어떤 의미를 지니고 있는지 아나요?

그가 미소를 지으며 상의를 걸치고 밖으로 나갔다. 장작을 한가득 담은 광주리를 들고 돌아온 그는 마치 오랫동안 그 집에서 살았던 사람 같았다. 그는 제자리에 가만히 서서 그녀를 뚫어지게 바라보았다. 너무나 밝고 아름다운 조각상 같은 청년의 눈길 앞에서 그녀는 얼른 다른 곳으로 시선을 돌려야만 했다.

질문처럼 들리는 그의 말에 그녀는 말없이 고개를 끄덕였다.

그는 음식을 만들기 시작했다. 밀가루 반죽을 하고 밀방망이로 반죽을 밀어 둥그렇게 펼치는 도중에도 그는 쉴 새 없이 조금 전에 불렀던 동요를 흥얼거렸다. 곧 그가 식은 생선 조각과 버터를 반죽 안에 넣고 반으로 접어 두꺼운 스페큘라스(Speculaas, 벨기에식 버터 비스킷—옮긴이)처럼 만들었고, 그것을 오븐 속으로 밀어 넣었다.

낯선 음식 냄새가 집 안에 퍼지는 동안 그는 그녀의 곁에 누워 그녀가 하는 대로 가만히 내버려두었다.

두 사람은 침묵 속에서 음식을 먹은 후, 함께 다락에 올라가 나란히 누웠다. 폭풍의 시작을 알리는 거센 바람이 남쪽 벽에 부딪혔다.

잉그리드는 눈물을 흘리며 그에게 일어날 필요가 없다고 말했다. 이제 섬을 찾는 사람은 아무도 없을 테니까.

두 사람은 다음 날이 저물 때까지 잠을 잤다. 저녁 무렵이 되었을 때가 되어서야 함께 눈을 뜬 두 사람은 바람 소리에 귀를 기울이며 바깥 날씨를 확인한 후 배를 채우고 고양이와 함께 놀았다. 거센 바람 소리 때문에 두 사람은 목청을 한껏 높여 말했지만 그들의 목소리는 폭풍에 묻혀 나직이 속삭이는 것과 다르지 않았다.

바람이 잠잠해지자 그녀는 그에게 시계를 수리할 수 있냐고 물었다.

그는 할 수 있다고 대답하며 수리에 필요한 연장이 있냐고 되물었다.

"그건 이미 내가 보여 줬잖아요. 기억나지 않나요?"

그가 이해할 수 없다는 표정으로 그녀를 바라보았다.

그녀는 했던 말을 되풀이했다. 연장. 그리고 연장이 어디에 있는지도. 그는 힘차게 고개를 끄덕이며 소리 내어 웃었고, 이불을 몸에 둘둘 감고 계단을 내려가더니 좀처럼 되돌아올 기색을 보이지 않았다.

잉그리드는 몸을 일으켜 그가 무엇을 하고 있는지 확인하기 위해 아래층으로 내려갔다. 이불은 그의 발치에 떨어져 있었고, 그는 벌거벗은 몸으로 서서 서쪽 벽에 시계를 걸고 있었다. 그는 각각의 시곗바늘에 이어진 시계추를 잡아당기고 잔잔한 바람 소리 속에서 시계 소리가 들리는지 귀를 기울였다. 시곗바늘은 8시 45분을 가리켰지만, 때는 컴컴한 저녁이었다. 그는 몸을 돌려 잉그리드를 바라보았다. 마치 시간이 몇 시냐고 묻는 것 같았다. 잉그리드는 그대로 내버려두어도 된다고 말했다. 두 사람은 다시 위층으로 올라갔고, 그곳을 찾는 사람은 아무도 없었다.

10

노를 젓는 방법에는 여러 가지가 있다. 하지만 남자는 그 어떤 방식으로도 노를 젓지 못했다. 그는 노받이와 손잡이 그리고 노가 마음대로 움직이지 않자 짜증을 냈고, 나룻배의 뒤쪽에 양가죽을 깔고 앉아 그를 지켜보던 잉그리드는 웃음을 터뜨렸다. 그녀는 저 멀리 어둠 속에 희미하게 보이는 암초와 섬을 가리키며 방향을 향해 노 젓는 방법을 설명해 주었다. 그는 더 잘해 보려 안간힘을 썼고 어린아이처럼 칭찬을 원했다. 잉그리드는 그에게 칭찬해 주면서 그가 어린아이 같다고 생각했다. 그 어린아이는 날이 가면 갈수록 점점 더 아름다워졌기에 그녀는 그에게서 눈을 뗄 수가 없었다.

그녀는 그에게 예쇠이아로 향하는 비좁은 내해를 건넌 후 거친 파도가 몰아치는 섬의 남쪽 끝으로 노를 저으라고 말했다. 그의 손가락은 짧았고 노는 쇄파를 이기지 못했다. 두 사람은 자리를 바꾸어 앉았다. 잉그리드는 섬을 빙 둘러 협곡으로 들어선 후 배를 묶어 정박시키고 그에게 보여 주고 싶은 것이 있다고 말했다.

두 사람은 골짜기의 눈 덮인 해초와 미역을 밟으며 걸었다. 오래전 바뢰이섬 사람들이 개척했던 그곳에는 아직도 그들이 가건물이라 부르는 높다란 헛간이 자리하고 있었다. 잉그리드는 헛간 문을 열고 그에게 들어오라고 말했다. 그들은 먼지투성이의 헛간 내에 있는 오래된 건초 더미 위에 함께 앉아 파도 소리에 귀를 기울였다. 그녀는 곧 바람이 잠잠해지면 누군가가 이곳에 올 것이라고 말했다. 그는 그녀의 말을 이해했다. 어쩌면 그들은 개를 데려올지도 몰라요. 그날이 오면 바로 이곳이 당신의 은둔처가 될 거예요. 그는 그녀의 말을 모두 알아듣는 듯했다.

그들은 파도 소리에 귀를 기울였다.

그가 그녀의 허벅지에 손을 올리고 이전과는 다른 새롭고 낯선 목소리로 말을 건넸다. 그 목소리에 담긴 것은 자신감이었던가 아니면 경고였던가. 그는 두 팔을 휘저어 가며 열정적으로 말을 내뱉더니 무언가를 묘사하려는 듯 그녀의 몸을 꽉 움켜잡았다. 그 순간 잉그리드는 그에게 나이를 물어볼 필요가 없다는 사실이 기쁘기만 했다.

그녀는 그의 흉하게 일그러진 손을 쥐고 자신의 얼굴 앞으로 가져간 뒤 그의 목소리에 귀를 기울였다. 조금 전과는 달리 무언가를 설득하는 것 같은 그의 말을 알아들을 수 없어 기뻤다. 그는 점점 생기를 찾아가고 있었고, 영영 잃어버린 줄만 알았던 과거의 기억을 되찾아 갔다. 동시에 그녀는 점점 무기력함에 빠져들었다. 어둠의 시작과 함께 이제 그가 없는 삶을 견디지 못하리라는 자각을 하게 되었기 때문이다.

그녀는 집으로 되돌아가는 길 내내 그에게 노 젓는 일을 맡겼다.

그가 노를 젓는 동안만큼은 그에게 들키지 않고 마음껏 눈물을 흘릴 수 있었기 때문이다. 하지만 그녀의 눈물을 봐 버린 그는 노를 내려놓았다. 그가 양손을 그녀의 어깨 위에 얹었다. 그녀는 그의 엄지장갑에 얼굴을 기대면서도 그를 돌아보진 않았다. 그리고 아무 말도 하지 않았다. 나룻배는 파도를 타고 움직이기 시작했고, 곧 그가 다시 노를 저었다.

다음 날 저녁 두 사람은 다시 밖으로 나갔다. 그녀는 그에게 손 낚싯줄을 사용하는 법과 물고기를 잡아 피를 빼고 손질하는 법을 가르쳐 주었다. 그리고 거센 눈보라 속으로 그를 데려가 젖은 엄지장갑이 따뜻할 수 있다는 사실과 정면으로 몰아치는 파도 속에서 노를 젓는 법 등을 가르쳐 주었다. 그녀는 그에게 추위나 상처는 얼마든지 자신의 의지로 이겨낼 수 있다고 말하면서 어느새 자란 그의 칠흑 같은 머리카락 속으로 손가락을 집어넣었다. 그날 밤 그녀는 잠을 이루지 못했고, 고른 숨을 쉬며 넬리처럼 잠을 자는 그의 모습에 알 수 없는 두려움을 느꼈다.

그녀는 몸을 일으켜 창밖을 내다보았다. 기름처럼 매끈한 바다가 사방으로 뻗어 있었다.

그녀는 이불과 러그와 옷가지들을 모아 짐을 싸기 시작했다. 마치 로포텐으로 겨울철 고기잡이를 떠나는 사람을 위해 도시락을 준비하듯 음식을 바리바리 싼 후, 그를 깨워 얼른 옷을 입으라고 나직이 속삭이듯 말했다.

그가 영문을 모르겠다는 표정으로 그녀를 바라보았다.

그녀는 남쪽으로 노를 저어 예쇠이아 계곡으로 향했다. 그들은 예쇠이아섬에 올라 하늘에 닿을 듯 높다란 건초 더미 위에 함께 누웠다. 그녀는 매일 저녁 음식과 물을 가지고 이곳에 오겠다고 약속한 후 작별 인사를 건넸다. 그는 그녀를 붙잡았고, 두 사람은 함께 누워 다시 작별 인사를 나누었다. 그녀가 노를 젓기 시작했을 때 바다는 그 어느 때보다 더 거대하게 다가왔다. 그녀는 자신이 너무나 미미한 존재에 불과하다는 느낌을 지울 수가 없었다.

바뢰이섬으로 돌아온 그녀는 그의 흔적은 물론 자신의 흔적을 지우기 위해 청소를 시작했다. 거울을 보며 얼굴에 검댕을 바르고 이 창문 저 창문을 차례차례 돌아가며 저 멀리 북쪽과 동쪽 바다를 확인했다. 아무도 오지 않았다.

그녀는 괜한 짓을 했다고 생각하며 얼굴의 검댕을 씻고 고양이 코시카와 함께 놀기 시작했다. 이제는 북쪽 방에서 잠을 잘 수가 없을 것 같았다. 새 선착장에서 망원경을 가져온 그녀는 부모님이 사용하던 남쪽 방의 침대에 누워 예쇠이아 쪽을 바라보았다. 그러나 눈에 들어오는 것은 아무것도 없었다. 그녀는 어둠이 내리기 전까지 눈을 감지 않았다.

매끈한 바다 위의 섬들이 매끈한 거울 위의 먼지를 닮았던 다음 날 아침, 그녀는 멍청한 짓을 하는 건 아닐지 생각하면서도 노를 저어 그를 찾아갔다. 나룻배에 올라탄 그가 멀미를 했다. 그럼에도 두 사람은 함께 웃을 일이 있어 좋았다. 그녀는 그를 뭍에 내려 준 다음 그가 몸의 균형을 잡을 때까지 기다렸다가 다시 함께 바다로 나가 낚시를 했다. 그리고 포획한 생선들을 나눈 뒤 뱃머리를 돌렸다. 섬에 이른 그녀는 배를 정박시키고 그와 함께 건초 헛간에 들어가 어둠이 내릴 때까지 함께 누워 있었다. 방향을 바꾸어 새롭게 불어오는 바람은 약한 산들바람에 불과했지만, 그녀는 바뢰이로 돌아가기에는 파도가 높다고 생각해 날이 밝을 때까지 그곳에 머물기로 했다. 다음 날 이른 아침, 그녀는 비를 머금은 바람 속에서 노를 저어 집으로 되돌아왔다. 한기로 가득한 집을 사람이 사는 곳처럼 만들기 위해 다시 불을 지피는 등 거의 하루 종일 집안일에 매달렸다. 그렇게 일을 하고 나니 너무나 피곤해 다른 생각을 할 수 없었다는 점이 다행이라면 다행이었다.

그녀는 추를 잡아당겨 시곗바늘을 맞춘 후 고양이와 놀고 음식을 만들었다. 양털도 빗고 실도 감아놓고 싶었지만, 그 일은 하지 못했다.

그녀는 망원경을 들고 남쪽 방 침대에 누워 예쇠이아의 하루가 저무는 모습을 바라보았다. 회색빛 바다와 새들의 날갯짓은 차츰 짙어오는 어둠에 묻혀 버렸다.

그녀는 몸을 일으키고 옷을 입은 후 눈 쌓인 섬을 걷기 시작했다. 아무것도 찾을 수 없었다. 그녀는 집으로 되돌아와 커피를 끓여 마셔야겠다고 생각했다. 평평한 바닥에서 느닷없이 넘어진 그녀는 얼른 몸을 일으켜 흔들의자에 앉아 잠에 빠졌고, 언젠가 학교에서 그렸던 솔방울 꿈을 꾸었다. 눈을 떴을 때는 피곤이 가신 몸에 누군가가 숨결을 불어 넣은 듯 간질간질한 느낌이 스쳤다. 다락에 올라간 그녀는 낡은 스케치북과 연필을 꺼냈다. 오래전 그

누구도 본 적이 없는 거대한 솔방울을 가져와 자랑스럽게 교탁 위에 올려놓았던 선생님의 얼굴이 떠올랐다. 선생님은 잉그리드가 그렸던 자그마한 솔방울이 달팽이 집을 닮은 걸 보고 웃음을 터뜨렸다. 다른 아이들이 그렸던 솔방울도 다르지 않았다. 달팽이 집, 고동, 조개껍질을 닮은 솔방울. 다시 위층으로 올라간 잉그리드는 그가 어디론가 자취를 감추기 전에 그에게 무언가를 써 보게끔 말해야겠다고 결심했다. 그는 꼭 무언가를 써서 남겨야만 했다. 그것은 바로 이 모든 일의 궁극적인 목적이라고도 할 수 있었다. 그녀가 그의 글을 이해하지 못한다 해도 상관없었다. 언젠가는 그의 글을 이해하는 날이 올 테니까.

11

세상의 모든 생명이 죽어 가는 시간에 접어들었다. 그들만의 보금자리에서 몸을 웅크린 짐승과 인간은 이전보다 훨씬 작고 미약한 존재로 변했고, 자연은 침묵을 지켰다. 들리는 것은 파도 소리뿐. 그 누구의 기도도 세상에 생기를 불어넣지 못했다.

잉그리드는 생선 건조대에 걸쳐 두었던 헤진 옷가지들을 걷어와 정고에 있던 생선 상자 속에 차곡차곡 넣어 두었다. 그녀는 손에 묻은 톱밥을 내려다보며 멍하니 서 있었다. 한기와 온기, 여름과 겨울, 삶과 죽음 사이에 서 있던 그녀의 귀에 엔진 소리가 들려왔다. 그것이 자신의 심장 소리가 아니라는 것을 깨닫는 순간, 이상하게도 다시는 경험하지 못하리라 생각했던 평온함이 찾아들었다.

그녀는 얼른 집에 들어가 머리를 헝클고 얼굴에 숯검정을 칠한 후, 스카프를 머리에 겹겹이 두른 채 광주리를 들고 대문 밖으로 나갔다. 낡은 수송선 한 척이 새 선착장으로 들어오고 있었다.

그녀는 광주리를 내려놓고 침착하게 선착장 쪽으로 발을 옮겼다. 그 와중에도 눈 위에 남아 있을지도 모르는 흔적을 찾아 여기저기 살펴보는 것을 잊지 않았다. 다행히도 눈 위에는 아무런 자취도 찾아볼 수 없었다. 선착장에 이르렀을 때 커다란 숟가락으로 삶은 달걀을 먹고 있던 어느 장교가 배에서 내려 그녀를 쳐다보았다. 선원이 계류 밧줄을 뭍으로 던졌다. 잉그리드는 밧줄의 고리를 계선주에 걸어 놓았다. 장교의 뒤에는 군복을 입은 사병 네 명이 서 있었고, 그들의 뒤에는 전쟁 전에도 사람 취급을 받지 못했을뿐더러 전쟁에 참가한 후에도 이렇다 할 대접을 받지 못했던 보안관 헨릭센이 서 있었다.

장교는 선착장에 서서 장갑 낀 양손을 배 위에 얹어 깍지를 낀 채 온몸을 부르르 떨었다. 순진하게 보였던 커다란 두 눈은 여전했지만, 코 위의 분홍색 상처는 지난번보다 더 빨개진 것 같았다. 그는 자신의 이름을 하르겔이라고 소개했다. 하르겔 중위. 그는 잉그리드가 문을 여는 동안 안절부절못하는 듯 왔다 갔다 했다. 열린 문틈으로 새어 들어온 겨울 햇살이 시신 위를 비추어 내리자 그는 '맙소사'라고 외치며 고개를 돌려 밖에 있던 사병들을 소집했다. 마스크를 끼고 차례차례 뭍에 오른 그들은 들것 두 개를 가져와 시신을 옮기기 시작했다.

잉그리드는 그들에게 크레인 사용법을 일러 주었다.

그들은 시신을 배에 싣고 선실과 갑판 위의 돗자리 위에 올린 다음 시신을 향해 하얀 가루를 쏘아댔다. 잠시 후 그들은 두꺼운 철판과 하얀 가루를 뭍으로 올렸고, 크레인은 물론 선착장 여기저기에 하얀 가루를 뿌렸다. 그들이 지나간 자리는 마치 하얀 새 눈이 내린 것 같았다.

장교는 잉그리드에게 무슨 말인가를 건넸다. 잉그리드는 분말기를 쏘듯 '쉬쉬' 하는 소리와 장갑 낀 그의 손짓으로 미루어 볼 때, 그들이 뿌린 흰 가루를 며칠이 지난 뒤에 씻어야 한다고 말한 것으로 짐작했다. 너덜너덜해진 지붕에서 피가 뚝뚝 흐르는 것을 발견한 그녀는 다시 봄, 아니 여름이 올 때까지 기다린다 하더라도 그곳에 다시 발을 들일 수 있을지 확신할 수 없었다. 그녀는 헨릭센을 향해 미곡창에도 시신이 있다고 말했다.

헨릭센과 장교 그리고 사병 두 명이 그녀와 함께 미곡창으로 들어갔다.

잉그리드는 시신을 덮어 두었던 군복과 모포를 걷어 냈다. 하르겔이 불을 켜 보라고 말했다. 잉그리드는 볼트를 잡아당기고 건초 더미를 쌓아 올릴 때처럼 들창을 들어 올렸다. 사병들은 시신을 바닥 한 중앙으로 끌어내 찬찬히 살펴보려 했다. 하르겔은 그들을 옆으로 밀쳐내고 마치 의사처럼 직접 바닥에 무릎을 꿇고 앉아 시신을 살펴보았다. 시선을 돌린 잉그리드의 귀에 그들의 목소리가 들렸다. 서리, 익사, 폭행……

"시신을 발견한 곳이 여기였습니까?" 헨릭센이 잉그리드에게 물었다.

"네."

"그때는 살아 있었던 것으로 짐작하는데요?"

"그랬을지도 모릅니다. 하지만 제가 이곳에 왔을 때는 숨이 끊어져 있었습니다."

"왜 신고하지 않았습니까?"

그녀는 이미 신고했다고 말하며 하르겔을 쳐다보았다. 죽은 사

람이 독일인이 아니라고 확신한 이유는 이 사람은 다른 시신들과
똑같은 누더기를 입고 있었고, 그 위에 군복이 덮여 있었기 때문
이라고 노르웨이어로 말했다.

헨릭센이 그녀의 말을 통역하자 하르겔은 잉그리드를 불빛 아
래로 잡아당겼다. 잉그리드는 자신을 뚫어지게 바라보며 장교의
말을 번역하는 헨릭센의 눈빛과 말투에서 위협을 느꼈다.

"이 사람은 군복을 입고 있지 않았습니다." 잉그리드는 했던 말
을 되풀이했다.

"그렇다면 왜 신고를 하지 않았습니까?" 헨릭센이 되물었다.

잉그리드는 그에게 귀가 먹었냐고 쏘아붙였다.

헨릭센의 얼굴이 발갛게 달아올랐다. 하르겔은 흥미진진한 눈
빛으로 두 사람을 번갈아 쳐다보았다. 잉그리드는 폭풍 때문에 더
일찍 신고할 수 없었다고 말했다.

사병들은 시신을 들것에 실어 밖으로 실어 나갔고 잉그리드 일
행은 그들의 뒤를 따랐다. 하르겔은 손에 쥐고 나왔던 군복을 살
펴보더니 주머니를 뒤집어 그 안에서 물에 젖어 찢어진 종이 한 장
을 꺼냈다. 그는 안경을 끼고 이마에 주름을 지어가며 호기심 어린
표정으로 종이를 찬찬히 살펴보았다.

잉그리드는 그들에게 커피를 마시겠냐고 물어보았다.

퉁명스럽게 그녀의 제안을 거절한 하르겔은 죽은 군인의 계급
을 알고 있었는지 물었다.

"몰랐습니다."

"대령이라는 것을 몰랐단 말인가?"

"네, 그렇습니다."

그는 다시 한마디를 더 던졌고, 그녀는 헨릭센이 통역해 준 그 질문에 아니라고 대답해다.

잉그리드는 독일군의 계급에 대해선 아는 것이 없다고 덧붙였다.

하르겔은 당혹스러운 표정을 지으며 잉그리드에게 무기를 가지고 있는지 물었다.

잉그리드는 고개를 끄덕인 후 곧장 집에 들어가 크라그 에르겐센, 작살총, 산탄총을 가져와 막 배에서 돌아온 사병들에게 건네주었다.

잉그리드는 독수리, 돌고래, 밍크 등을 사냥하기 위해 항상 집에 무기를 지니고 있었다고 말했다.

하르겔은 그녀에게 총을 사용할 줄 아냐고 물었다.

"네."

"이것도 사용할 줄 아나?" 그가 작살총을 가리키며 물었다.

"네."

그는 고개를 절레절레 흔들며 헨릭센을 향해 무슨 말인가를 했다. 헨릭센은 잉그리드에게 총알도 가져오라고 말했다.

"혼자서 전쟁을 해도 될 만한 양이군." 잉그리드가 총알이 가득 들어 있는 상자 두 개와 작살들을 가져오자 헨릭센이 혼잣말처럼 중얼거렸다.

독일어로 긴 설명이 이어지는 동안 잉그리드는 헨릭센이 나이에 비해 너무나 늙어 보인다고 생각했다. 구부정한 등, 무겁고 거친 호흡, 쉰 목소리, 평생을 권위와 권력의 창백한 그림자로 살아왔기에 그런 건 아닐까.

하르겔이 그녀에게 바짝 다가와 장갑을 벗고 통통한 손가락에 침을 뱉어 그녀의 얼굴에 문지르며 흘러내리는 숯검정을 뚫어지게 바라보았다.

"이 여자는 불안과 공포를 느끼고 있어." 그는 손가락을 군복에 문지르며 마치 철학자처럼 말을 이었다. "수치심도."

그는 헨릭센과 다시 대화를 나누었다. '불'과 '라디오'라는 독일어를 알아들은 잉그리드는 차려 자세로 선 채 하르겔을 향해 그녀의 집에는 라디오가 없다고 말했다. 하르겔은 그녀에게 이 집에 혼자 사냐고 물었다.

"네, 고모는 현재 병원에 입원 중이고, 남자들은 로포텐에서 물고기를 잡고 있습니다."

"그렇다면 이 집에는 당신 혼자 살고 있다는 말이지?"

"네, 그렇습니다."

"생계는 어떻게 연명하지?" 그는 남쪽의 눈 쌓인 정원을 바라보며 물었다.

잉그리드는 그의 말을 알아듣지 못했다.

그는 잉그리드의 가족들이 전쟁 중에도 줄곧 이곳에서 살았냐고 물었다.

잉그리드는 항상 이곳에서 살아왔다고 대답했다.

그는 시선으로 건물들을 훑으며 중얼거렸다.

"끔찍할 정도로 가난하군……."

헨릭센이 미소를 지었다.

잉그리드는 보여 줄 것이 있다며 그들을 정고로 안내했다.

"이것들도 가져갈 건가요?" 그녀가 차곡차곡 쌓아 놓은 옷가지들을 가리키며 물었다.

"그건 포로들의 옷이에요." 보안관이 말했다.

잉그리드는 귀를 기울였다.

하르겔은 그 옷들을 어디에서 찾았냐고 물었다.

그녀는 각각의 옷을 어디에서 발견했는지 설명했다. 하지만 그녀의 말이 끝나자 그들은 흥미를 잃은 듯했다. 정고에서 나가 해변을 따라 선착장으로 발을 옮기던 하르겔이 갑자기 생각난 듯 뒤를 돌아보며 소리쳤다. 보안관은 잉그리드에게 작살총은 가져도 좋지만, 산탄총과 크라그 에르겐센 그리고 총알은 그들이 가져가겠다고 말했다.

잉그리드는 고개를 끄덕이며 배에 타고 있던 사람들이 포로들뿐이었냐고 물었다. 헨릭센은 그녀에게 바보가 아니냐고 되물었다. 사병들이 그녀에게 다가와 종이 두 장을 건네주었다. 한 장은 '점령 지역의 민간인이 지켜야 할 사항'이었고, 다른 한 장은 한 번도 본 적이 없는 문서였다. 그녀는 종이를 접어 손에 들고 그들의 뒤를 따라 선착장으로 향했다. 그들을 위해 닻줄을 올리려는 순간, 경고의 목소리가 들려와 동작을 멈추었다. 갑판 위의 두 시신 사이에 서 있던 하르겔이 그녀를 올려다보며 소리쳤다.

"집에 키우는 가축이 있나?"

"없습니다."

그가 고개를 끄덕였다.

"배는 몇 척이나 가지고 있지?"

"네 척이 있습니다."

그는 다시 고개를 끄덕인 후 손가락을 들어 올려 신호를 주었다. 그녀는 닻줄을 풀고 그들이 탄 배가 후진을 해서 육지의 마을 쪽으로 뱃머리를 돌릴 때까지 차려 자세로 서 있었다. 그녀는 미곡창에 있던 시신을 그대로 놓아두고 군복도 태워 버리지 않은 것을 후회했다. 그런데 그들은 왜 그녀가 난파선을 발견했는지 또는 난파선을 찾아보려 노력했는지 묻지 않았을까. 그 섬에 오려면 배 없이는 불가능한 일이지 않은가. 그녀는 그들과 나누었던 대화를 상기하며 혹여 그녀가 미처 발견하지 못했던 눈 위의 흔적을 찾아 발을 옮기기 시작했다. 그녀는 그들이 폭행이라고 말했는지 폭행과는 관련이 없다고 말했는지, 또는 익사라고 말했는지 익사가 아니라고 말했는지 기억할 수가 없었다. 불현듯 그들이 무슨 말을 했는지는 아무런 의미가 없다는 생각이 스쳤다. 헨릭센의 말과 행동으로 미루어 보아 그들이 언젠가는 다시 찾아올 것이 틀림없다는 확신이 들었기 때문이다.

그날 저녁, 그녀는 예쇠이아에 갈 용기를 낼 수 없었다. 바람 한 점 없는 잔잔한 수면에 어둠이 너무나 밝았기 때문이었다. 그녀는 남쪽 방에 누워 망원경을 통해 저 멀리 보이는 섬을 응시했다. 칠흑 같은 어둠이 찾아들면 노를 저어 그곳에 갈 생각이었지만, 어느새 잠에 빠지고 말았다.

12

그들은 하얀 분말이 담긴 용기를 남겨 두고 갔다. 잉그리드는 양동이에 가루를 옮겨 담고 건초 창고 바닥에 뿌렸다. 썰물이 되자 그녀는 카르비카로 가서 배가 가라앉은 곳을 뚫어지게 바라보았다. 아무것도 보이지 않았다. 물이 완전히 빠질 때까지 기다려 보았지만 역시 아무것도 볼 수 없었다.

오늘처럼 너무 환한 낮에는 사람들의 눈에 띄지 않고 노를 젓기가 불가능했다.

그녀는 정고에 있던 시신들의 옷가지를 모아 북쪽 곶으로 가져가 불에 태우고 재는 바다에 뿌렸다. 날씨는 여전히 변하지 않았다. 그녀는 망원경을 눈에 가져갔다. 누군가가 그녀를 보고 있었다. 날이 저물자 그녀는 용기를 내어 나룻배를 꺼내 바뢰이섬의 남쪽 후미진 곳에서부터 예쇠이아를 향해 있는 힘껏 노를 저었다.

산 밑의 뾰족한 바윗돌에 배를 묶어 놓고 목초지를 뛰어오르던 그녀는 두 개의 서로 다른 발자취 위에서 중심을 잃고 발을 헛디뎠다. 발자국 하나는 축축한 살얼음 위에 있었고, 다른 하나는 그녀를 뚫어지게 쳐다보는 거뭇거뭇한 구덩이 옆에 있었다. 두 개의 흔적은 모두 건초 창고에서 시작되어 북쪽으로 이어져 있었다. 그중 하나는 발자국이 매우 선명했고 다른 하나는 발을 질질 끌며 걸은 듯 길게 이어져 있었다.

그녀는 그 발자국을 따라 북쪽으로 뛰어갔다. 문득 그 발자국은 어떤 연유인지는 알 수 없으나 공황 상태에 빠진 그가 헤엄을 쳐서라도 그 섬을 빠져나가려 시도하던 중 생긴 것이라는 것을 깨달았다. 보아하니 그는 섬을 빠져나가지 못한 채 겨우 목숨만 부지한 것 같았다.

잉그리드는 몸을 돌려 왔던 길로 뛰어가서 건초 창고의 문을 홱 열었다.

그는 자고 있는 것 같았다. 그녀는 그의 몸을 흔들어 보았지만 그는 눈을 뜨지 못했다. 그의 양볼은 젖어 있었고, 옷에는 얼음이 붙어 있었다. 그의 숨소리에 귀를 기울여 보았다. 가래가 끓는 듯한 소리가 들렸고, 열이 펄펄 나고 있었다. 그가 무언가를 중얼거리며 몸을 비틀었다. 눈을 감은 채 한 손을 들어 올려 허공을 휘저었다.

잉그리드는 비명을 지르며 그의 몸을 옆으로 밀쳐내고 그가 깔고 있는 러그를 창고 밖 눈 위에 내려놓았다. 그의 두 다리를 질질 끌어 문밖의 러그 위에 옮겨 놓고 이불로 그의 몸을 감싼 후 러그를 끌어 옮기기 시작했다. 하지만 그를 배에 태울 수는 없었다. 그녀는 그의 몸을 감싸고 있던 러그와 이불을 걷어 내 배의 후미에 얹은 후, 눈 위에 널브러진 그의 상체를 반쯤 일으켰다. 두 팔로 그의 등을 부축해 함께 일어선 그녀는 배 안에 떠밀다시피 그를 밀어 넣었다. 두 사람은 나룻배 안에 함께 내동댕이쳐지듯 쓰러졌고, 그 와중에 그녀는 무언가에 뒤통수를 세게 부딪쳤다.

그녀는 그를 러그로 감싼 채 바다를 가로질러 노를 저었다. 그리고 한때 스웨덴 사람들이 지은 선착장에 배를 묶고 그를 뭍으로 끌어올렸다. 간신히 그를 집 안으로 옮기고 나서 그녀는 정신을 잃었다.

눈을 뜨니 그가 옆에 누워 자신을 바라보고 있었다. 그녀는 전에도 똑같은 상황을 경험한 적이 있다고 생각했다. 온몸에서 열이 나는 것 같았다. 그가 무슨 말인가 중얼거렸다. 그의 젖은 두 눈은 금방이라도 꺼져 버릴 것 같은 연약한 불꽃을 연상시켰다.

잉그리드는 자리에서 일어나 그의 옷을 벗기고 그의 젖은 몸을 닦아 주었다. 지친 몸에서 불안한 느낌이 스멀스멀 피어올랐다. 그녀는 다락으로 올라가 스케치북과 연필을 가져와 그의 손에 쥐여 주었다. 그의 몸에 다시 피가 돌 수 있도록 손바닥으로 그의 몸을 문지르기도 하고 주먹으로 그를 때리기도 했다. 그녀는 그에게 조금만 더 기다렸으면 될 텐데 어린애처럼 성급하게 밖으로 뛰쳐나왔던 바보 멍청이, 그녀를 신뢰하지도 못하고 인내심이라곤 조금도 없는 애송이라고 외쳤다. 그녀는 다시 다락으로 올라가 러그 하나를 더 가져왔다. 그리고 다시 손바닥으로 힘껏 그를 문질렀다. 또다시 정신을 잃은 그녀가 눈을 떴을 때는 사흘이 지난 후였다.

2장

1

잉그리드는 그 하얀 방에서 눈을 뜨자마자 이성을 되찾기 위해선 다시 바뢰이로 되돌아가야 한다는 것을 깨달았다. 그 남자를 되찾기 위해. 그녀의 어린 시절과 삶, 바다 한가운데에 자리한 텅 비고 황량한 바뢰이섬에 존재하는 모든 것을 되찾기 위해. 하지만 그 생각은 너무나 낯설어서 마치 아무것도 모르는 누군가가 그녀의 머릿속에 억지로 집어넣은 것 같았다.

그녀가 그 방에서 눈을 뜬 것은 그날이 처음이 아니었다. 이미 일주일 전에도 그곳에서 눈을 떴다. 그녀는 창가에 서서 막 다림질한 하얀 침대보처럼 눈 덮인 땅과 일렬로 정렬한 군인들처럼 늘어선 나무들 사이에 있는, 성탄절을 맞아 오색으로 치장되기를 기다리는 검은 이빨 같은 전나무를 바라본 적이 있었다. 병원 안팎에는 성탄절 분위기가 만연했다.

그녀는 의사와 간호사 그리고 매일 그녀의 방을 청소해 주는 한 노인과도 대화를 나누었다. 노인은 청소일이 매우 수치스럽지만 아내가 병원에 입원해 있고 돈이 필요하기에 어쩔 수 없이 하는 일이라고 했다. 그는 병실에 단 하나밖에 없는 의자에 앉아 창밖의 전나무를 바라보며 주로 여자들이 하는 이 일도 생각보다 꽤 괜찮다고 말했고, 이 병원의 멍청이들은 부둣가에 있는 직장 동료들보다 훨씬 선한 사람들이기에 만족한다고 덧붙였다. 그의 직장 동료들은 그가 배 밑에서 커피콩 자루를 지고 흔들거리는 판자 다리를 건너 창고까지 옮기기에는 나이가 너무 많다며 자주 그를 놀리곤 했다. 그가 어느 날 갑자기 쓰러지기 전의 일이었다.

잉그리드는 자신이 미치지 않았다는 것을 잘 알고 있었다. 비록 그녀도 같은 병원에 입원해 있기는 하지만 그가 미쳤다는 것을 명확히 알아볼 수 있었기 때문이다. 그는 지쳐 있었고, 등은 구부정했으며 머리는 거의 다 벗겨져 있었다. 그는 청소를 하기 위해서가 아니라 어디론가 도망치고 싶었기 때문에 그녀를 선택한 것이었다.

할아버지의 손을 닮은, 그의 큼직한 손을 본 잉그리드는 그의 어깨에 손을 얹고 싶은 충동에 침대에서 몸을 일으켰다. 하지만 그런다고 해서 바닷소리는 사라지지 않을 것이고, 다시 깨끗해지지도 않을 것이다. 눈꺼풀 뒤에서 번개처럼 강렬한 빛이 부르르 떨렸다. 그는 이미 그녀의 손끝을 잡고 있었다. 마치 어린아이가 어른의 손을 잡고 있듯이. 그녀는 그의 손길이 불쾌하기도 하고 좋기도 했다. 그가 한 인간이라는 것 그리고 그를 신뢰할 수 있다는 것도 느낄 수 있었다.

잉그리드는 하얀 방에서 눈을 떴을 때 그들이 자신에게 탈수 상태라고 말했던 순간을 떠올렸다. 그녀는 그것이 무엇을 의미하는지 알지 못했다. 그들은 그녀에게 영양실조 증상이 있고 폭행을 당했으며, 잊어야만 하지만 언젠가는 다시 기억 속에서 되살아날 일을 경험했다고 말했다. 따라서 그녀는 참고 이겨내는 법을 배워야 한다고 덧붙였다. 바로 그것이 그녀가 이곳에 있어야 하는 이유라고 했던가. 하지만 망각과 기억은 동전의 양면과도 같기에 그들이 할 수 있는 일은 별로 없다고도 했다.

그녀는 음식과 약을 받았고, 고무호스를 꾹 눌렀으며, 그들이 하는 말을 이해할 수 있을 때면 눈을 깜박였다. 어머니, 아버지, 할아버지, 할머니의 이름을 줄줄이 이어 말했고, 그들이 바늘로 손을 찌를 때면 '아야'라고 소리쳤으며, 그들이 작은 고무망치로 무릎을 치면 고개를 끄덕였다. 그녀는 창밖의 눈 위에 검은 뱀처럼 돌돌 말린 전선을 보았고, 회색빛 겨울날 스물세 개의 반짝이는 전구로 치장한 거대한 솔방울 같은 전나무를 보았다. 그 도시에 단 하나뿐인 전깃불로 치장한 크리스마스트리. 꼭대기에 있던 별에서 갑자기 불빛이 사라졌다.

그들은 그녀에게 음식을 더 먹어야 한다고 말했고, 그녀는 그들이 시키는 대로 했다.

그들은 그녀가 노인이 아니니 발을 질질 끌며 걸을 필요가 없다며, 복도를 걸을 때는 씩씩하게 무릎을 올려 걷기를 권했다. 그녀는 계단을 오르락내리락했고 그곳에서 얼굴을 익힌 사람들과 대화를 나누었으며 얇은 환자복 속에서 몸을 부르르 떨었다. 그녀는 그 누구의 도움도 받지 않고 자신의 병실로 되돌아왔고 침대에 누워 잠을 잤으며, 그녀와 함께 시간을 보내려 매일 같이 찾아와 미라처럼 생각에 잠긴 듯 아무 말도 하지 않는 노인을 받아들였다.

"저길 봐!" 그가 갑자기 창을 향해 소리쳤다. "이제 곧 세상이 지옥처럼 변할 거야!"

벌떡 일어나 비명을 지르며 나간 그가 복도를 달리다 정신을 잃고 쓰러졌다. 잉그리드는 침대에서 기어 나와 두꺼운 덧양말을 신었다. 창밖에서는 남자 두 명이 사다리를 가져와 전나무에 기대어 놓고 있었다. 한 명은 아래에서 사다리의 균형을 잡고 있었고, 다른 한 명은 사다리를 올라가 전나무 꼭대기의 별에 전구를 갈아 끼우고 있었다. 별에 빛이 들어오자 남자는 사다리에서 내려갔다. 잉그리드는 두 남자와 사다리가 만든 형상이 낯선 외국 문자를 닮았다는 생각을 했고, 그것이 더 이상 자신의 것이 아니라는 생각이 들자 불안감이 요동치며 온몸을 휩쓸었다.

그녀는 의사에게 노인이 자신의 방에 찾아오지 않았으면 좋겠다고 말했다. 그를 볼 때마다 할아버지가 떠오르기 때문이라고 했다. 의사는 노인이 그 자신은 물론 그녀에게도 전혀 해를 끼칠 사람이 아니라고 말했다.

"하지만 할아버지를 생각하면 자꾸만 두려워져요."

"그 이유는 뭔가요?"

"돌아가셨거든요."

의사는 그녀에게 할아버지가 언제, 어떻게 세상을 떠났는지 물어보았다.

잉그리드는 이야기를 시작했다. 그는 가만히 앉아 갖가지 소리에 섞여 들어가는 그녀의 목소리에 고개를 끄덕이며 그녀의 불안감이 서서히 자취를 감추는 것을 지켜보았다. 그녀도 차츰 그에게 마음을 열었다. 나쁘지 않았다.

하지만 그는 이처럼 명백한 순간이 오면 언제나 그랬듯 자리에서 일어나 그녀를 떠나기보다 의자에 앉은 채 몸을 비비 꼬며 헛기침을 했다. 그는 그녀에게 고백할 것이 있다고 말했다.

잉그리드는 호기심 어린 눈으로 그를 바라보았다.

그는 그녀가 말한 시신 이야기를 믿지 않았다고 했다. 난파선에 관해 아는 사람은 주변에 아무도 없었기에, 그녀가 환상이나 정신 착란 또는 적어도 악몽을 기반으로 난파선과 시신 이야기를 지어 냈다고 생각했던 것이다. 하지만 전날 우연히 국영 신문사에서 발행한 지난 신문들을 들추어 보다가 난파선과 관련된 기사를 발견했다고 말했다.

그는 찢어낸 신문 한 장을 그녀의 무릎 위에 올려놓았다. 잉그리드는 신문 기사를 소리 내어 읽었다.

"11월 27일 로쇠이 인접 지역에서 독일군 함정 한 대가 영국 공군에 의해 격파되었다……. 독일군 증기선 리겔호(M.S. Rigel, 1924년 코펜하겐에서 건조된 노르웨이 선박으로, 선명한 파란색을 띠는 오리온자리의 초거성에서 따온 이름이다. 제2차 세계대전 당시 독일군의 전쟁 포로 수송선으로 사용되었으며, 1944년 11월 27일 노르웨이 앞바다에서 영국 함대 공군에 의해 침몰했고, 2,500명 이상의 사망자 대부분이 포로였다.—옮긴이)는 침몰되었다. 생존자에 의하면 영군 공군은 구명호를 타고 뭍으로 피신하던 독일군까지 사살했다고 한다……. 이는 영국 공군이 독일 함정을 얼마나 계획적이고 조직적으로 공격했는지 여실히 보여 준 것이다."

그것은 3주 전인 12월 7일에 작성된 것으로, 가로 3센티미터에 세로 6~7센티미터에 불과한 짤막한 기사였다. 아무리 살펴보아도 사상자는 몇 명인지, 그중에 러시아 군인도 포함되었는지는 찾아볼 수 없었다. 잉그리드는 의사에게 러시아 군인 이야기도 하지 않았던가?

그녀는 로쇠이와 바뢰이 사이에 자리한, 모든 크고 작은 섬과 파도와 바람을 떠올렸다.

"아주 먼 거리예요. 몇 마일이나 되는……."

"무슨 의미인가요?"

그녀는 대답하지 않았다.

그는 여기저기 다 뒤져 보았지만 관련 기사랍시고 찾아낼 수 있었던 것은 그것이 유일했다고 말했다. 그럼에도 그는 그 짤막한 기사 덕분에 그녀가 보고 경험했던 것이 실질적 현상이라는 것을 믿을 수 있었다고 덧붙였다.

잉그리드는 한참 동안 말없이 그를 바라보았다.

"내가 하는 말을 이해할 수 있나요?"

그녀는 대답 대신 병원에 오기 전 그녀 외에 발견된 사람은 없었냐고 물었다.

그는 없었다고 말하며 다시 생각에 잠기는 그녀를 걱정스러운 표정으로 바라보았다. 그녀는 그들이 자신을 발견했을 때 바뢰이에 배가 몇 척이나 들어왔는지 물어보았지만, 그가 섬 생활에 관해선 아무것도 모르는 사람이라는 사실만 재확인할 수 있을 뿐이었다. 그러던 중 그가 뜬금없이 환자 일지를 언급하며, 그녀를 발견해 병원으로 이송한 사람은 당시 정기 사찰 중이던 보안관 헨릭센과 하르겔 중위였다고 말했다.

그녀는 환자 일지를 보여달라고 부탁했다.

그는 규칙에 어긋나는 일이라며 손가락 끝으로 일지를 톡톡 두드렸다. 그녀와 함께 창밖의 크리스마스트리에 장식된 스물세 개의 전구와 꼭대기의 반짝이는 별을 바라보던 그가 갑자기 환자 일지를 펼치며 그녀에게 읽어 보라고 혼잣말처럼 중얼거렸다. 그녀의 어머니 주치의로도 일했던 그는 어머니와 마찬가지로 그녀 또한 정신적으로 아무런 문제가 없기 때문에 보여 주는 것이라고 덧붙였다. 그는 잉그리드의 증상이 독일군의 공격으로 폐허가 된 핀마르크에서 피신한 대부분의 사람과 마찬가지로 전쟁 후유증 때문이라고 했다. 실제로 그 병원에는 핀마르크에서 수 척의 배를 타고 피신해 온 사람들로 가득 차 있었고, 그들 또한 전쟁 후유증으로 인한 심리적 공황을 진단받은 상태였다. 게다가 신문 기사로 미루어 보건대 그녀의 증언이 모두 사실인 것으로 짐작된다고 그는 말했다.

환자 일지를 읽던 잉그리드는 하르겔 중위의 이름이 '알버트 에밀'이라는 것을 발견했을 뿐 아니라, 그가 섬에서 시신을 제거하고 그녀에게서 무기를 압수했던 사실 외에도 그녀의 존재 속에 어떤 식으로든 침입했다는 것을 깨달았다. 일지에 의하면 그녀는 의사에게 러시아 군인의 존재에 관해서도 설명했으나, 그가 그녀와 어떤 관계에 있는지는 밝히지 않았던 것으로 보였다. 그녀는 의사에게 자신이 병원에 도착했을 때 어떤 상태에 있었는지 물어보았다. 대답을 하지 않는 의사에게 같은 질문을 다시 던지자, 그가 그제야 나직하게 혼잣말처럼 입을 열었다.

"무언가에 심하게 부딪친 것 같았어요. 계단에서 넘어진 것처럼 보였답니다."

바다는 다시 깨끗해지지 않을 것이다. 하지만 불타는 번개처럼 강렬한 빛과 낯선 문자는 사라졌고, 그녀는 이제 더 이상 아프지 않았다. 신문 기사에는 오직 독일군 이야기만 있을 뿐, 러시아인에 관해선 단 한마디도 찾아볼 수 없었다. 그럼에도 그녀는 구명 장비에 의지하듯 손에 꼭 쥔 찢어진 신문지에 온몸을 맡겼다. 그들이 유해를 운반하러 왔을 때 헨릭센이 했던 이야기는 믿을 수 없는 것이었다. 그녀는 단 한 사람만 제외하고 이름은커녕 얼굴도 없는 포로들의 옷과 그들이 체온을 유지하기 위해 사용했던 톱밥을 직접 발견했다. 어쩌면 그 남자의 얼굴은 자신이 만들어 낸 환영이 아니라, 외부에서 그녀의 머릿속으로 비집고 들어온 상념의 일부일지도 몰랐다. 그녀는 다시 생각에 잠겼다. 이제는 다른 생각은 떠오르지 않았다.

2

그들은 그녀가 다시 생기를 되찾았고 몸도 회복되는 중이라고 말했다. 병원 직원은 물론 같은 병동에 있던 환자들도 그렇게 말했으며, 그들의 말에는 진심이 어려 있었다. 환자 중에는 그녀가 병원 직원이라 짐작했던 사람도 있었다.

의사는 여전히 미소 없는 얼굴로 그녀의 말에 귀를 기울였으며, 그녀가 매우 비범한 여인이라고 말했다. 단 한 번도 들어본 적이 없는 표현이었기에 잉그리드는 그 뜻을 설명해 달라고 부탁했다. 그가 당혹스러운 표정을 지으며 혼잣말로 중얼거리듯 차근차근 상세하게 그 말뜻을 설명했다. 그의 말 중에서 여인이라는 한 단어에 가장 무게를 두고 들었던 그녀는 미소를 짓지 않을 수 없었다. 익숙지 않은 일이었기에 그녀는 고개를 살짝 돌려 수줍음을 표했다. 만약 희미한 그림자 같은 과거의 기억 한 조각이 다시 찾아오지 않았더라면, 손에서 떨어진 연필을 집어 들기 위해 허리를 굽히지 않았더라면, 그녀는 미소에서 헤어나지 못했을 것이다.

그가 그녀에게 무엇을 적었냐고 물었다.

잉그리드는 써 놓았던 편지를 그에게 건네주었다. 하지만 그는 고개를 절레절레 저으며, 이제 곧 그녀가 병원과는 전혀 상관없는 새 삶을 살게 될 것이라고 말했다. 그는 그 편지가 자기를 위해 쓴 편지라고 생각했다. 그녀는 서둘러 그의 말을 가로챘다. 사실 그 편지는 그 옛날 그녀에게 딸과도 같았던, 지금은 그녀의 곁을 떠나고 없는 수잔에게 보낼 것이라고 말했다.

그가 연필을 빌려달라고 말했다.

그녀가 그에게 연필을 건네주었다.

그는 편지 곳곳에 무언가를 메모하며 끝까지 읽은 후, 잉그리드가 주변의 가까운 사람들에게 자주 미소를 보이지 않고 필요 이상으로 엄격하다고 지적하더니, 편지에 맞춤법이 틀린 곳이 있어 고쳐 놓았다고 말했다.

잉그리드는 미소를 지으며 자기는 학교에 다닐 때부터 한 번도 맞춤법을 틀린 적이 없다고 반박했다. 그가 편지를 다시 집어 들고 그녀의 말을 인정한다는 듯 고개를 끄덕였다. 자신이 메모한 것을 지우고 그녀에게 편지를 되돌려 주던 그는 다시 그녀가 매우 비범하고 현명한 여인이라고 말하며, 그녀의 현명함은 사색을 통한 것이 아니라 직관적인 것이기에 그를 혼란스럽게 만들 때도 있다고 덧붙였다.

잉그리드는 마치 그가 정신 나간 소리를 한다는 듯 소리 내어 웃었다.

여전히 웃지 않고 가만히 앉아 있는 그는 무언가 할 말이 있는 것 같았다.

"당신의 고향에 있던 한 목사님이 당신 앞으로 편지 한 장과 돈을 보내왔어요. 그간의 여러 상황 때문에 지금까지 미루어 온 일이라고 하더군요. 당신을 혼란스럽게 만들고 싶지 않다고 했어요. 편지에는 그가 당신의 아버지에게 돈을 빌린 적이 있고, 당신의 아버지가 세상을 떠난 후엔 모두가 그 일을 잊어버리기만을 바랐지만, 마음을 고쳐먹고 이제야 돈을 갚는다고 적혀 있었어요."

말을 마친 의사는 매우 비위에 거슬리는 일이라고 덧붙였다.

"비위에 거슬린다고요?"

그는 비위에 거슬린다는 것이 무슨 뜻인지 설명해 주었고 잉그리드는 두 눈을 질끈 감았다. 전쟁이 발발하자마자 아내와 성인이 된 두 명의 자녀를 데리고 고향을 떠났던 나이 많은 목사는 매우 명백한 방식으로 잉그리드의 삶에 들어왔던 애매하고 수수께끼 같은 사람이었다. 이제 그는 이전과 마찬가지로 다시 그녀의 앞에서 사라졌다. 그녀는 배에서 목숨을 잃었던 사람이 몇 명이었냐고 물어보았다.

"당신의 생각을 따라잡을 수가 없군요. 어떤 배를 말하는 거죠?"

"리겔호요."

"아, 네. 사망자 수는 발표되지 않았습니다."

어쨌든 그 일은 그녀가 잊어야만 하는 것이었다.

자리에서 일어난 의사는 침대 머리맡에 손을 대고 선 채 수잔이 다시 돌아오기를 원한다면 편지에 그처럼 심한 말을 쓰지 않는 것이 좋을 것이라고 말했다. 또 나이 많은 잉발젠이 그녀의 병실에 드나드는 것도 허락해 주길 바란다고 덧붙였다.

"당신이 퇴원하면 그는 갈 곳이 없어요. 게다가 그는 아무것도 기억하지 못할 거예요. 어쨌거나 그에게는 나쁘지 않은 일이죠."

잉그리드는 잉발젠에게 무슨 일이 있었냐고 물어보았다.

"직접 물어보세요."

잉그리드가 그를 가만히 쳐다보았다.

"적군이 도시를 폭격했을 때 그는 아내와 세 명의 아들, 동생까지 모두 동시에 잃었죠. 그는 그들의 시신을 폐허 속에서 직접 운반해 나왔고요. 그 이후로 그는 여기에서 지내고 있습니다."

잉그리드는 의사의 말이 설명의 일부는 될 수 있겠지만 전부는 아니라고 생각했다. 그의 설명이 충분하지 않다는 것은 아니었다. 하지만 세상일에는 표면에 드러나는 것보다 항상 더 깊이 자리한 무언가가 있기 마련이다. 그렇지 않다면 아무것도 설명할 수 없을 것이다. 그녀는 자신의 이런 생각을 말로 표현할 수가 없었다. 그 어느 때보다 더 정신이 맑은 상태였지만 그녀의 속에서 스멀스멀 피어올라 그녀를 잠식하려는 그림자 때문이었다. 그는 의사에게 말해 줘서 고맙다고 말하며, 이제는 사라지지 않는 커다란 손을 지닌 잉발젠이 와도 쫓아내지 않을 것이라고 약속했다.

창밖의 스물세 개의 전구와 꼭대기에서 빛나는 별로 장식된 크리스마스트리가 어둠 속으로 빨려 들어갈 즈음, 잉그리드는 하얀 방에서 다시 눈을 떴다. 불빛은 천천히 사라졌다. 너무나 천천히 일어난 일이었기에 그녀는 불빛이 정말 사라졌는지 가늠할 수가 없었다. 왜냐하면 그녀는 여전히 불빛을 볼 수 있었기 때문이다. 어느덧 1월이 되었다.

빗방울이 창을 때렸고 쌓인 눈은 자취를 감추었으며, 환풍기는 끝없이 윙윙거리는 소리를 뱉어 냈다. 그녀가 침대에서 벗어나 까치발로 서서 작은 환기구를 닫으려는 순간, 병실 문이 열리며 머리카락이라곤 하나도 없는 머리에 반창고를 붙인 잉발젠이 들어왔다. 그는 창가 의자에 앉아 이미 꺼진 크리스마스트리의 전구를 멍하니 바라보았다. 잉그리드는 그에게 다가와 머리 위의 반창고를 떼어 낸 후, 이제는 반창고를 붙이지 않아도 된다고 말했다. 그가 아픈 것은 머리에 난 상처 때문이 아니라 바로 그의 머릿속에 있는 갖가지 생각과 기억 때문이라고 했다. 그는 의미심장한 미소를 지으며 그건 이미 잘 알고 있다고 말했다. 하지만 병원 사람들은 그가 반창고를 붙이고 다녀도 떼어 내라는 소리를 하지 않았다고 했다. 이곳 사람들은 참 좋은 사람들이라고 덧붙이기도 했다.

잉그리드는 그의 머리에 다시 반창고를 붙여 주고 제자리에 잘 붙었냐고 물어보았다.

"그래, 그래." 그는 손끝으로 반창고를 만지작거리더니 그렇다고 대답한 후, 다시 두 손을 창틀에 얹고 창밖에 쏟아지는 빗방울을 말없이 멍하니 바라보았다.

"캄캄해서 보이는 것도 없을 텐데요." 잉그리드가 말했다.

"아냐, 있어. 지금 똑똑히 보고 있는 걸."

"뭐가 보이나요?"

"나 자신."

잉그리드는 몸을 돌려 침대 위에 앉아 머리가 바닥에 닿을 정도로 상체를 뒤로 젖히고 맞은편 벽을 바라보았다. 오른팔을 뻗쳐 호출선을 잡아당기고 다시 눕자마자 병실 문이 열리더니 간호사 한 명이 들어왔다. 에바 소피에. 잉그리드는 그녀에게 커피를 가져다달라고 말하는 자신의 목소리가 너무나 낯설다고 느꼈다.

"여기는 레스토랑이 아니에요." 무뚝뚝하게 말하며 병실을 나서던 에바 소피에는 침대 옆 테이블 위에 여전히 아침 식사 후의 쟁반이 남아 있는 것을 발견했다. 쟁반을 들고 병실을 나가던 그녀는 잉그리드에게 직원 휴게실에 가서 직접 커피를 부탁하면 될 것이라고 한마디 던졌다.

침대에 누운 채 고맙다고 말한 잉그리드는 여전히 낯설게 느껴지는 목소리로 그날이 1월 7일이라고 말했다. 에바 소피에는 발걸음을 멈추고 찌무룩한 미소를 지으며 창문 옆에 걸려 있는 커다란 종이 앞으로 다가갔다. 그녀는 왼쪽 손가락 끝을 종이 위에 얹고, 잉그리드가 잊지 않고 기억해야 할 날들과 잉그리드가 어떤 사람으로 살아왔는지 말해 줄 뿐 아니라, 현재를 이겨내기 위해 어떤 사람으로 살아야 하는지를 말해 주는 삶의 상세한 요소들을 적어 놓은 네모 칸 위에 엑스 표를 그렸다. 그 종이는 마치 빈칸을 다 채워 넣은 낱말 퍼즐처럼 보였다.

에바 소피에는 혼잣말처럼 '그래요, 그래'라고 중얼거리며 줄에 매달린 연필을 내려놓고 병실을 나섰다. 잉그리드가 그녀의 뒤를 따랐다.

직원 휴게실에 앉아 있던 네 명의 직원은 매우 기분 좋게 잉그리드를 맞았다. 그들의 이름을 모두 알고 있던 잉그리드는 가벼운 대화를 나눈 후 커피 두 잔을 얻어 병실로 돌아왔다. 문을 열자마자 그녀는 커피를 내려놓지도 않고 다시 복도로 뛰쳐나갔다. 27호

병실에서 등을 돌리고 엉덩이로 문을 밀어 닫자마자 복도 맞은편 벽에서 시뻘건 섬광이 비쳤다. 그와 동시에 귀를 찢는 듯한 소리와 함께 깨진 유리 조각이 폭포수처럼 쏟아져 내렸다.

3

잉그리드는 새로운 병실에서 엎드린 채 눈을 떴다. 이전과 마찬가지로 사방이 하얀 방이었다. 그들이 핀셋으로 깨진 유리 조각을 솎아낸 뒤통수와 등에서 통증이 느껴졌다. 잉그리드는 그들이 들어 올린 두 개의 거울을 통해 검은색 실로 꿰맨 십자가 모양의 자국을 볼 수 있었다.

의사가 들어와 자신의 목소리를 들을 수 있냐고 물었고, 그녀는 눈을 깜박이는 것으로 그렇다는 대답을 대신했다.

그가 무슨 일이 일어났는지 상세하게 설명하는 동안 기억을 더듬던 잉그리드는 더 이상 견딜 수 없는 한계점에 이르렀다. 지난번 폭탄이 비처럼 쏟아졌을 때 미처 터지지 않고 불발탄으로 남아 있던 폭탄 위를 제설차가 지나간 모양이었다. 그로 인해 병원 건물 중 한 동이 폭삭 무너지면서 두 명이 죽었고 열한 명이 중상을 입었다고 했다.

잉그리드는 베개 속에서 소리쳤다.

"눈도 오지 않고 있었는데 제설차라니!"

그는 침대 머리맡에 의자를 당겨 앉았다. 그녀가 고개를 들면 그를 정면으로 바라볼 수 있었다. 그가 마치 어린아이에게 말하듯 나직한 목소리로 전에 없는 확신을 담아 조용히 말했다. 제설차는 눈을 치우려던 게 아니라 단지 잠시 자리를 옮기려 했던 것이고, 그녀의 뒤통수와 등에 난 상처에는 금방 새살이 돋을 것이라고.

그녀는 빳빳하게 다림질된 하얀 베갯잇에 얼굴을 묻고 잉발젠은 어떻게 되었냐고 물었다. 의사는 침묵했고, 그가 죽었다는 것을 깨달은 그녀는 두 눈을 질끈 감았다.

의자가 더 가까이 다가오는 소리가 들리더니 그가 그녀의 머리를 감싸쥐고 일으켰다.

그가 그녀의 눈을 뚫어지게 바라보는 동안, 그녀도 그를 바라보며 그가 그의 이름 '팔크 요한네센' 대신에 단지 '팔크', '에릭 팔크'라고 불리기를 원하는 이유가 무엇인지 상기했다. 그는 언젠가 똑같이 의사로 일하던 형이 독일군의 앞잡이로 변절하면서 형과 같은 성을 나누길 원치 않는다고 말해 준 적이 있었다.

그가 그녀에게 앞으로는 기억할 일이 더 많아질 것이라고 혼잣말처럼 중얼거렸다.

그 말이 무슨 의미인지 물어보려는 순간, 그녀의 머릿속에 갑자기 바뢰이 집의 차가운 부엌 바닥에서 눈을 떴던 기억이 스쳤고, 동시에 그녀의 얼굴을 만지기 위해 다가오는 그의 손이 떠올랐다.

그녀는 그의 손에 의지해 몸을 일으켰다. 빳빳하고 아련한 느낌이 온몸의 세포를 헤집고 들어왔다. 그와 함께 바뢰이의 북쪽 방에 올라가 나란히 누운 채 서로의 숨소리에 귀를 기울였다. 두 사람은 함께 잠을 잤고 함께 눈을 떴으며, 열이 없음에도 불구하고 제자리에 가만히 누워 있었다. 할 말도 없었다. 고백이나 설득, 간

절한 기도도 없었다. 그들은 마지막 날의 하루 전을, 봉인된 침묵 속에서 함께 보냈다.

그녀는 일어나 음식을 만들었고, 그들은 함께 음식을 먹고 나란히 누워 잠들었다.

그녀는 왜 예쇠이아의 건초 창고 속에서 기다리지 못했는지 그에게 물어보았다. 하지만 이제는 아무 상관 없었다. 더는 추위에 떨지 않아도 되니까. 몇 시간이고 꼼짝없이 누워 있던 두 사람은 앞으로 무슨 일이 일어날지 너무나 잘 알고 있었다. 그는 살금살금 침대를 벗어나 옷을 입고 아래층으로 내려가 음식을 만든 후, 열린 해치를 통해 그녀에게 얼른 옷을 입고 내려오라고 소리쳤다. 적어도 그녀는 그가 그렇게 말했다고 확신했다.

그녀는 움직임 하나라도 놓치지 않으려는 듯 천천히 옷을 입었다. 단추를 잠그고 허리띠를 매고 머리를 숙여 머리카락을 세 갈래로 나눈 후 어둠 속에서도 무엇을 어떻게 해야 하는지 너무나 잘 아는 익숙한 손놀림으로 머리를 땋았다. 끝부분을 묶어 빗자루처럼 보이는 머리카락을 등 뒤로 넘기는 동작 또한 그녀와 뗄 수 없는 움직임인 듯 자연스럽기에 그지없었다.

그녀가 아래층에 내려왔을 때, 그는 보안관과 사병들이 무기를 압수하던 날 그녀에게 주었던 종이를 뚫어지게 바라보고 있었다. 보아하니 그는 종이에 무엇이 적혀 있는지 이해하는 것 같았다.

그녀가 다시 그에게 물었다.

"도이치(Deutsch, 독일어)?"

그가 고개를 저었다. 하지만 독일 점령지의 러시아인이 독일어

고 106 하얀 바다

를 할 수 있는 확률은 같은 땅에서 독일인이 러시아어를 할 수 있을 확률보다 훨씬 높은 법. 그는 그녀의 말을 모두 알아듣는 것 같았다.

함께 음식을 먹은 후 잉그리드는 이전의 일상으로 되돌아가기 위해 움직여야겠다고 생각했다. 하지만 그는 잉그리드를 앉혀 놓고 레닌그라드, 아카데미, 기술자 등의 단어를 내뱉었다. 이전에도 들었던 말이지만 이제 그것들은 잉그리드의 귀에 믿음과 확신으로 다가왔다. 그녀는 자리에 앉아 학교에서 사용하던 스케치북을 두 사람 사이에 내려놓은 후, 조개껍질을 닮은 솔방울과 꽃, 배와 산을 그렸고, 그는 숫자 '22'를 적었다. 그 숫자는 그의 나이일 수도 있고 태어난 연도일 수도 있었다. 도움이 될지는 모르겠지만 그녀는 충동적으로 그에게 무언가 더 써 보라고 말했다.

그는 마치 화살을 조준하듯 왼손으로 연필을 쥐고 종이에 천천히 글자를 쓰기 시작했다. 그녀는 그에게서 모국어를 쓸 때만 내보일 수 있는 자신감을 보았다고 생각했다. 어쨌든 그것은 그녀가 읽을 수도 없고 이해할 수도 없는 것이었다. 그가 글자들 밑에 자신 있게 연필을 내려놓았을 때, 그녀는 그의 그런 행동이 자신이 쓴 것을 강조하기 위해서인지 또는 그것을 지우고 싶어서인지 확신할 수가 없었다.

스케치북을 돌려본 그녀는 각 문장의 첫 단어가 똑같다는 것을 발견했다. 그가 쓴 것은 서로 닮았을 뿐 아니라 동일한 세 개의 짧은 문장이었다. 그녀는 그것이 무슨 뜻인지 물어보았다.

그는 소리 내어 웃으며 스케치북을 옆으로 밀쳤다.

가만히 앉아 그를 바라보던 그녀는 창 쪽으로 시선을 돌리며 날씨가 조금 흐리고 바다는 잔잔하다고 말했다. 그것은 신호였다. 그가 연필을 내려놓았던 방식 때문은 아니었다. 그도 잘 알고 있었다.

두 사람은 위층으로 함께 올라가 나란히 누운 채 꼼짝도 하지 않았다.

함께 몸을 일으킨 그들은 서로에게 옷을 입혀 주었다. 짐은 이미 싸 놓았다. 그녀는 가지고 있던 돈과 식량 배급표, 칼과 나침반을 그에게 주며 파도의 리듬과 방향을 잘 관찰해 가면서 노를 저으라고 당부했다. 그러면 네댓 시간 후에 육지에 당도할 수 있을 테고, 이제는 그도 노를 잘 저을 수 있으니 파도가 잔잔한 그날 밤에 떠나는 것이 좋을 것이라고 덧붙였다.

그녀는 이제 자기가 아는 모든 것을 가르쳐 주었으며, 그가 생각이 있다면 자기가 자는 사이에 떠나 주었으면 좋겠다고 말했다. 하지만 그가 그녀의 말을 이해하지 못했거나, 어쩌면 일부러 이해하지 않으려 했다고 해도 나쁘진 않을 것이었다. 그녀는 스케치북에 무언가를 쓴 후 종이를 찢은 뒤, 잘 접어서 그의 주머니에 찔러 넣었다. 아버지의 옷을 입고 가만히 서 있는 그는 나이 많고 경험이 풍부한 뱃사람처럼 보였다. 그는 머지않아 선한 이들의 도움으로 국경을 지나 대륙을 건너, 언젠가는 자기가 살던 집 대문 앞에 도착해 어머니에게 살아 돌아왔다 말할 것이다. 그리고 그간 겪었던 모든 일과 그녀가 작별 인사를 건넬 용기가 없다는 것을 너무나 잘 알았기에, 그녀가 잠든 사이에 그녀의 돈과 배를 훔쳐 떠나왔다고 말하게 되리라는 것도 짐작하고 있을까.

그 역시 작별 인사를 건넬 용기가 없었던 것일까. 두 사람은 입을 꾹 다문 채 함께 밖으로 나가 걸었다. 정고에 도착한 그들은 나룻배를 바다에 띄웠다. 그의 미소는 어둠 속에서 하얗게 반짝였다. 섬에서는 시간이 서로 뒤엉켜 움직이지 않을 때가 있다. 보름달은 침묵 속에서 바다에 떠 있는 나룻배를 비추었고, 그녀는 저 멀리 전기 철조망처럼 빛을 발하는 카시오페이아 별자리 아래로 희미하게 보이는 육지의 험준한 산등성이 아래, 도끼로 찍어낸 듯한 곳을 가리켰다. 곧 육지의 윤곽은 회색빛 안개 속으로 자취를 감추었다. 그녀는 나침반의 좌표와 육지로 향하는 물결과 파도의 변화를 다시 일러 주었다.

그가 고개를 끄덕였다.

작별의 순간, 이제는 서로를 붙잡는 것은 불가능했다. 배에 올라 가로장 위에 앉은 그는 화상으로 뭉개진 기괴한 양손에 노를 쥐고, 그녀가 가르쳐 준 대로 고리에 손목을 집어넣고 노를 젓기 시작했다. 그가 잠시 노를 내려놓고 무슨 말인가를 외치더니 다시 노를 저었다. 잉그리드는 어떠한 목소리도 낼 수 없었고 이내 보이지 않는 존재가 되었다. 바람은 귓속으로 들어와 그날 밤새 머물렀다. 그리고 아무 일도 일어나지 않았고, 일어난 일도 아무것도 없었다.

자신의 이름을 혐오하는 의사는 이전에도 눈물을 본 적이 있었다. 비참함 속에서 학교 시험을 치른 후에는 눈물만 보아왔다 해도 과언이 아니었다. 얼마나 오랜 시간이 흘렀을까? 그는 해가 바뀌는 것도 몰랐다. 의사라 할지라도 모든 것을 기억할 수는 없다. 그즈음 그는 거의 두문불출했다. 어느 날 문득 잉그리드는 그의 막 마른 눈을 보았다. 이미 오래전에 눈물이 말랐다고 생각했거늘.

그녀는 폭탄이 폭발하던 날, 눈 녹은 창가에 앉아 있던 사람이 잉발젠이 아니라 그녀 자신이었길 바랐다.

에릭 팔크는 동화도, 신도, 환영도 믿지 않지만, 그녀에게는 지금 살아 있다는 사실을 하나의 징후로 여겨야 한다고 말했다. 세상의 모든 삶에는 어떤 식으로든 의미를 찾아볼 수 있으며 가끔은 단지 살아 있다는 것 자체만으로도 의미를 가질 수 있는 법이라며 줄줄 외우듯이 말을 내뱉었다. 그녀는 그의 말이 매우 좋은 말이긴 하나 완전히 무의미하다고 여겼다. 그녀는 자신의 것이 아닌 경멸을 담은 눈으로 바라보았고, 역시 자신의 것이 아닌 목소리, 스스로 참을 수 없는 목소리로 헨릭센과 장교, 하르겔이 섬에서 자신을 발견했을 때 이미 자살을 결심했었다고 말했다.

에릭 팔크는 놀란 눈으로 그녀를 바라보며 그건 전혀 몰랐던 일이었지만, 사실은 짐작했었기에 놀랄 일은 아니라고 말했다.

"뭐가 놀랄 일이 아니라는 거죠?"

"당신이 자살을 시도했다는 사실 말이에요."

"무슨 의미인가요?"

"당신은 나를 가지고 놀고 있군요." 그가 말했다.

"그렇지 않아요."

"어쨌든 이젠 당신이 다시 자살을 시도할 일은 없을 겁니다."

그의 말은 무의미한 희망보다는 일종의 확신을 담고 있었고, 잉그리드는 두 남자가 그녀 자신의 생명을 구했다는 것을 의미하냐고 다시 물었다.

알 수 없다고 말하는 그에게 잉그리드는 그간 가슴에 담고 있던 질문 하나를 던졌다.

"그들이 부엌 식탁 위에 있던 스케치북도 발견했을까요?"

그는 아무것도 이해하지 못했다.

잉그리드는 두 눈을 감고 어둠 속에 있던 날들을 끄집어냈다. 그녀는 병원에 도착한 날부터 지금까지의 일뿐 아니라 이전 병실 벽에 걸려 있던 복잡한 낱말 퍼즐 같은 일정표도 기억해 낼 수 있었다. 하루하루를 가리키는 텅 빈 숫자들을 외울 수 있을 정도였다. 하지만 세 줄씩 세 문단으로 나뉘어 적힌 러시아 글자들을 담은 스케치북을 잘 숨겼는지는 전혀 기억할 수가 없었다. 그 일은 기억 속에 자리 잡지 못하는 여분의 날에 해당하는 것이었다.

그녀는 다시 날짜를 세어 보았지만 끝끝내 그즈음의 날들을 꿰어 맞추지 못했다. 그렇다면 스케치북은 여전히 바뢰이에 남아 있을 것이고, 그녀는 바뢰이로 되돌아가 그것을 찾아야 할 것이다. 의사 에릭 팔크는 지금까지 자기가 이야기해 온 것이 바로 그 부분이라고 말했다. 그의 말에 의하면 잉그리드가 시도했던 것은 안도의 한숨일지도 모르고, 앞으로 다가올 일에 대한 마음의 준비였을지도 모르지만, 정작 러시아인이 섬을 떠났을 때 왜 그를 도와주기만 하고, 왜 그와 함께 섬을 떠나지 않았는지 물었다.

잉그리드는 얼굴이 거미줄로 뒤덮이는 것 같은 기분을 느끼며,

만약 그들이 바뢰이섬에 아무도 없다는 것을 발견한다면 분명히 의심하리라 생각했다고 대답했다.

그는 그것이 이유일 리 없다고 말했다.

고개를 떨구며 그의 말에 동의하던 잉그리드는 바로 그것이 이유가 되지 않기에 더 슬프고 비참하다고 말했다.

"당신은 그를 신뢰하지 않았던 거로군요?"

"네." 잉그리드는 이제 다시 어디론가 숨어 버릴 수 있다고 생각하며, 기억해야 할 것들과 잊어야 할 것들의 차이를 알 수 없다고 말했다.

그는 한 손을 그녀의 어깨에 올려놓고 말없이 한참 그녀를 바라보다가 병실 밖으로 나갔다. 간호사의 교대 근무가 시작되기 직전 병실로 되돌아온 그가 말했다.

"내일 실밥을 제거할 예정입니다. 금요일에는 퇴원할 수 있어요. 당신이 난민 수송선을 이용해 집으로 돌아갈 수 있도록 이미 조치를 취해 두었습니다."

4

에바 소피에는 실밥을 제거하고 거울 두 개를 이용해 잉그리드가 등을 볼 수 있도록 도와주었다. 창백한 피부와 머리카락을 민 뒤통수에 생긴 작은 분홍색 십자 모양의 흉터들은 한두 갈래로 땋은 머리 아래 숨어 있었다. 에바 소피에는 잉그리드에게 앞으로는 브래지어를 착용하라고 당부했다. 적어도 남쪽으로 가는 배 안에서 남자들과 함께 있을 때는 꼭 브래지어를 착용해야 한다고 말했다.

에바 소피에가 그런 말을 했던 것은 샤워실의 풍경 때문이었다. 매일 아침 잉그리드는 같은 병동에 있던 나이 많은 여인 아다, 시그니와 함께 병원 직원에게 이끌려 샤워실로 향했다. 지푸라기처럼 푸석푸석한 긴 백발을 지닌 두 여인은 세 층이나 내려와 옷을 벗고 찬물로 샤워를 했다. 하얀 벽으로 둘러싸인 탈의실에서는 말할 때마다 메아리가 울려 퍼졌다. 타일 바닥 위의 금속 수도관에서 흘러나오는 물은 너무나 뜨거웠고, 양옆에서뿐만 아니라 머리 위에서도 비처럼 흘러내렸다. 물이 사방에서 뿜어져 나오는 탓에 제자리에 가만히 서 있어도 되는데도 불구하고 에바 소피에는 4분마다 무용수처럼 몸을 돌려 구석구석 씻는 것이 매우 중요하다고 강조했다. 에바 소피에는 운전사처럼 빨간색과 파란색 수도꼭지 위에 양손을 올리고 수온을 조절하면서 그들이 머리카락과 사타구니, 겨드랑이 등을 비누로 씻고 헹군 후 수건으로 물기를 닦는 모습을 지켜보았다. 뻣뻣한 새 수건은 그들의 피부에 오돌토돌하고 빨간 자국을 만들어 냈다. 아다와 시그니는 잉그리드보다 훨씬 수줍음을 많이 탔다. 그 때문일까, 그들은 차가운 탈의실은 물론 뜨거운 물에도 적응할 수 없었지만 샤워실에서만큼은 마치 어린 소녀들처럼 킥킥 코웃음을 내며 금방 가까워질 수 있었다.

잉그리드는 항상 자신이 청결한 사람이라고 생각했다. 게다가 죽음이 휘몰아친 섬에서 시신들을 수습하고 병원에 입원한 후에는 단 한 번도 자기 몸에서 비릿한 체취를 맡아본 적이 없었다. 와르르 쏟아지는 물줄기는 그녀의 몸을 어루만지고 간질이며 기운을 북돋아 주었다. 그녀는 마치 구름처럼 빛줄기를 쏟아 내는 천장 전구를 향해 두 손을 뻗었고, 에바 소피에가 권했던 것보다 훨씬 자주 피루엣을 하듯 몸을 돌려가며 몸을 씻었다. 결국 에바 소피에는 빨간 수도 꼭지를 힘껏 잠갔고, 잉그리드는 갑자기 쏟아지는 얼음처럼 차가운 물에 비명을 질렀지만 기분이 나쁘지는 않았다. 그러는 와중에 어느덧 4분이 흘렀다.

에바 소피에는 바로 그곳에서 잉그리드의 가슴이 자기 가슴보다 크다는 것을 발견한 것이었다.

두 사람은 서로에게 비밀을 털어놓을 정도로 친밀한 사이는 아니었지만, 잉그리드는 그녀의 제안에 그다지 기분 나빠하지 않았다. 에바 소피에는 전쟁을 개인적인 위기와 수모로 받아들였고,

애인을 잃고 비서학을 공부하려던 꿈마저 무산되자, 자신이 이 전쟁의 가장 큰 희생양이라고 서슴없이 주장했다. 그녀는 항상 유니폼 앞주머니에 시계, 치아 자국이 난 연필, 루주 그리고 애인의 사진을 넣고 다녔기 때문에 그가 전쟁 발발 직후 북쪽 경계 지역에서 전사했다는 사실은 모두가 짐작할 수 있었다. 그녀는 애인의 사진을 이미 보았던 사람과 보고 싶어 하는 사람들에게 자랑스레 보여주곤 했다. 저 멀리 풀이 무성한 둑 위에 앉은 사진 속 남자는 웃는 것 같기도 하고 우는 것 같기도 했다. 그는 에바 소피에보다 열 살이 많았고, 에바 소피에는 잉그리드보다 한 살이 많았다. 그녀는 전쟁 때문이라고 할 수 있는 이 상황을 자신의 개인적 비극으로 여기며, 그것을 주변인들에게 확인시켜 주기라도 하듯 자기에게는 자식이 없다는 사실을 시도 때도 없이 말하곤 했다.

에바 소피에는 교대 근무를 하지 않는 날이면, 그녀가 교대 근무를 서는 날은 별로 없었지만, 폭격 후 어설프게 수리한 자신의 집에서 밀가루와 설탕, 잘게 부순 견과류를 사용해 빵을 구워 병원에 가져와 환자들에게 주사를 놓듯 그것을 나누어 주었다. 환자들은 그녀를 두려워하기도 했고 좋아하기도 했다. 반면 직원들은 그녀에게 익숙해져 있었다. 불에 탄 얼음 결정체처럼 보이는 자잘한 견과류와 굵은 설탕을 뿌린 그녀의 빵과 케이크는 매우 달고 맛있었다.

에바 소피에가 가져다준 브래지어는 눈어림으로 짐작한 대로 잉그리드에게는 좀 작았으나 아예 사용하기에 불가능할 정도는 아니었다. 그럼에도 잉그리드는 등에 난 상처 때문에 브래지어를 착용할 수 없었다. 그들은 브래지어를 에바 소피에가 집에서 가져온 여행 가방의 제일 아래쪽에 넣었다. 연갈색 띠로 가운데를 감싸고 청동 테두리로 여덟 개의 모서리를 두른 작고 파란 여행 가방이었다.

그녀는 잉그리드에게 거친 재질의 연회색 방한용 조끼도 주었다. 그것은 환자들이 서로 다른 병동으로 이동할 때 머리 위에서부터 덮어쓰는 방한용 옷과 비슷했다. 그리고 앞치마도 주었는데, 잉그리드는 사용할 일이 없으리라 생각했지만 군말 없이 받았다. 에바 소피에는 그 외에도 자신에게는 필요 없는 것이라며 새것처럼 보이는 스웨터와 양말 네 켤레, 스카프 다섯 장, 방수모와 속옷 몇 벌을 잉그리드에게 챙겨 주었다.

금요일 아침, 잉그리드가 평상복으로 갈아입자 에바 소피에는 눈물을 흘렸다. 그들은 잉그리드에게 평상복이 어울리지 않는다고 생각했지만, 작별 인사를 건네기 위해 모습을 드러낸 아다와 시그니의 생각은 달랐다.

"왜 울어요?" 잉그리드가 에바 소피에에게 물었다.

"나도 모르겠어요." 에바 소피에는 동그란 양철통을 잉그리드에게 찔러주었다. 아이들이 그린 듯한 크리스마스트리와 흔들목마 그림이 뚜껑에 그려진 양철통 안에는 빵과 케이크가 들어 있었다. 양철통을 여행 가방에 넣을 수 없었던 잉그리드는 그것을 겨드랑이에 끼고 병원을 나섰다.

5

사람들은 버스와 트럭을 번갈아가며 탔다. 잉그리드는 그날 자동차를 처음 타 보았다. 만약 그녀가 다른 세 명의 여인과 함께 병원에 왔던 첫날에도 자동차를 이용하지 않았더라면 말이다. 그녀는 그날을 기억할 수가 없었다. 무슨 옷을 입었는지도 기억이 나지 않았다.

파괴되고 불에 타 버린 도시는 재건이라는 명목하에 여기저기제 모습을 갖추기도 했으나 무릎까지 쌓인 눈에 뒤덮여 울퉁불퉁한 언덕처럼 보일 뿐이었다. 잉그리드와 간호사 두 명은 한때 시내 중심로였던 곳을 나란히 걸었다. 그들의 뒤에는 그날 잉그리드가 탈 배를 타고 오는 환자 한 명을 데려오기 위해 같이 나선 의사에릭 팔크가 있었다. 잉그리드는 의사가 직접 환자를 마중 나오는것이 매우 드문 일이라는 것을 잘 알았다.

그는 잉그리드의 여행 가방을 들고 한 손으로는 모자를 쥔 채 날씨가 좋지 않다고 불평했고, 잉그리드는 고개를 들고 하늘을 바라보았다. 그녀는 머리에 스카프 두 장을 두르고 그 위에 에바 소피에가 준 방수모를 쓰고, 두 발에는 양말 세 켤레를 겹겹이 신어도충분히 자리가 남을 만큼 커다란 장화를 신고 있었다.

거대한 부둣가에 서서 배가 들어오는지 살피고 있을 때, 갑자기 에릭 팔크가 함께 사진을 찍자고 제안했다.

잉그리드가 그를 쳐다보았다. 두 사람 모두 추위 때문에 얼굴이 빨갛게 얼어붙어 있었기에 그의 표정을 통해 의미를 짐작하기는 쉽지 않았다. 간호사 두 명은 제각각 다른 쪽을 바라보고 있었다.

"이런 옷차림으로요?" 잉그리드는 자신의 옷을 가리키며 물었다.

그는 고개를 끄덕이며 그녀를 기억에 남기기 위해 길 모퉁이의 사진관을 이미 예약해 놓았다고 말했다.

"저를요?" 잉그리드가 되물었다.

그는 잉그리드의 질문에 대답하지 않았다.

두 사람은 간호사들을 뒤에 남겨 두고 하얀 서리가 낀 유리문을 지나 초록색으로 페인트칠을 한 비좁은 사진관 안으로 들어갔다. 한쪽 벽에는 원형 테이블 위에 빈 화병이 자리하고 있었고, 다른 쪽 벽에는 장작 타는 소리를 내며 열기를 내뿜는 벽난로가 있었다. 테이블 뒤의 커튼을 옆으로 밀치며 한 젊은 남자가 모습을 드러냈다. 물을 묻혀 뒤로 잘 빗어넘긴 머리에 빨간 줄을 두른 셔츠를 입은 그는 의사에게 손을 내밀며 인사를 청했지만 잉그리드에게는 보일 듯 말 듯 고개를 끄덕이며 인사를 대신했다.

커튼 뒤의 안쪽 벽에는 석양 아래 사과꽃이 만발한 과수원 그림을 그린 마분지 한 장이 압정으로 꽂혀 있었다. 사진사는 등받이와 다리에 조각 장식이 된 의자를 가리켰고, 두 사람은 의자에 앉아 사진사가 시키는 대로 팔걸이에 손을 올렸다. 두 사람 사이에는 팔걸이의 폭만큼 충분한 간격이 있었다.

사진사가 삼각대 뒤에서 촬영 준비를 하는 동안 잉그리드는 방수모와 스카프, 방한용 조끼를 벗고 땋은 머리에 붙어 있던 얼음조각을 털어 냈다. 그녀가 턱을 치켜들고 렌즈에 집중하려는 순간, 에릭 팔크가 의자의 팔걸이 너머로 몸을 기울이며 그녀의 귀에 대고 속삭였다. 따지고 보면 그녀는 참으로 행복한 사람이라고. 그 자신은 지금껏 사랑을 경험해 보지 못했지만 적어도 그녀는 사랑이 무엇인지 경험해 보았을 테니까.

그의 숨결을 느낀 잉그리드가 그를 향해 고개를 돌리는 순간 카메라의 플래시가 터졌고, 에릭 팔크는 카메라를 제대로 바라보았으나 사진을 다시 찍을 수밖에 없었다.

그들이 카메라 렌즈에 시선을 집중하는 동안 그들의 옷에서는 눈 녹은 물이 사과 과수원 바닥으로 소리 내며 뚝뚝 떨어졌다. 다시 카메라에서 찰칵하는 소리와 함께 플래시가 번쩍였고, 연이어 터지는 세 번째 셔터 소리와 함께 사진사는 허리를 쭉 펴고 아랫입술을 질근질근 씹으며 말했다.

"한 장 더 찍어 볼까요?"

에릭 팔크 요한네센은 고개를 끄덕였다. 잉그리드 바뢰이의 머릿속에는 아무 생각도 없었다. 그들은 다시 카메라 렌즈를 뚫어지게 바라보며 마지막 셔터 소리가 들리기를 기다렸고, 사진사가 작고 하얀 손을 딱 한 번 마주치며 '브라보'라고 말할 때까지 꼼짝도 하지 않았다. 그들은 외투를 입고 밖으로 나갈 때까지도 서로를 쳐다보지 않았다.

에릭 팔크는 촬영 비용과 배달 등에 관해 사진사와 몇 마디 주고받은 후 비좁은 사진관을 나서자마자 갑자기 말이 많아졌다. 그녀를 남쪽으로 태우고 갈 배의 선장은 매우 거칠고 강한 사람이며 지난 반년간 핀마르크의 난민들을 남쪽의 서로 다른 해안 지역으로 이동시킨 경력이 있다고, 바람 속에서 고함을 지르다시피 말했다. 그는 잉그리드에게 앞으로 경험할 험한 환경에 잘 대비해야 한다고 했다. 엎친 데 덮친 격으로 날씨마저도 매우 험악하다고 덧붙였다. 심지어 그녀가 집에 도착하면 살아 있다는 표시로 편지를 보내주었으면 좋겠다면서, 여전히 정확한 맞춤법을 기억하길 바란다고 말하는 그의 얼굴에는 보일 듯 말 듯한 미소가 떠올랐다.

잉그리드는 고개를 끄덕였다. 그는 잉그리드에게 집에 가면 그녀를 기다리는 사람이 있냐고 두 번이나 물었다.

잉그리드 역시 같은 대답을 되풀이했다.

"네, 그럼요."

배는 20미터 정도 되었지만 비슷한 크기의 여느 포경선과는 매우 다른 외형을 지니고 있었고, 사람들과 갖가지 짐으로 발 디딜 틈조차 없었기에 언뜻 물에 둥둥 떠다니는 커다란 창고처럼 보였다. 배 안에는 여행 가방, 상자, 궤짝, 가구, 포대, 매트리스가 가득했고, 그 사이에는 어른, 아이 할 것 없이 옷을 겹겹이 껴입은 사람들이 서 있었다. 뱃머리의 포가에 장착한 조악한 나무 막대기에는 방수포가 덧씌워져 있었고, 배의 난간까지 연결된 그 방수포는 텐트의 지붕 역할을 하고 있었다. 그 밑에 자리한 장화의 개수로 짐작하건대 텐트 안에는 약 열 명의 사람이 들어가 있는 것 같았다.

배 안에서는 독일 군인 한 명이 한 남자의 얼굴을 여러 차례 가격했고, 갑판에 쓰러진 남자가 소리를 지르며 발버둥을 치는 등 큰 소란이 벌어졌다.

선장이 조타실에서 허겁지겁 뛰어나왔다. 그는 당장이라도 독일군을 때려눕히고 싶어 하는 것 같았지만 곧 마음을 진정시켰다. 독일군은 선장이 안중에도 없는 듯 몸을 굽혀 쓰러져 비명을 지르는 남자를 발로 힘껏 찬 후, 짐을 싣고 나르는 그물 위에 발을 올린 채 선장을 향해 독일어로 소리를 질렀다. 고개를 돌려 그를 바라보는 선장의 눈에는 경멸과 혐오의 빛이 어려 있었다. 순간 에릭 팔크와 눈이 마주친 선장은 그를 선착장으로 인도했다.

선장은 40대 초반의 남자로 검은 머리 사이에 희끗희끗한 백발이 보였다. 옆에 있던 짙은 갈색의 턱수염을 지닌 대머리 남자는 독일군의 말을 듣고 의사를 향해 양팔을 활짝 벌리며 어깨를 으쓱 추켜올렸다.

상황을 대충 이해한 에릭 팔크는 보일 듯 말 듯 고개를 끄덕였다.

선장은 어깨를 으쓱 추켜올리며 윈치 쪽으로 걸어가 크레인의 고리를 내렸다. 독일군이 그물의 네 모서리를 고리에 고정시키자, 발버둥 치던 남자는 그물에 실려 선착장으로 올려졌다. 그곳에서 기다리고 있던 간호사들은 그를 그물 밖으로 끌어내 몸을 일으킨 후 잉그리드가 입었던 것과 비슷한 방한용 조끼를 입혔다. 간호사들의 손에 몸을 의지해 발을 옮기는 그의 코에서는 여전히 피가 흘렀고 머리에는 꽤 큰 상처가 나 있었다. 에릭 팔크는 그의 상처를 살펴본 후 몇 가지 질문을 던졌다. 남자는 고개를 절레절레 흔들었다. 간호사들은 그를 부축해 차로 데려갔다. 독일군이 선착장으로 올라와 유니폼에 묻은 눈을 툭툭 털어내고 돌돌 말아 쥔 서류를 의사에게 건네준 후, 화가 머리끝까지 난 표정으로 임시 막사가 마련된 근처 창고를 향해 성큼성큼 발을 옮겼다.

"그렇다면 이제부터는 배에 독일군 보초가 없다는 말이군." 에릭 팔크가 서류를 내려다보며 혼잣말로 중얼거렸다.

잉그리드는 그의 말을 듣지 못했다.

그녀는 방금 독일군이 사용했던 줄사닥다리를 찾으려 땅에 무릎을 대고 앉았지만 간조기라 물이 다 빠진 상태였기에 배의 갑판은 4미터 아래에서 얼음으로 뒤덮여 있었다. 어디선가 어린아이의 날카로운 목소리가 들렸다.

"아직 배에 타지 못한 사람이 있어요! 저기 저 사람⋯⋯."

잉그리드는 몸을 일으켜 여전히 선착장 바닥에 널브러져 있는 그물 위에 여행 가방과 케이크 상자를 올려놓은 후 그 옆에 서서 에릭 팔크의 체념 섞인 무언의 항의에 귀를 기울였다. 그물 고리 안에 발을 들여놓은 그녀는 선장을 향해 그물을 내려달라고 소리쳤다.

선장이 그녀를 향해 소리쳤다. "진심으로 하는 말이요?"

"네."

그가 미소를 지으며 기어에 손을 올렸다. 에릭 팔크는 어제까지만 해도 자신의 환자였던 그녀의 몸을 향해 조여드는 그물을 바라보았다. 그녀는 그물의 위쪽에 손가락을 집어넣고 매듭을 지어 고정했고, 짐짝처럼 그녀를 실은 그물은 좌우로 심하게 흔들리며 갑판을 향해 천천히 내려갔다. 그물이 갑판에 도착하자 배 안에 한데 모여 있던 젊은 청년들이 그녀의 주위로 몰려들어 환호하며 그녀가 그물에서 빠져나올 수 있도록 도와주었다. 그 순간 잉그리드는 남쪽 방 다락 벽 뒤에 스케치북을 숨겼다는 것을 기억해 냈다. 침대보와 이불 밑에 스케치북을 숨겼을 때, 집 안에는 그녀 혼자뿐이었다는 것도 기억할 수 있었다.

그녀가 기억해 냈던 것은 그것뿐만이 아니었다. 그녀가 어렸을 때 아버지 한스 바뢰이는 얼링 형의 소형 어선을 타고 부두에 들어올 때마다 갑판에 서서 그녀에게 미소를 지으며 두 팔을 활짝 뻗곤 했다. "뛰어내려". 그녀는 당시 서너 살, 많아도 다섯 살에 불과했고 갑판까지는 거의 3미터나 되는 높이였지만, 그녀는 항상 아버지의 품 안으로 뛰어내렸고 아버지는 매번 그녀를 받아 주었다.

그녀의 손가락은 한기에 꽁꽁 얼어붙었다. 그녀는 옷에 묻은 눈을 털어내고 선장에게 여분의 장갑이 있으면 빌려달라고 부탁했다. 그는 잠시 생각에 잠기더니 조타실로 가서 창문을 열고 양모 장갑한 켤레를 던져 주었다. 거칠고 묵직한 낡은 엄지장갑은 생선 피가 묻어 뻣뻣했지만 매우 따뜻했고 축축하지도 않았다. 그녀는 장갑을 끼고 한 손을 치켜들며, 그간 아무에게도 털어놓지 않았던 말을 꺼내기 시작했다. 그리고 눈을 뜰 때마다 수없이 마주쳤던 바로 그 눈빛으로 자신을 바라보며 선착장에 서 있는 에릭 팔크에게 작별 인사를 건넸다.

그녀를 향해 장갑 낀 왼쪽 손을 허둥지둥 올린 에릭 팔크는 건너편의 번잡한 항구를 향해 시선을 던지더니 오른손을 모자챙에 얹고 발을 돌려 배와 사람들의 머리 위로 떨어져 내리는 하얀 눈송이 사이로 사라졌다. 선장은 청년들에게 갑판 위에 널브러져 있는 닻줄을 잘 정리해서 감은 후 치우라고 소리 질렀고, 누가 보면 그들이 단 한 번도 바다에 나가 본 적이 없는 줄 알겠다며, 이제는 같은 말을 반복하는 것도 싫증이 났다고 화를 냈다.

6

살트함메르호는 포경선과 원양어선을 합쳐 놓은 것 같은 배였다. 잉그리드는 창고 안쪽 구석에 순록 가죽을 두 겹으로 겹쳐 침대처럼 만들어 놓은 곳에 자리를 잡았다. 그녀의 옆에는 숨 쉬는 것만큼이나 자주 눈물을 흘리는 젊은 여인과 눈물을 한 방울도 보이지 않는 네 명의 아이들이 함께 있었다. 배수관은 걸레와 포대와 낡은 옷가지들로 막아 놓았지만 가장 바깥쪽의 격벽과 마찬가지로 얼음이 붙어 있었다. 그나마 온기를 느낄 수 있는 곳은 조리실과 붙어 있는 격벽뿐이었다.

두 살짜리 안테와 네 살짜리 미켈이 창고의 가장 안쪽에 누워 있었고, 그들의 옆에는 각각 다섯 살과 여덟 살인 엘렌과 사라가 발치에 머리를 대고 누워 있었다. 그리고 그들의 옆에는 울먹이는 엄마 안나가 앉아 있었다. 잉그리드는 그들 가족의 아버지 자리였던 가장 바깥쪽에 자리를 잡았는데, 그들의 아버지는 그녀가 배에 오르기 직전 뭍으로 쫓겨났던 바로 그 남자였다.

그들 가족은 약 일주일 전에 배에 올랐다고 했다. 배에 오르기 전에는 핀마르크 황야의 한 오두막에서 3개월을 살았으나 더는 견디지 못해 성탄절 즈음, 될 대로 되라는 심정으로 총을 맞을 각

오를 한 채 독일군 주둔지로 갔다. 예상과는 달리 그들은 트럭에 실려 약 30킬로미터쯤 떨어진 곳으로 향했고, 폭격으로 잿더미가 된 함메르페스트에 도착해서 살트함메르호에 오르게 되었다. 그들은 거의 한 달 동안 같은 옷을 입고 있다가 사흘 전 리쇠이하른에 도착해 군인 막사에서 목욕을 하게 되어서야 겨우 옷을 갈아입을 수 있었다.

잉그리드는 그곳에 샤워시설이 있느냐고 물었다.

안냐가 고개를 끄덕였다.

그녀는 남편이 가장 먼저 심적 공황 상태에 빠졌으나 아이들은 의외로 잘 견디고 있다며 각각의 음절에 악센트를 주며 매우 강한 억양으로 말했다. 그리고 오히려 어른들이 상황을 더 힘들게 받아들이는 것 같다고 덧붙였다. 그녀는 리쇠이하른에서 구충제를 배급받았고 따뜻한 음식도 먹을 수 있었다고 말했다. 그녀는 사람도 얼어 죽는 혹한에 이가 얼어 죽지 않는 것이 이상하다며 눈물을 흘리면서 미켈을 토닥였다. 미켈은 엄지장갑에 난 구멍으로 삐져나온 손가락 세 개를 잘근잘근 씹으며 잉그리드를 향해 미소를 지었다.

잉그리드는 악취에 코를 찌푸리며 아이의 기저귀를 갈 때가 된 것 같다고 말했다. 안냐는 악취를 풍기는 건 미켈이 아니라 안테라고 말했다. 안테는 하루에 두 번씩 배변을 하지만 갈아 줄 새 기저귀가 없다고 했다. 같은 배에 타고 있는 이들은 그들 가족에게 눈길도 주지 않기에 도움을 청할 용기도 낼 수 없었다고 했다.

잉그리드는 두 살배기 아이의 옷을 당장 벗겨야 한다고 말했다.

안냐는 그러기에는 너무 춥다고 반발했고, 잉그리드는 직접 아이의 옷을 벗기겠다며 고집을 피웠다.

아이의 사타구니는 빨갛게 짓물러 있었고 말라붙은 똥이 배와 등에 덕지덕지 붙어 있었다. 아이는 눈을 동그랗게 뜨고 그들을 가만히 쳐다볼 뿐 아무 말도 하지 않았다. 잉그리드는 안냐에게 혹시 배수관을 막아 둔 걸레로 아이의 몸을 닦아 주었냐고 물었다. 안냐는 그렇다고 대답했다. 잉그리드는 그 걸레에는 소금기가 묻어 있다고 말했지만, 안냐는 그 말을 이해하지 못했다.

"소금……." 그녀는 같은 말을 반복해서 중얼거리더니 얼른 아이에게 옷을 입혀 주라고 잉그리드에게 말했다.

잉그리드는 몸을 일으켜 뱃머리로 향했다. 조타실의 문을 열고 혹시 배 안에 기저귀가 있는지 선장에게 소리쳐 물었다. 그가 고개를 돌려 의아한 눈빛으로 그녀를 바라보았다.

"아마 있을 거예요. 객실로 가 보세요."

잉그리드는 파도에 흔들리는 갑판을 지나 망토를 걷어 올린 채 토사물의 악취로 가득한 축축한 어둠 속으로 계단을 내려갔다. 그곳에는 갓난아기들과 그들의 어머니, 세 살부터 여덟 살에 이르는 다섯 명의 고아들이 함께 지내고 있었다. 그녀는 그들에게 기저귀가 있냐고 물어보았다. 아무도 대답을 하지 않았다. 그녀는 한 번 더 물어보았지만 역시 아무런 대답도 들을 수 없었다. 잉그리드는 기저귀가 필요하다고 말했다. 우현의 한 침대에서 젊은 여인이 몸을 일으키더니 불빛 속으로 얼굴을 쑥 내밀며 잉그리드를 향해 도대체 누군데 그러냐며 쏘아붙였다.

잉그리드는 그녀가 기저귀를 던지듯 내어줄 때까지 목까지 차오르는 울음을 꾹꾹 누르며 제자리에 가만히 서 있었다. 잉그리드가 온수는 어디에서 구할 수 있냐고 묻자 그들은 큰소리로 웃음을 터뜨리더니 이구동성으로 '조리실'이라고 대답했다.

그녀는 다시 갑판을 지나 조리실 안으로 들어갔다. 그곳 역시도 아이들로 가득했다. 바닥과 벤치 위에 두 명씩 짝을 지어 앉아 있던 아이들이 조금은 어른스러워 보이는 청년 두 명과 함께 잉그리드에게 인사라도 건네려는 듯 몸을 일으켰다. 바닥에 다리를 고정시킨 탁자와 격벽 사이에는 머리부터 발끝까지 검은색 옷을 입은 나이 많고 몸집이 큰 여인 한 명이 치아가 없는 입을 크게 벌린 채 자고 있었다. 윙윙 소리를 내며 돌아가는 스토브 위에는 주둥이에서 하얀 김을 뿜어내는 거대한 주전자가 보였다.

잉그리드는 끓고 있는 것이 물인지 물어보았다.

한 소년이 그것은 물이 아니라 커피라고 대답했다. 잉그리드는 온수가 필요하다고 말했다. 그가 옆에 있던 동료에게 눈짓을 하자, 동료는 작은 싱크대에 연결된 수도꼭지 위로 몸을 숙여 주전자에 물을 채우고 스토브 위의 커피 주전자 옆에 올려놓았다.

잉그리드는 물이 데워지기를 기다리며 그들에게 어디에서 왔는지 물어보았다. 메하믄. 혼닝스보그. 코마그피오르. 타페루프트. 감비크. 하뵈이순. 스네피오르. 예스베르. 롤브쇠이. 스카르스보그…… 나이 많은 여인의 몸을 덮고 있던 담요가 스르르 미끄러져 바닥에 떨어지자 물 주전자를 스토브 위에 올려놓았던 소년이 허리를 굽혀 담요를 주워 들고 한 번 툭툭 턴 다음 여인을 덮어 주었다.

잉그리드는 그 여인이 누구인지 물어보았다.

"야드비가라고 해요. 우리 이웃이죠. 러시아인이에요."

어느덧 물이 따뜻하게 데워졌다.

잉그리드는 점점 더 심하게 흔들리는 갑판 위에서 물을 쏟지 않으려 조심하며 주전자를 운반했다. 창고로 돌아온 그녀는 안냐에게 배수구에서 헌 옷가지를 더 빼 오라고 말했다. 안냐가 그녀를 바라보며 한 마디 던졌다.

"소금기 때문에 안 된다면서요."

잉그리드는 웃음을 터뜨리며 이제 상관없다고 말했다.

그녀가 배수구에서 갈색 포대를 하나 빼내자 바닷물이 와르르 쏟아져 들어왔다. 잉그리드는 그녀에게 얼른 순록가죽으로 배수구를 막으라고 말하며 포대를 집어 들어 주전자 물에 적신 후, 한기 때문에 누워 발버둥 치며 울고 있는 아이를 씻겨 주고 여행 가방을 열어 에바 소피에의 브래지어를 꺼냈다. 안냐는 어느새 울음을 그쳤고 사라는 그것이 뭐냐고 물었다. 잉그리드는 브래지어를 바닥에 내려놓고 앞치마 한 벌을 꺼내서 이빨로 이음새를 뜯어 두 겹으로 만든 다음, 그것을 다섯 번 차곡차곡 접어 갓난아기의 사타구니를 덮고 기저귀를 둘렀다. 안냐는 기저귀를 고정시키고 아이에게 다시 옷을 입힌 후 담요를 덮어 주었다. 그 순간 잉그리드는 창틀에서 겨우내 동면 상태에 있던 파리 한 마리가 깨어나 힘없이 날갯짓하더니 곧 천장을 향해 가느다란 여섯 개의 발을 버둥거리다가 죽었던 것을 기억해 냈다. 그때 그녀는 창문을 열고 손가락 끝으로 죽은 파리를 집어 들어 밖으로 내던졌다. 헨릭센 보안관과 하르겔 중위가 다시 섬에 모습을 드러냈던 것은 그 직후였다. 그녀는 자욱한 회색 안개 속에서 섬을 향해 미끄러지듯 다가오는 작은 나룻배에서 들려오는 그들의 고함을 들었다. 그런데 그녀는 자신의 몸에 왜 상처가 났는지는 기억해 낼 수가 없었다.

안냐가 그녀의 팔에 손을 얹었다.

잉그리드는 아이들이 배 안에서 보내는 생활을 잘 견뎌내냐고 물었다.

안냐는 아이들이 살트함메르호에 오르기 전에는 단 한 번도 바다를 본 적이 없는데도 불구하고 그럭저럭 잘 견디는 것 같다고 대답했다. 두 사람은 한동안 말없이 아이들을 물끄러미 바라보았다. 아이들은 허겁지겁 음식을 비우고 더 먹고 싶어 하는 눈치였다. 그녀는 아이들에게 기다리라고 말한 후, 사라에게 상자를 잘 지키라고 말하며 자리에서 일어나 파도를 타고 바닷물이 넘어오는 배의 후미로 갔다.

하늘은 개었지만 먼 뭍에서 불어오는 바람은 더 강해졌다. 뒤쪽에서 불어오는 매서운 북동쪽 바람에도 불구하고 남자들은 여전히 갑판에 떼를 지어 선 채 담배를 피우며 욕설을 내뱉었다. 잉그리드는 조타실로 들어갔다. 천장을 향해 귀를 기울이고 있던 선장은 그녀를 보자 손가락으로 천장을 가리키며 소리가 들리는지 물었다. 마치 유리 조각이 서로 맞부딪치는 소리 같았다.

잉그리드는 소리가 들린다고 대답했다.

"젠장, 얼음이 얼어붙었군!" 그가 소리쳤다.

그들의 앞에 펼쳐진 것은 말 그대로 망망대해였다. 배는 금방이라도 전복될 듯 비틀거리며 앞으로 나아갔고, 집채만 한 파도가 몰아칠 때마다 뱃전은 물속에 가라앉았다가 다시 모습을 드러내기를 반복했다. 천장에서 들려오는 소리는 점점 더 커졌다. 고정되지 않은 갖가지 장비와 식기들이 덜그럭거리며 움직이는 소리였다. 그가 잉그리드에게 배를 타 본 적이 있냐고 물었다.

잉그리드가 그렇다고 대답했다.

"그렇군. 그럴 것 같았어요."

그는 잉그리드에게 조타키를 넘겨주고 창문 앞으로 몸을 쑥 내밀며 저 멀리 서쪽 푸른 육지 앞에 자리 잡은 등대를 가리켰다. 선장은 푸른 잔디가 보이냐고 세 번이나 연거푸 물으며 잉그리드에게 확실한 대답을 듣고 싶어 했다. 잉그리드가 마치 딸꾹질하듯 짧게 대답하자 그는 조타실 밖으로 뛰쳐나갔다.

잠시 후 그가 숨을 헐떡이며 돌아와 다시 등대를 바라본 채 고개를 끄덕이며 콧물을 삼켰다. 다시 조타키를 건네받은 그는 배 안에 농부가 있었다면 좋았을 것이라 말하며 턱으로 얇은 슬레이트 판처럼 보이는 창을 가리켰다. 파도가 쳐서 배의 후미에 물이 들어오면 얼음을 깨야 할 것 같았다.

잉그리드는 배 안에 일을 도와줄 사람이 없냐고 물었다.

그는 조카 올레가 타고 있지만, 지금은 몸을 덥히느라 기계실에 모여 있는 아이들을 돌봐주고 있다고 했다. 그들은 모두 잉그리드가 사는 지역에 내려 그곳의 구호소에서 마련한 빈 농가에서 임시로 거주할 예정이었다. 선장은 손이 매우 많이 가는 일이라며 동시에 전국 곳곳의 인구가 크게 감소하고 있다고 말했다. 그가 축 늘어진 어깨 사이로 고개를 숙인 채 지난겨울은 불행 중 다행으로 그리 나쁘진 않았다고 중얼거렸다.

"그건 그렇고 우린 아직 서로 이름도 모르고 있군요." 그가 갑자기 생각난 듯 소리쳤다. "난 마그누스 만비크라고 해요. 레이네 출신이죠."

"잉그리드라고 합니다." 레이네에 친척이 있다고 덧붙이며 이름까지 말한 그녀는 문득 선장에게서 마음에 들지 않는 부분을 발견했다. 수면 부족으로 빨갛게 충혈된 눈과 우중충한 분위기, 스트레스에 휩싸인 듯한 바쁜 움직임. 그녀는 그에게 잠을 충분히 자지 못했냐고 물어보았다.

그가 웃음을 터뜨리더니 리쇠이하픈에서 오는 길이라고 중얼거리며 대답을 대신했다.

그들의 눈앞에 있는 갑판은 격렬한 파도에 밀려 바닷속 깊은 협곡에 부딪혔다가 저 멀리서 들려오는 울부짖는 바람 소리를 향해 다시 수면 위로 모습을 드러냈다. 집채만 한 파도가 다시 그들을 향해 몰려들자 선장은 욕설을 내뱉으며 그녀에게 조타키를 넘겨주고 허둥지둥 문을 열고 나갔다.

잉그리드는 흔들리는 갑판 위에서 비틀거리며 중심을 잡으려 애쓰는 선장이 거미줄 사이로 옮겨 다니는 작은 거미 같다고 생각했다. 선장은 두 팔을 휘휘 저으며 고함을 질렀다가 뱃사람 두 명의 다리를 질질 끌다시피 하며 배의 후미로 옮겨 놓은 뒤 다시 어디론가 자취를 감추었다.

잉그리드는 삼촌과 아버지의 나룻배에서 익혔던 리듬을 기억해 내려 애썼지만, 그녀가 타고 있는 배는 작은 나룻배와는 거리가 먼 큰 함정이었기에 그리 도움이 되지 않았다. 게다가 최악의 날씨 탓에 금방이라도 손에서 벗어나려 하는 조타키를 조종하기란 결코 쉽지 않았다. 프로펠러는 험한 바닷물 속에서 제자리를 찾지 못했고 기계들은 병적인 포효를 내질렀으며, 그녀는 중심을 잃고 비틀거리다가 벽에 몸을 부딪쳐 쓰러지며 조타키를 놓쳐 버렸다. 그가 기어를 잡아당기자 연동기가 느슨해지는가 싶더니 프로펠러가 제멋대로 움직였고, 동시에 조타실 문이 저절로 열렸다.

"배 후미에 사람을 보내 얼음을 깨라고 지시했어요."

그가 잉그리드를 옆으로 밀치고 연동기에 한 손을 올린 채 그녀를 바라보았다. 그녀가 몸을 일으킬 때까지 기다렸다가 침착하고 나직한 목소리로 자신의 오른손 위에 손을 올려보라고 말했다. 고개를 젓던 그녀의 손가락 끝은 뱃전이 파도 속에 파묻히는 순간 그의 차가운 손마디에 닿았다. 그가 기어를 잡아당기자 기계는 다시 느슨해졌고 프로펠러는 방향을 잃었다. 그는 같은 작업을 세 번이나 연거푸 시도하면서 그녀에게 의문을 담은 눈빛을 던졌다. 그녀는 기계적으로 고개를 끄덕이려 마음먹었지만 정작 그녀의 입에서 나오는 말은 완전히 다른 것이었다.

"나는 집으로 갈 수 없어요."

"뭐라고요?"

그가 그녀를 뚫어지게 바라보았다.

"집으로 갈 수 없다고요!"

몸을 돌려 뛰쳐나간 그녀는 문손잡이에 매달리듯 몸을 의지한 채 갑판 위에 두 다리를 흔들거리며 섰다. 파도가 그녀를 덮쳤고 배가 만들어 내는 물살은 언덕의 능선과 각을 이루었다. 기계에서 다시 귀를 찢는 듯한 소리가 들렸다. 잉그리드는 파도를 타고 허공으로 향하는 갑판 위에 쓰러지듯 주저앉아 계단을 꽉 붙잡았다. 거친 파도 소리와 함께 남자의 목소리가 들려왔다.

"기계실로 가서 올레를 불러와요."

그녀는 기계실이 어디 있는지 물어보고 싶었으나 조타실 문은 이미 닫힌 후였다. 그녀는 겨우 몸을 일으켜 바닥에 무릎을 대고 앉았으나 균형을 잡지 못해 계단 난간에 몸을 부딪쳤고, 겨우 기계실 문손잡이를 거머쥔 뒤에야 일어설 수 있었다. 문을 열자 따뜻한 수증기가 그녀의 얼굴을 덮쳤다. 그녀가 어둠 속에서 소리를 지르자 얼굴에 환한 미소를 머금은 청년이 눈앞으로 다가왔다.

"어딜 가려고 그러세요?"

잉그리드는 그에게 얼른 조타실로 가 보라고 말하며 다시 덮쳐올 파도에 대비해 마음의 준비를 했다. 길고 강렬한 파도의 떨림이 선체를 훑고 지나갔다. 갑판이 위로 치솟았다가 다시 내려갔다. 그녀는 배의 후미에서 얼음을 깨고 있는 여섯 명의 남자 사이를 지나 창고 문을 열었다. 안냐는 공포에 질린 얼굴로 아이들을 꼭 껴안고 움츠린 채 누워 있었다.

"흠뻑 젖었네요." 잉그리드를 본 사라가 말했다.

격렬한 파도가 만들어 내는 충격이 다시 선체를 훑고 지나가자 불규칙한 진동이 멈추었다. 살트함메르호는 균형을 잡기 시작했고 창고는 좌현을 향해 기울었다가 자리를 잡았다. 묵직한 정적이 익숙한 한숨처럼 배에 내려앉았다. 안냐가 새파랗게 질린 얼굴로 잉그리드를 바라보았다.

"이제 무슨 일이 일어날까요?"

잉그리드는 고개를 저었다. 문이 열리며 마그누스가 고개를 들이밀었다.

"후진을 시작했어요. 아르뇌이를 향해 방향을 틀었죠. 거기엔 꽤 크고 좋은 항구가 있어요."

그가 마치 머릿수를 세려는 듯 아이들을 향해 흘낏 바라보더니 총총 자취를 감추었다. 안냐가 의아한 표정으로 잉그리드를 쳐다 보았다. 잉그리드는 다 잘될 거라고 말하며 두 눈을 지그시 감고 달짝지근한 악취가 풍기는 사라의 머리카락에 얼굴을 묻으며 그 녀를 품에 꼭 안았다. 안냐는 미켈을 향해 다 잘될 거라며 안냐가 했던 말을 되풀이했다. 이제 남은 것은 선박의 느릿느릿한 요동 속에서 들려오는 규칙적인 기계 소리뿐이었다. 그리고 집으로 갈 수 없는 잉그리드도 있었다.

7

아르뇌이섬에는 교사들을 위한 집무실과 다락 창고라 해도 될 만큼 비좁은 부엌이 딸린 학교와 예배당, 다섯 개의 생선 가공소, 한 무리의 낚시용 오두막과 선박 창고 그리고 아늑한 항구를 쭉 둘러싼 여러 개의 작은 농장이 있었다. 항구에는 묵직한 눈을 이고 있는 배들이 정박해 있었으며 수면에는 듬성듬성 녹색 살얼음이 보였다.

잉그리드는 그곳에 도착한 첫날, 학교 집무실의 차가운 바닥에서 안냐와 그녀의 아이들과 함께 누워 잠을 잤고 다음 날에는 순록 가죽을 깔고 잠을 잤다. 이틀 밤 모두 이불을 덮고 잘 수 있었기에 추위에 떨지 않고 오래도록 푹 잘 수 있었다.

살트함메르호가 그곳에 정박한 것은 처음이 아니었기에 선박을 알아본 동네 주민들은 음식과 물을 가져다주었다. 덕분에 그들은 오랜만에 몸을 씻을 수 있었고, 생선 가공소와 벽을 나눈 세탁소에서 빨래도 할 수 있었다. 낡은 옷가지와 덧양말, 기저귀, 담요와 회색 털실 뭉치 스무 개가량을 가져다주었던 나이 많은 여인 두 명은 대가도 사양했다. 그들은 안테를 위한 파우더와 뜨개질 바늘도 가져다주었다. 잉그리드는 사라에게 뜨개질하는 법을 가르쳐 주었고, 엘렌은 두 사람을 호기심 어린 눈으로 뚫어지게 바라보았다. 코를 훌쩍이며 울음을 삼키던 안냐는 남편이 배에서 내리는 모습을 차마 볼 수 없어 외면했다면서 잉그리드에게 남편을 보았냐고 물어보았다.

"네, 지금쯤 어디에선가 잘 지내고 있을 거예요."

잉그리드가 바늘의 코수를 세는 동안 안냐는 리쇠이하믄에 머물렀을 때 벼룩과 이, 뾰족한 주사 바늘 그리고 그들을 거칠고 무례하게 다루었던 사람들의 이야기를 줄줄 늘어놓았다. 그녀는 레스타디우스파(Laestadianism, 보수적 루터교 부흥주의 교파—옮긴이) 신자로 몸에 이가 있다는 사실을 매우 수치스럽게 여겼다. 잉그리드는 레스타디우스파가 무엇인지 전혀 몰랐지만 어쨌든 그들이 해충에서 벗어날 수 있었던 것은 좋은 일이라고 말했다.

"하지만 우리에겐 이가 없었다고요!" 안냐가 말했다.

잉그리드는 사라와 뜨개질에 관해 이야기를 나누었고 가끔 그녀를 칭찬해 주기도 했다. 잠시 후 주섬주섬 옷을 입은 잉그리드는 미켈에게 자신과 함께 나가서 장작을 가져오자고 제안했다. 그녀는 상쾌한 공기와 바람이 필요했다. 자작나무 장작이 벽에 나란히 기대어 쌓여 있는 정고로 향하는 동안 두 사람은 잠과 술에서 미처 깨어나지 못한 듯한 마그누스와 마주쳤다. 그는 두 번이나 같은 말을 연거푸 반복했다.

"당신은 나와 함께 자야 해. 젠장, 이런 여자애와 함께 자면 안된다고."

잉그리드는 그를 피해 서둘러 발을 옮겼다.

그는 두 사람의 등에 대고 계속 소리를 쳤지만 잉그리드는 들은 척도 하지 않았다. 소문에 의하면 그는 피난 직전에 암시장에서 불법 거래를 주도했다고 한다. 심지어 어떤 이는 그가 배급표 없이 현금을 받고 마가린을 팔았으며, 트론헤임의 도매업자에게 서류에 기록된 것보다 열 배나 많은 생선을 배달했다고 전해 주었다. 전쟁 중이라 아무런 제재도 받지 않았기에, 그는 그러한 불법 상거래로 생계를 유지했을 뿐 아니라 큰돈까지 벌었다고 했다. 그녀는 걸음을 멈추고 얼음처럼 차갑고 황량한 마을을 둘러보았다. 길에는 사람이 한 명도 없었지만 섬마을에서는 생기를 느낄 수 있었다. 굴뚝에서는 하나같이 연기가 피어오르고 있었으며 항구에는 배들이 정박해 있었다. 그들의 머리 위에 자리한 반구형의 푸른 유리 같은 하늘은 바뢰이의 하늘과 똑같았지만, 잉그리드는 그곳이 어디인지 알 수 없었다.

미켈이 발을 멈추고 의아한 표정으로 그녀를 바라보았다. 그와 그의 여동생은 피오르를 지날 때 여기저기 부딪치는 바람에 파란 멍이 들어 있었다. 잉그리드는 여정이 힘들었는지 물었고, 그는 고개를 끄덕여 대답을 대신했다.

"넌 강하니까 잘 견뎌낼 수 있을 거야."

그녀는 그의 장작더미를 골고루 솎아 주며 아버지가 보고 싶은지 물었다.

미켈은 처음에 그녀의 말을 이해하지 못하는 척했지만 잠시 후 입을 열었다.

"네."

잉그리드는 곧 아버지를 만날 수 있을 것이라고 말해 주었다. 미켈은 이번에도 '네'라고만 대답했다. 잉그리드는 그가 무슨 말이든 했다는 사실만으로도 기뻤다. 그녀는 미켈의 이마에 난 피멍을 가리키며 아프냐고 물었다. 그는 아프지 않다고 대답했다. 그녀는 이 모든 것이 곧 끝날 것이라 말하며 그와 함께 차디찬 공기 속에서 발을 옮겼다.

잉그리드는 순록 가죽 위에 앉아 벽에 등을 기댄 채 엘렌을 바라보았고, 안테는 마치 금방 알을 깨고 나온 새처럼 모래로 문질러놓은 바닥으로 굴러떨어졌다. 안냐는 소금에 절인 돼지고기를 삶는 중이었다. 그 고기는 잉그리드가 대장장이에게서 구입한 것이었고, 그 돈은 말름베르게트 목사가 잉그리드의 아버지에게 빌렸던 것을 얼마 전 에릭 팔크를 통해 갚은 것이었다.

안냐는 돼지고기를 잘게 썰고, 역시 잘게 썬 감자와 당근과 함께 오랫동안 푹 삶았다. 그녀는 납작빵을 육수 소스에 찍어 맛을 본 후 주위에 모여 선 젊은이들 무리를 바라보았다. 잉그리드는 그녀의 푹 꺼진 양 볼에 보일 듯 말 듯한 미소가 스치는 것을 보았다. 전쟁을 겪은 여인, 스물다섯과 환갑 사이의 정의할 수 없는 나이대의 여인, 삶과 남편을 잃어버렸을 뿐 아니라 세월에도 버림을 받은 고독한 여인이지만, 그녀는 잉그리드가 가지고 있지 않은 그 무엇을 가지고 있었다. 단순하고 무자비할 정도의 청정함. 그녀의 불행은 서로 들어맞지 않는 교활할 정도의 미묘한 한 무리의 그림자 같은 기억 조각들이 아니라 직접 보고 느낄 수 있는 가시적이고 실체적인 것이었다.

에릭 팔크는 잉그리드가 사랑이 다가왔을 때 그것을 발견했을 뿐 아니라 거머쥐기까지 했다고 말했지만, 사실 그녀가 거머쥔 것은 아무것도 없었다. 단지 그녀는 사랑이 싹트기 시작했을 때 그 자리에 있었을 뿐이었다. 문제는 그녀가 지난 두 달 동안 생리를 하지 않았다는 것이다.

그녀가 에바 소피에에게 물어보고 싶은 것은 바로 그것이었다. 병실 창가 게시판에 나란히 정렬되어 있던 날들처럼 그녀가 병원에 입원했을 때의 하루하루에 관해 물어보고 싶었다. 바뢰이섬에서의 잃어버린 기억뿐만 아니라 병원에 입원한 후의 시간도 하나하나 빠짐없이 되돌아보고 살펴볼 수만 있다면 얼마나 좋을까.

그녀가 자리에서 일어나 보풀이 심하게 일어난 블라인드에 걸려 있는 세계지도 아래 자리해 있는 교탁 위에 손을 얹었다. 블라인드 줄이 그녀의 머리 옆에서 춤을 추듯 흔들거렸다. 안냐는 의아하다는 표정을 지으며 그녀를 바라보았다.

잉그리드는 고개를 돌렸다.

"나는 집으로 갈 수 없어요."

안냐가 자리에서 일어나 두 팔로 그녀를 감싸안았다. 잉그리드는 했던 말을 반복하며 안냐의 품에서 빠져나와 부엌으로 갔다. 그녀는 온몸을 바들바들 떨며 제자리에 가만히 서 있다가, 서랍에서 커다란 숟가락 여섯 개를 꺼내 다시 자리에 돌아와 앉았다. 멍한 표정으로 숟가락을 냄비에 넣어 휘휘 저으며 건더기를 건져 올린 그녀는 입으로 후후 불어 식기를 기다린 다음 안테의 입속으로 밀어 넣었다. 안테는 그녀도 모르는 사이에 그녀의 무릎 위에 올라 앉아 있었다. 아이는 입을 벌리고 음식을 받아먹은 후 입맛을 다시더니 더 달라고 했다. 그는 안냐의 아이들 중 몸에 피멍이 없는 유일한 아이였고 자주 환한 웃음을 머금었다. 냄비에 숟가락을 찔러 넣은 잉그리드는 어느새 자신의 손떨림이 멈추었다는 것을 알아챘다. 안냐도 그녀가 더는 손을 떨지 않는다는 것을 알아차린 것 같았다. 그녀는 작은 안도의 한숨을 내쉬며 안냐를 향해 미소를 지었다.

8

바람 한 점 없이 맑은 어느 날 아침, 그들은 다시 남쪽으로 여정을 시작했다. 내륙의 산꼭대기에 쌓인 눈은 옅은 햇살을 받아 청동색으로 반짝였다. 배 안에는 삶 중에서도 가장 취약하다고 할 수 있는 새로운 삶을 기대하는 조용하고 무기력하나 희망적인 질서가 자리를 잡았다.

잉그리드에게 제값보다 훨씬 비싸게 돼지고기를 팔았던 대장장이는 배에 들어와 창고의 배수구를 수리하는 데 도움을 주었고 바짝 마른 순록 가죽을 갑판 위에 펼쳐 놓은 후, 그들이 전에 사용했던 것보다 훨씬 두텁긴 하나 새것으로는 보이지 않는 러그를 주었다. 안냐는 그에게 손을 내밀며 감사의 말을 전했지만, 잉그리드는 그가 돈을 받고 그것들을 판 것이기에 그리 고마워하지 않아도 된다고 말했다.

마그누스가 고개를 들이밀고 자신이 잠을 자는 창고는 마치 여자들의 규방 같다며 중얼거렸다. 그는 만약 날씨가 좋다면 기계실에서 생활하는 소년들을 데려오고 싶다고 말하며 대장장이에게 러그가 더 있냐고 물었다.

대장장이는 대답 없이 바닥을 내려다보더니 몸을 돌려 어디론가 사라졌다.

마그누스는 고개를 절레절레 젓더니 잉그리드에게 커피를 권했다.

"우리에겐 커피도 있죠!"

잉그리드는 안냐 몫까지 커피 두 잔이 필요하다고 말한 후, 가장 바깥쪽의 격벽 앞에 파란색 여행 가방, 회색 양모 실로 만든 포대, 대장장이에게서 구입한 납작빵으로 가득 채운 과자 통을 이용해 일종의 가림막을 만들기 시작했다. 그새 어디론가 사라졌던 대장장이는 바짝 마른 타르 냄새가 풍기는 낡은 후릿그물을 등에 짊어지고 되돌아왔다.

잉그리드는 그에게 후릿그물을 왜 가져왔냐고 물었다.

"품질이 좋은 거예요." 그는 그들이 만들어 놓았던 가림막을 치우고 후릿그물을 세 겹으로 접어 갑판 위에 펼친 후, 그 위에 순록 가죽과 러그를 덮고 다시 잉그리드의 여행 가방과 과자 통을 제자리에 돌려놓았다.

잉그리드는 고맙다고 말하며 그들에게 가장 필요한 것은 가죽과 러그라고 덧붙였다.

때 묻은 커피잔 두 개를 가져온 마그누스가 안냐와 잉그리드에게 각각 한 잔씩 건넨 후, 여인들이 생활하는 창고를 둘러보았다. 그는 자신의 창고가 여자들의 규방 같다고 다시 말하려다가 마음을 바꾸었는지 입을 다물고 고개만 절레절레 젓다가 갑판 앞쪽으로 뛰어가 기계실을 향해 소리를 쳤다.

그의 조카 올레와 세 명의 소년이 갑판 위로 올라와 마치 성직자 앞에서 세례를 받는 아이들처럼 일렬로 섰다. 대장장이는 재와 기름때로 거뭇거뭇한 그들의 얼굴을 보고 웃음을 터뜨리더니 무사한 여행을 기원하며 뭍으로 올라갔다.

그중에서 가장 나이가 많은 소년은 약 열여섯 살쯤으로 보였다. 잉그리드는 바다를 뚫어지게 바라보는 그의 왼쪽 눈이 빨갛다는 것을 발견했다. 그녀는 그의 왼쪽 눈이 멀었다는 것을 알아차리고 무슨 일이 있었냐고 물었다. 그는 오른쪽 눈으로 바다를 내려다보며 그들은 함메르페스트에서 배에 오르기는 했으나, 사실은 스카르스보그에서 왔다고 말했다. 마치 그것이 잉그리드의 질문에 대답이 되기라도 하는 듯했다. 옆에 서 있는 소년 두 명은 그의 형제, 스베레와 헬메르라고 했다. 잉그리드가 질문을 되풀이하자 그는 그들이 살던 도시에 불이 났으며 부모님은 모두 돌아가셨다고 말했다.

그녀는 그의 이름을 물어보았다.

"아르네."

아르네는 키가 크고 호리호리했으며 넓직하고 뼈가 앙상한 어깨는 지게처럼 앞으로 구부정하게 굽어 있었다. 기름때가 덕지덕지 묻은 갈색 머리는 여자아이의 머리처럼 길었으며 왼쪽 콧구멍에서는 누런 콧물이 흘러내리고 있었다. 잉그리드는 그가 도시의 화재 때문에 한쪽 눈의 시력을 잃었다고 짐작하며 병원에는 가 보았냐고 물었다. 그는 아니라고 대답하며 한쪽 눈으로 바다를 내려다보았다. 시력을 잃은 다른 쪽 눈은 잉그리드를 향하고 있었다. 그의 시야 안에 들어가기 위해 몸을 살짝 움직이던 잉그리드는 그

들 사이에 자리한 포대와 기름때가 묻은 러그를 가리키면서 그것
이 그들이 가져온 물건의 전부인지 물었다.

"네."

그녀는 소년들에게 창고의 가장 바깥쪽 자리에서 잠을 자도 좋
다고 말하며 안냐와 눈빛을 교환했다. 안냐는 선반 난간에 커피
잔을 올려놓고 소년들에게 순록 가죽을 나누어 주기 위해 분주하
게 움직였다.

잉그리드는 여전히 제자리에 가만히 서 있는 올레를 향해 시선
을 돌리며 그들에게 덮고 잘 이불이나 담요가 있는지 물었다. 그
는 말없이 어깨만 으쓱 추켜 보였다. 잉그리드는 그들 형제에게
잠시 기다리라고 말한 후, 청년들에게 둘러싸인 채 뱃머리에 서
있는 마그누스에게 다가가 담요가 있냐고 물었다. 그는 짜증 섞
인 목소리로 없다고 말한 뒤 어깨를 으쓱 추켜올리더니 생각에
잠겼다.

"그 인간쓰레기 같은 대장장이에게 한 번 물어보시죠. 우린 여
기서 기다릴 테니."

잉그리드는 뭍으로 올라가 마을을 향해 달렸다. 대장장이를 발
견한 그녀는 담요와 러그와 양가죽을 사고 싶다고 말했다.

"산다고요?" 그는 천천히 그녀가 했던 말을 되풀이하며 그녀를
오랫동안 지긋이 바라보았다.

"네, 살 거예요. 필요해서 그래요."

"돈이 많은가 보군요."

"그런 건 아니에요."

"얼마에 살 생각인데요?"

그녀는 지난번에 지불했던 러그와 가죽 가격을 말했다. 그는 마음에 들지 않는 듯 아무 말도 하지 않았다. 그녀는 가죽 하나당 자신이 말했던 가격에 50외레(øre, 노르웨이의 화폐 단위로 100외레는 1크로네에 해당한다.—옮긴이)를 더 붙였다. 그는 그제야 미소를 짓더니 몸을 돌려 총총걸음으로 오르막길을 올라갔다. 잉그리드는 천천히 배로 되돌아가 소년들과 함께 선미에 자리했다. 그들과 더 대화를 나누어 보려 했지만 삼 형제 중의 첫째와 둘째가 목수였던 그들의 아버지와 함께 일을 했다는 것 외에는 아무것도 알아내지 못했다. 그녀는 소년들의 나이를 물어보았다. 스베레는 열두 살, 헬메르는 열 살이라고 했다. 이제 잉그리드는 더 물어볼 것이 없었다. 아니, 아직 더 있었다.

"기계실은 덥지 않았니?"

"네."

"시끄럽진 않았고?"

그들은 마치 대답할 가치도 없다는 듯 서로 눈빛을 교환하더니 이구동성으로 그렇지 않았다고 대답했다. 바다에 버린 커피 가루가 녹색 모랫바닥 위에서 마치 개미 떼처럼 움직이는 것을 바라보던 잉그리드는 더 할 말을 찾지 못해 소년들을 데리고 조리실로 향했다. 그곳에는 한 무리의 젊은이들이 앉아 나이 많은 러시아 여인 야드비가를 보살펴 주고 있었다. 여인은 잠을 더 자야 할지 일어나야 할지 결정을 못 한 것 같았다. 잉그리드는 그들에게 물이 있냐고 물어보았다.

"네, 물을 새로 떠왔어요. 얼마든지 원하는 만큼 가져가도 괜찮아요."

그녀는 수도꼭지 아래서 컵을 헹구고 마른행주를 찾았으나 행주는 눈에 띄지 않았다. 컵을 싱크대에 내려놓은 그녀는 젊은이들에게 어디에서 왔냐고 물어보았다.

"메하픈."

"거기도 화재가 났었나요?"

"네."

잉그리드는 마치 고국 내에서 피난민이 되어 버린 사람들을 조사하기 위해 파견된 사람처럼 그들에게 형제지간인지, 부모는 어디에 있는지, 무슨 일을 하며 살았는지 세세히 물어보았다. 잉그리드의 눈에는 그 어느 것도 앞뒤가 들어맞는 것이 없는 것처럼 보였기 때문이었다. 그들은 친형제처럼 보이지도 않았고, 친구 간이라 하기에는 피를 나눈 친척보다 더 가까워 보였다. 그들이 미처 대답을 하기도 전에 잉그리드는 선착장에 되돌아온 대장장이를 발견했다. 그녀는 서둘러 갑판 앞쪽으로 뛰어갔다.

"물건을 그냥 갑판 위로 던지세요." 그들과 함께 서 있던 마그누스가 대장장이를 향해 소리치자, 젊은이들은 일제히 고개를 들어 그를 바라보았다. 그들이 입에 물고 있던 담배에서 하얀 연기가 모락모락 피어올라 차갑고 청정한 공기 속으로 사라졌다.

"돈은 어떡하고요?" 대장장이가 소리쳤다.

"곧 올 거예요."

그는 잠시 주저하더니 결심한 듯 좀먹은 양가죽 세 개를 갑판 위로 던졌다. 먼지가 풀썩 피어올랐다. 뒤를 이어 새것처럼 보이는 러그 두 개, 회색 양모 담요 세 개가 마치 바람을 머금은 돛처럼 천천히 갑판 위로 내려앉았다. 마그누스는 마지막 담요가 갑판에 자리를 잡자마자 항상 올레와 붙어 지내던 소년들에게 신호를 주었다. 올레는 뱃머리에 있었기에 갑판 위에서 무슨 일이 일어나고 있는지 알지 못했다. 소년들은 선착장의 말뚝에 배를 묶어 놓았던 닻줄을 얼른 풀어 던졌다. 창고 지붕 위에 서 있던 또 다른 소년들은 선미에서 같은 행동을 했다. 마그누스는 얼른 조타실에 있던 올레에게 뛰어갔다. 잉그리드는 자신이 눈치채지 못한 사이에 어떤 일이 벌어지고 있다는 것을 짐작했다. 올레는 기어를 연결하고 속력을 냈다. 배는 거울처럼 반짝이는 바닷물 위를 미끄러지듯 나아갔고, 육지를 향해 가며 거품이 이는 쐐기 모양의 물살을 만들어 냈다.

마그누스는 영문도 모른 채 제자리에 멍하니 서 있는 대장장이를 향해 손을 흔들었고, 젊은이들이 동시에 웃음을 터뜨렸다. 잉그리드는 갑판에 떨어진 가죽과 러그를 들어 올리기 위해 몸을 굽혔다.

"도움이 필요하신가요, 아가씨?" 마그누스가 그녀의 귀에 대고 소리쳤다.

젊은이들의 웃음소리는 더 커졌다. 담배 연기와 수치심을 담은 흔들리는 눈동자와 함께. 마그누스는 한 손을 허공으로 번쩍 치켜들며 거뭇거뭇한 기름때가 묻은 손가락으로, 여전히 입을 쩍 벌린 채 멍하니 서 있는 대장장이를 향해 가죽은 고맙게 잘 받을 것이며 자신은 이제 잉그리드를 도와줄 것이라 소리쳤다.

"바로 지금부터."

9

배가 교역소 앞에 정박할 때는 한밤중이었다. 안냐와 아이들 그리고 스베레와 헬메르를 비롯한 스카르스보그 형제들은 자고 있었다. 잉그리드와 아르네는 선박의 엔진이 멈추자 잠에서 깨어 갑판으로 나갔다. 바람 한 점 없는 칠흑 같은 어둠 속에는 눈이 내리고 있었다. 마그누스는 뱃전에 서서 한 남자와 함께 담배를 피우고 있었으며, 앞쪽 갑판에는 올레와 그의 동료들이 쭈그리고 앉아 나직한 목소리로 대화를 나누고 있었다.

마그누스는 손에 쥐고 있던 컵을 그녀에게 건넸다. 그녀는 컵을 살짝 돌려 미적지근한 커피를 마셨고, 그가 미소를 지었다.

"여기 살았어요?"

잉그리드는 선착장 아래 플랫폼의 유리 벽 뒤에서 고개를 끄덕였다. 작은 부두라고 불렀던 곳. 장을 보거나 공장에 일을 하러 갈 때면 항상 배를 매어 놓던 곳이었다. 그녀는 계단을 올라 선착장에 발을 디뎠다. 눈송이가 그녀의 머리와 어깨, 장갑을 끼지 않은 맨손과 옷에 내려앉았다. 그녀는 눈이 내려앉아 물방울을 만들어 내는 잔을 입으로 가져가 커피를 마셨다. 자신을 뚫어지게 바라보는 마그누스의 시선을 피할 길이 없었기 때문이었다.

"집에 가고 싶지 않다고 했나요?"

그녀는 마그누스에게 커피잔을 되돌려주고 머리와 어깨에 내려앉은 눈을 털어 냈다. 그녀는 조끼도 입지 않았고 머리에 스카프도 쓰지 않았다. 머리카락은 에바 소피에가 뒤통수에 난 흉터를 가리기 위해 두 갈래로 땋아 준 그대로였다. 눈썹에서 눈 녹은 물이 뚝뚝 떨어졌다. 차가운 것 같기도 했고 뜨거운 것 같기도 했다. 그녀는 그가 돌돌 말아서 들고 있는 서류를 향해 시선을 던지며 그것이 무엇인지 물어보았다. 그는 맞춰 보라고 말했다.

"당신은 전혀 잠을 자지 않나요?" 그녀는 대답 대신 엉뚱한 질문을 던졌다.

그는 말없이 그녀에게 서류를 건네주었다.

언뜻 선원 명부 같기도 한 그 서류에는 피난민들의 이름과 구호소에서 지정한 마을의 농장, 가정집, 정고의 주소 등 앞으로 그들이 거주할 장소가 적혀 있었다.

그녀의 시선은 서류 위의 두 줄에서 멈추었다. 첫 번째 줄은 그녀가 찾아보려 했던 것이었기 때문이고, 두 번째 줄은 놀라움 때문이었다. 서류에 의하면 안냐와 그녀의 아이들, 선박의 객실에서 생활하던 두 명의 갓난아기와 그들의 엄마들 그리고 잉그리드에게는 낯선 두 명의 남자들 모두 현재 비어 있는 목사관에서 머무를 예정이었다. 그녀를 놀라게 했던 것은 바로 서류 하단에 보이는 서명이었다. 거기에는 보안관 헨릭센의 이름이 적혀 있었다. 하지만 그의 직책은 그녀가 알고 있던 보안관이 아니라 구호소의 소장이었다. 잉그리드는 헨릭센의 직책이 바뀐 것이 승진과는 상관이 없다고 생각했다. 마그누스는 흥미진진한 눈길로 잉그리드를 바라보았다.

그녀는 헨릭센이 과거 독일군에 협력했던 사람이라고 대놓고 말했다.

"어쩌면 그는 현명한 사람일지도 모르겠군요."

"뭐라고요?"

"곧 전쟁이 종결되리라는 것을 알아차리고 독일군에게 빌붙어도 소용이 없다는 것을 깨달은 것 같으니까요."

잉그리드는 곰곰이 생각에 잠겼다.

그는 고개를 뒤로 젖히고 소리 내어 껄껄 웃었다.

"나는 공산주의자예요. 결국엔 이 전쟁에서 러시아가 이길 거라고 믿어요!"

잉그리드는 그와 함께 웃고 싶었으나 이미 자신의 입이 쩍 벌어져 있다는 것을 알아차리고 얼른 입을 다문 후 고개를 숙였다. 잠시 후 아르네를 향해 돌아섰지만, 그의 시력 잃은 눈에 자리한 무관심이 건강한 눈 쪽으로 옮겨 가는 것을 발견하고 얼른 마그누스를 향해 몸을 돌려 삼 형제는 어디에 머무를 예정인지 물었다.

그는 삼 형제의 이름이 무엇인지 되물었다.

아르네는 이삭센 형제라고 중얼거리며, 스카르스보그 출신이지만 함메르페스트에서 잠시 산 적도 있다고 덧붙였다. 마그누스는 서류 위를 손으로 가리켰다. 잉그리드는 스카르스보그 출신의 이삭센 형제가 본섬 몰란즈비카의 남쪽에 자리한 한 농장에 머무르리라는 것을 보았다.

"참 좋은 사람들인 것 같아요."

아르네는 더 이상 그 자리에 있을 필요가 없다고 생각했는지 자리를 떠나려고 했다. 잉그리드는 얼른 그를 붙들고 나직이 중얼거렸다.

"제가 보기엔 좋은 사람들인 것 같아요. 나이도 꽤 있고요."

그의 오른쪽 눈이 의문을 담은 채 그녀를 비켜 지나갔다. 약간의 체념과 후회를 느낀 그녀는 다시 마그누스를 돌아보았다. 그는 밤낮 없이 열정으로 가득 찬 사람이었다. 잉그리드는 한숨을 내쉬며 서류를 그에게 돌려주면서 헨릭센이 어디 사는지 알고 있다고 말했다.

"원하신다면 길을 가르쳐 드릴 수도 있어요."

"그럴 필요는 없어요."

그는 피난민들이 잠을 푹 자고 일어날 때까지 기다릴 것이라 말하며 조리실에 가서 커피 두 잔을 가져와 한 잔은 잉그리드에게, 다른 한 잔은 아르네에게 건네주었다. 아르네는 고개를 숙이며 고맙다고 말한 후 김이 모락모락 나는 뜨거운 커피를 한 모금 마셨다. 잠시 후 그는 큼직한 두 손으로 커피잔을 감싸 쥐고 창고를 향해 총총걸음으로 갔다.

잉그리드는 그의 뒤를 따르고 싶었으나 마그누스와 함께 침묵을 지키며 그 자리에 남아 있었다. 두 사람은 함께 기다렸다. 잉그리드는 얼른 창고로 돌아가 아이들을 살펴봐야겠다고 말했다. 그는 어깨를 으쓱 추켰다. 그녀는 남쪽에서 조난을 당한 군사물자 수송선에 대해 아는 것이 있냐고 물어보았다.

그는 아무것도 들은 것이 없다고 대답했다.

"이상하군요. 당신에겐 라디오가 있잖아요?"

그가 놀란 표정을 지으며 그녀를 바라보았다.

"아, 그런가요? 제게 라디오가 있다고요?"

"네. 식기 창고에서 봤어요."

그는 미소를 지으며 대충 얼버무린 후, 그녀에게 난파선에 관심이 있냐고 되물으며 그건 군사 기밀에 해당하는 것이 아니냐고 말했다.

그녀는 그건 군사 기밀과는 상관없는 것으로 생각한다고 대답했다.

마그누스는 도대체 왜 그런 일에 관심을 가지는지 묻더니 대답을 기다리지도 않고 올레를 향해 돌아섰다. 그는 여전히 갑판 위에 드러누워 동료들과 함께 대화를 나누는 올레에게 무슨 말인가를 큰 소리로 외쳤다. 잉그리드는 그 말을 잘 알아듣지 못했을 뿐 아니라 올레가 대답으로 소리쳤던 말도 알아듣지 못했다. 세 남자가 소리내어 웃는 이유를 알지 못한 잉그리드는 소외감을 느꼈다.

10

먼바다에서 고기잡이배가 한 척 들어왔지만 마그누스는 살트함메르호가 차지한 자리를 내어주려 하지 않았다. 그 때문에 고기잡이배는 후진을 해서 교역소에서 멀찍이 떨어진 곳에 정박해야만 했다. 예정보다 늦은 시간에 느릿느릿 선착장에 도착한 헨릭센은 배 안이 소란한 것을 보고 지체된 것을 사과했다. 그의 태도는 어색했고 노예처럼 굴종적이었다. 마그누스는 구호소 소장에게 잘 잤냐고 형식적인 인사를 건네고 그의 신분을 확인한 후, 고기잡이배가 크레인에 접근할 수 있도록 배를 옮겨달라는 그의 부탁을 거절했다.

"우리는 이 선착장이 필요해요."

헨릭센과 그가 데려온 사람들은 계단을 내려가 배에 오른 후 자신이 가져온 서류에 기재된 피난민들의 이름이 마그누스의 서류에 적힌 이름과 동일한지 확인했다. 문득 잉그리드를 발견한 그의 눈빛이 부드러워졌다.

"여기서 당신을 보리라곤 생각도 못 했는데요?"

잉그리드는 아무 말도 하지 않았다. 그는 고개를 절레절레 저은 후 마그누스와 교섭을 시작했다. 마그누스는 이미 올레를 시켜 피난민들과 그들의 소지품을 모두 갑판 위에 올려놓은 후였다. 한데 모여 있는 피난민들의 모습은 녹아내려 푹 꺼져 가는 눈 위에서 소리 없이 진행되는 종교의식을 연상시켰다. 헨릭센은 피난민들의 이름을 어눌한 발음으로 차례차례 부른 후 그들에게 지침 및 주의 사항, 열쇠를 전달하고 서명을 받았다. 그들이 서명하는 동안 그는 어색한 농담을 하며 분위기를 부드럽게 만들어 보려 했으나 소용없었다. 안도와 기쁨은 쌍방적이 아니라는 것을 깨달은 그는 곧 농담하는 것을 그만두었다.

서로에게 작별을 고하는 여인들의 울음소리가 들려왔다. 사람들은 그들의 아이들과 매트리스, 짐과 수트 케이스를 배에서 내리는 것을 도와주었다. 선착장에는 자동차 두 대, 마차 다섯 대가 그들을 새로운 집으로 데려다주기 위해 대기하고 있었다.

남자들은 울지 않았다. 그들은 가장 중요하고 근본적인 것, 예를 들어 생명을 구해 준 사람들에게 표할 수 있는 고마움을 진실하나 수치심이 섞인 침묵의 형태로 내보이며 마그누스와 작별의 악수를 나누었다.

잉그리드도 안냐와 아이들에게 고마움을 전하고 싶었다. 그들이 없었다면 그녀는 여기까지 오지 못했을 것이라는 생각 때문이었다. 하지만 문득 그들에게 고마워할 일이 아니라는 것을 깨달은 그녀는 당황해 어쩔 줄 모르며 서둘러 헨릭센의 손에서 열쇠를 낚아챈 후 안냐를 소리쳐 부르고, 헨릭센의 옆에 서 있던 두 명의 남자에게 고개를 끄덕여 신호를 주었다.

헨릭센은 잉그리드에게 어쩌다 피난민과 한솥밥을 먹게 되었냐고 물은 후, 첫 번째 피난민 가족들을 조사하기 시작했다. 두 개의 서류를 비교하던 그는 무언가 잘못되었다고 말했다. 핀란드인과 사미족들은 노르웨이인들과 함께 섞어 놓으면 안 되기 때문이었다.

안냐는 자신이 본토 국민이며 농부의 아내라고 소리쳤다. 헨릭센은 소리 내어 껄껄 웃으며 자신을 지지해 줄 목소리를 찾기 위해 주변을 둘러보았다. 마그누스는 웃지 않았다.

"이들은 이번 여행을 계기로 본토인들과 함께 매우 잘 지내고 있습니다. 아무 문제도 없을 것입니다."

잉그리드, 안냐, 아이들은 헨릭센이 데려온 직원들과 함께 선착장으로 올라갔다. 그들의 뒤를 따라 갓난아기들의 엄마들과 부모를 잃은 고아 소녀 두 명이 함께 걸었다. 그들은 각자의 소지품을 한데 담은 마대를 끌며 상점 앞을 지났다. 가게 앞에는 마르고트와 마을 주민 두 명이 차가운 겨울 날씨에도 불구하고 거리에 나와 그들을 지켜보고 있었다. 잉그리드를 발견한 마르고트가 손을 흔들었지만, 잉그리드는 그녀에게 손을 흔들지 않았다. 거리에는 군인은 물론, 군용 자동차도 보이지 않았고, 군인 막사도 목사관과 마찬가지로 텅 비어 있었다.

"앞으로는 제대로 된 집에서 편하게 살 수 있을 거예요." 그녀는 잠긴 대문을 서둘러 열고, 함께 온 직원 두 명에게 장작과 땔감을 가져와 집 안에 있는 난로란 난로에 모두 불을 피우라고 말했다. 눈으로 뒤덮인 일행을 데리고 집 안의 방을 차례차례 보여 주던 그녀는 과거의 세세한 기억을 떠올렸으나, 이상하게도 전혀 괴

롭거나 아프지 않았다.

그녀는 처음으로 갓난아기들을 자세히 볼 수 있었다. 배에 있을 때는 여인들이 임신한 모습만 보았지만, 날이 따뜻해지자 그들은 부른 배를 가리던 헐렁한 옷을 벗어 던졌고, 이제는 반들반들한 머리에 분홍색 살결을 지닌 갓난아기들과 함께 새로운 정착지에 도착한 것이었다.

두 명의 엄마는 갓난아기들과 함께 이층에 자리를 잡았다. 그 방은 과거 견진성사를 앞둔 소년, 소녀들이 머무르던 곳이었다. 잉그리드는 창고 안에 있던 아기 침대도 보여 주었다. 안나에게는 목사가 쓰던 방을 배정해 주었다. 목사는 젊은 부인과 함께 방을 쓰지 않았음에도 불구하고 집 안에서 가장 널찍하고 큰 침대를 사용했다. 목사 부인의 방에는 부모를 잃은 두 명의 고아 소녀들이 머물 수 있도록 해 주었다. 그 방의 침대 역시 널찍하긴 마찬가지였다. 잉그리드는 이불과, 옷장, 서랍장 등을 보여 주며 마대 속에 그들의 소지품이 더 있는지 물어보았다.

그들은 없다고 대답했다.

그녀는 소녀들이 자매지간인지 물어보았다.

소녀 중 한 명은 아니라고 대답했고, 다른 한 명은 생각에 잠긴 듯 대답하기를 주저했다.

미켈은 과거 잉그리드가 견진성사를 앞두고 머물렀던 방을 배정받았다. 성인 남자들 중 한 명은 영국식 가죽 소파가 자리한 서재라고 불렸던 목사의 작업실에 짐을 풀었고, 다른 한 명은 손님들이 묵던 부속 건물에 자리를 잡았다. 사람들이 모두 짐을 푼 뒤에도 빈방은 두 개가 남았다. 생각에 잠긴 잉그리드는 사라와 엘렌을 불러 따로따로 방을 써도 좋다고 말했다. 두 사람은 잠시 서로를 마주 보더니 사라가 먼저 입을 열었다.

"우린 방을 함께 쓰고 싶어요."

잉그리드는 고개를 끄덕인 후 모두를 한데 불러 모아 침대에 앉으라고 말했고, 가게에서 생필품을 구입할 때는 구호소에서 나누어 주는 돈과 배급표를 이용하면 되며, 돈이 모자라면 잉그리드가 도와줄 수도 있다고 덧붙였다. 잉그리드는 마르고트가 간혹 가게에 마가린이 동이 났다며 돈이나 배급표도 소용없다고 말할 때도 있을 테지만, 그녀의 말을 믿을 필요는 없다고 강조했다. 왜냐하면 마르고트는 배급표보다는 원래 가격보다 훨씬 높은 가격의 현금으로 물건을 파는 것을 선호하기 때문이었다. 만약 가게에 물건이 동이 나지 않았다면 말이다.

안냐는 잉그리드의 말을 이해하지 못하는 것 같았다.

다행히도 갓난아기들의 엄마 중 한 명은 잉그리드가 무슨 말을 하는지 잘 이해했다.

잉그리드는 그들에게 설탕이나 밀가루, 기름 등 꼭 필요한 물건을 구입할 때는 설사 동이 났다는 말을 듣는다고 할지라도 모든 수단을 동원해 흥정하는 일을 포기하지 말라고 당부했다. 배급표가 소용없다면 현금을 동원해서라도 말이다. 교역소에서 생선을 구입할 때는 판매자가 말하는 가격보다 돈을 조금 더 얹어 주라고 말했다. 배급표를 사용하지 않고 현금으로 넉넉하게 지불하면 다음번에 생선을 구입할 때 더 많은 양을 얻을 수 있다고 했다. 기회가 된다면 교역소가 아니라 어선에서 직접 생선을 구입하는 것도 좋다고 했다. 또한 청어는 거의 공짜라 해도 과언이 아닐 정도로 가격이 싸기 때문에 지금처럼 제철 기간에는 청어를 구입하는 것도 큰 도움이 될 것이라 조언했다.

열정적으로 말을 하던 잉그리드는 사라를 걱정스러운 눈빛으로 바라보며 당장 학교에 가야 한다고 했다. 사라는 고개를 끄덕였다. 잉그리드는 안냐를 바라보며 같은 말을 되풀이했다. 안냐는 자신을 믿지 못하냐고 잉그리드에게 쏘아붙였다.

잉그리드는 그녀의 말을 무시하고 소녀들에게 몇 살인지 물어보았다. 한 명은 여섯 살, 다른 한 명은 대답을 하지 않았지만 조금 더 나이가 들어 보였다.

"너도 당장 학교에 가야 해."

소녀는 아무런 반응도 보이지 않았다. 잉그리드는 소녀에게 이름을 물어보았다. 하지만 갓난아기들의 엄마 중 한 명이 끼어들어 소녀들을 잘 안다고 말하며 나이가 든 소녀의 이름은 넬비이며 언젠가는 학교에 갈 것이라고 덧붙였다. 그리고 나이가 어린 소녀의 이름은 군보르라고 설명했다. 그뿐만 아니라 둘 다 비외르네바튼 옆의 작은 마을에서 살았지만 광산 일은 하지 않았다면서 아는 척을 했다.

잉그리드는 무슨 말이냐고 되물었다.

갓난아기의 엄마는 시르케네스의 주민들은 전쟁으로 마을이 폐허가 되었을 때 광산에 몸을 숨겼으나, 넬비와 군보르의 가족을 포함한 대부분의 주민은 배를 이용해 서쪽으로 피신했다고 말했다. 하지만 무슨 이유에서인지는 몰라도 그들 모두가 무사히 목적지에 도착하진 못했다고 덧붙였다. 넬비와 군보르는 거기에 대해선 한마디도 하지 않았다며…….

"그건 그렇고 이제 저 아이의 머리에서 모자를 좀 벗겨 보세요. 더는 견딜 수가 없어요!"

여인을 바라보던 잉그리드는 두 손으로 모자를 꽉 움켜잡고 있는 넬비를 향해 시선을 옮겼다.

"뭐 때문에 그러니?"

한 남자가 짜증이 난 듯 기침을 했다. 60대로 보이는 그의 양볼은 푹 꺼져 있었으며 턱에는 백발의 수염이 자라 있었다. 이빨이 몇 개 남아 있지 않은 것에 비해 입은 상대적으로 훨씬 커 보였으며 옷을 두껍게 입었음에도 불구하고 온몸을 떨고 있었다. 그는 두 팔을 쑥 내밀어 소녀의 머리에서 모자를 벗겨내 구석으로 던져 버렸다. 소녀는 비명을 질렀다. 각진 그녀의 머리에는 옴에 걸린 듯 심하게 긁은 자국이 나 있었다. 잉그리드는 소녀가 모자를 가져와 다시 쓸 때까지 기다린 후, 자신을 따라오라고 말했다.

"우리도 일을 할 수 있을까?" 60대 노인이 소리쳤다. "우린 일을 해야만 하지."

잉그리드가 말없이 그를 쳐다보았다.

"일을 하지 않으면 미쳐 버릴 것 같거든."

광산 이야기를 꺼냈던 젊은 엄마는 등을 돌려 갓난아기에게 젖을 먹였고, 어린아이들은 하나둘 밖으로 뛰어나가 놀기 시작했다. 안냐는 안테에게 옷을 입혔다. 넬비의 손목을 잡고 서 있던 잉그리드는 노인이 몸을 바들바들 떠는 것을 보고 어디가 아프냐고 물었다. 그는 어깨를 으쓱 추켜 보였다. 잉그리드는 그에게 교역소나 통조림 공장에 가서 일자리가 있는지 물어보라고 권했다. 거긴 항상 일손이 필요한 곳이니까.

그는 자신이 목수라고 말했다.

잉그리드는 그렇다면 고된 노동이 어떤 것인지 잘 알 테니 다행이라고 말하며 자리에서 일어나 넬비를 세탁실로 데려갔다. 세탁실에는 수도뿐 아니라 한쪽 벽에 볼트로 고정된 커다란 세면대가 두 개나 있었으며 오븐도 있었다. 잉그리드는 대야에 물을 담아 오븐 위에 올려놓고 데우며, 이곳에서는 자신이 책임자라고 말했다. 넬비에게는 두 가지 선택권이 있었다. 모자를 쓴 채 씻을 것인지, 모자를 벗은 채 씻을 것인지 결정해야만 했다. 넬비는 울먹이더니 결국 모자를 쓴 채 씻겠다고 마지못해 말했다.

잉그리드는 대야 위로 넬비의 머리를 숙이게 한 후 그녀의 모자 위로 따뜻하게 데운 물을 양동이로 두 번 흘러내렸다. 양동이를 옆으로 치운 잉그리드는 넬비의 모자를 강제로 벗기고 넬비를 움직이지 못하도록 꽉 잡은 후 다시 그녀의 머리 위에 물을 붓고 비누로 빡빡 문질렀다.

넬비는 발버둥을 치며 소리를 질렀지만 잉그리드가 물을 더 붓자 더는 반항을 하지 않았다. 잉그리드는 넬비의 머리에 다시 비누칠을 하고 물을 부었다. 이는 보이지 않았다. 옴도 없는 것 같았다. 넬비의 머리에는 단지 이상한 혹이 불쑥 솟아 있을 뿐.

잉그리드는 수건으로 넬비의 머리를 감싸고, 모자를 대야에 넣어 비누칠을 하고 빨래판에 문지르기 시작했다. 넬비는 다른 싱크대 옆에 앉아 두 손으로 수건을 꽉 움켜쥔 채 잠자코 잉그리드를 바라보았다. 넬비의 머리를 감싼 수건은 마치 터번처럼 보였고, 수건을 잡고 있는 그녀의 손가락은 길고 호리호리했다.

잉그리드는 젖은 모자를 부엌 오븐 위에 두면 더 빨리 마를 것이라 말하며, 모자가 마를 때까지 다른 모자를 쓰고 있으면 된다고 말했다. 그녀는 넬비를 아이들 방으로 데려갔다. 그들은 옷이 차곡차곡 들어 있는 서랍장 속에서 파란색 모자 한 개를 찾아냈다. 넬비의 모자는 빨간색이었고, 새 모자로도 빨간색을 원했다. 잉그리드는 서랍을 여기저기 뒤져 회색 모자를 꺼냈다. 넬비는 마지못해 고개를 끄덕이며 머리를 감싼 수건 위에 모자를 쓰겠다고 말했다. 잉그리드는 모자가 잘 어울린다고 그녀를 추켜 주었다. 방문 앞에 서 있던 군보르는 넬비에게 이상하다고 말했지만 넬비는 개의치 않았다. 잉그리드는 그녀의 길고 호리호리한 손을 잡고 앉아 놀라움과 의문을 담은 시선으로 그녀를 응시했다. 넬비는 수줍은 미소를 지으며 어색한 듯 손을 빼내고선 잉그리드에게 이름이 뭐냐고 물었다.

잉그리드는 자신의 이름을 가르쳐 주며 바뢰이섬에서 살았다고 말한 후, 넬비에게 또 다른 이름이 있냐고 물었다. 넬비는 자신이 아르볼라라는 이름으로 불리기도 했다고 대답했다.

잉그리드는 왜 그 말을 인제야 하느냐고 책망했다. 왜냐하면 구호소의 난민 명단에는 그녀에 관한 정보가 아무것도 없었기 때문이었다. 넬비는 그런 건 전혀 몰랐다고 말하며 바뢰이섬은 어디에 있냐고 되물었다.

"저기." 잉그리드는 맞은편에 자리한 침대 위의 벽을 손가락으로 가리켰다. 그 벽에는 잉그리드가 자주 멍하니 앉아 바라보던 양세 마리와 작대기를 손에 든 양치기의 그림이 걸려 있었다.

잉그리드는 부엌과 식료품 저장실을 청소해야겠다며 자리에서 일어났다. 아래층으로 내려간 그녀는 잼과 통조림통을 얹어 둔 선반 사이로 발을 옮겼다. 갑자기 밀려오는 피곤함과 무기력함을 이기지 못한 그녀는 목사 부인이 청동 식기와 밀가루, 호밀 등이 담긴 통을 보관하던 가장 아래쪽 선반에 걸터앉았다. 너무나 피곤해서 금방이라도 눈물이 나올 것만 같았다. 그녀는 빵을 담아 둔 박스와 갖가지 크기의 체와 여과기를 멍하니 바라보며 넬비의 가느다란 손가락과 그녀의 파란색 수트 케이스, 과자 박스와 양모 천으로 만든 가방을 떠올렸다. 그것들은 여전히 살트함메르호에 있었다.

그녀는 억지로 몸을 일으켜 밖으로 나갔다. 문을 잠근 후 암시장의 법칙을 이해했던 한 갓난아기의 엄마에게 열쇠를 넘겨주며 이름이 무엇인지 물어보았다.

"요한나……."

이제 열아홉 살의 트베렐브달렌의 푸루모에네 출신 요한나 마테아 헤타는 바닷가 부유한 목사관의 열쇠와 식량 창고를 관장하는 우두머리가 된 셈이었다. 그녀는 앞치마에서 실오라기를 낚아채 열쇠를 끼워 넣고 매듭을 지어 목에 건 후 한마디 말도 없이 다시 갓난아기에게 젖을 먹이기 시작했다. 잉그리드는 눈을 둘 데가 없어 얼른 시선을 돌려 버렸다.

그녀는 엘렌과 사라에게 포옹을 건네며 넬비와 군보르와 함께 잘 지내야 한다고 당부했다. 넬비에게 학교에 꼭 가야 한다고 말하는 순간, 도대체 왜 저러냐고 혼잣말처럼 중얼거리는 안냐의 목소리가 들려왔다. 남의 일에 쓸데없이 참견한 것 같은 죄책감에 얼른 눈 쌓인 대문 밖으로 나온 잉그리드는 무릎이 덜덜 떨려 발을 옮기기조차 힘들었다.

상점 주인 마르고트는 잉그리드가 놀랄 만큼 건강해 보인다고 말하며, 마가린과 설탕은 필요하다면 얼마든지 가져가도 좋다고 덧붙였다. 물론 식량 배급표와 현금을 낸다는 전제로 했을 때 말이다. 잉그리드는 그간 어떻게 지냈냐는 마르고트의 질문에는 대답하지 않고 가게 밖으로 나와 물건을 실은 손수레를 밀며 내리막길을 걷기 시작했다. 점점 속도를 내던 그녀의 발걸음은 교역소 지붕 위로 보이는 살트함메르호의 불빛과 망대를 보는 순간 멈추었다. 그녀는 한쪽 발을 앞으로 내밀고 다른 쪽 발은 눈과 얼음 위에 놓은 채 뻣뻣하고 긴장된 몸의 균형을 잡고 손수레의 손잡이에 등을 기댔다.

살트함메르호는 선착장 가장자리로 자리를 옮긴 후였다. 교역소 앞에는 지역 어부의 고기잡이배가 정박해서 생선을 운반하고 있었고, 그 뒤에도 두 척의 배가 차례를 기다리고 있었다. 그녀를 알아본 사람들이 손을 흔들었다. 그녀를 향해 소리를 치는 사람도 있었다. 그녀도 그들에게 손을 흔들어 준 후 자못 냉랭하고 뻣뻣하게 열두 발자국을 옮겼다. 작은 선착장에 도착한 그녀는 텅 빈 살트함메르호의 갑판을 향해 작별 인사를 하러 왔다고 소리 질렀다.

반응하는 사람은 아무도 없었다.

그녀는 다시 소리쳤다. 어디선가 나직하게 킥킥 웃는 웃음소리가 들리더니 함께 조타실 창문을 내다보는 마그누스가 보였다. 갈색 수염, 갈색 머리카락, 창밖을 올려다보는 눈동자. 갑판은 방금 물청소를 했는지 깨끗하고 미끌미끌했으며, 텐트는 사라지고 없었다. 텐트를 받치고 있던 막대도 눈에 띄지 않았으며 엔진 소리는 요란했다.

잉그리드는 북쪽으로 무사히 돌아가길 바란다고 소리쳤다.

그가 무슨 말인가를 했지만 잉그리드는 알아듣지 못했다.

"뭐라고요?"

그는 소음 속에서 무덤덤하게 다시 외쳤다.

"당신의 소지품이 아직 여기 있어요."

여행 가방과 과자 통은 여전히 창고에 있었다. 그녀는 가게에서 구입한 물건이 담긴 박스를 내려다본 후, 재빨리 그것을 배 안으로 옮기고 배의 후미 쪽으로 달려갔다. 올레는 계류 밧줄을 풀었고, 마그누스가 엔진에 시동을 걸자 뱃머리가 바다를 향해 움직이기 시작했다. 올레는 무표정한 얼굴로 나머지 밧줄을 풀었다. 모든 것은 반복되고 있었다. 하지만 이것은 그녀가 결심한 일이었다. 그렇다고 해서 일이 더 쉬워진 것은 아니었다. 마침내 그녀는 되돌릴 수 없는 상황을 마주하게 되었다. 안도감은 전혀 느껴지지 않았다.

잉그리드는 조타실로 향하는 계단 두 개를 뛰어오른 후 마그누스에게 이제부터는 자신이 배를 조정하겠다고 말했다.

"명령인가요?"

"아니요."

그녀는 잠시 생각에 잠긴 후 다시 말문을 열었다. "약간은 그렇다고 할 수 있죠."

"집에 돌아가지 않겠다고 했잖아요?"

"그랬죠."

그녀는 창밖의 물살을 뚫어지게 바라보다가 그에게 오늘밤 섬으로 올라가 자신과 함께 밤을 지내자고 말했다. 다만 먼저 몸을 씻은 후에. 그는 한참 침묵을 지키더니 그녀에게 되물었다.

"어디서요?"

"어디긴 어디에요? 대야지!"

그는 소리 없는 웃음을 내뱉었지만 아무 말도 하지 않았다.

그는 한 무리의 참솜깃오리 떼를 헤치며 오테르홀멘의 북서쪽으로 배를 몰면서 선착장과 사람들이 손으로 깎은 산등성이, 오래전 외지인이 유입한 분홍색 돌 등, 잉그리드의 귀에도 낯설지 않은 말들을 중얼거렸다.

"그리고 전쟁이 일어났죠."

"맞아요. 그곳 선착장은 참 예쁘고도 편리하게 잘 지어졌죠."

그들은 난민들이 생활하던 곳과 살트함메르호의 여기저기를 제집처럼 헤젓고 다니던 올레와 그의 동료들에게 배를 맡겼다. 남자들 사이에서 무슨 말인가 오갔지만 잉그리드는 듣지 못했다. 둘은 어둠이 내린 마을 길을 걷기 시작했다. 그녀는 여행 가방과 과자 통을 들고 흔적 없는 발자취를 찾으려는 듯 깊이 쌓인 눈 위에 시선을 내리꽂으며 앞장서서 걸었고, 그는 잉그리드가 구입한 음식과 양모 실뭉치들을 사람의 온기라곤 전혀 찾아볼 수 없는 차갑고 어두운 부엌에 들여놓았다.

그녀는 불을 밝혔고 혹여나 두려워해야 할 것이 눈에 띌까 봐 두 눈을 질끈 감았다. 그러는 동안 그는 난로에 불을 지폈다. 잠시 후 그녀는 더 할 일을 찾지 못하고 멀뚱멀뚱 서 있는 그의 앞에 서서 여전히 부엌 공기에 한기가 남아 있음에도 불구하고 그의 옷을 벗겨 내렸다. 그는 바뢰이섬 사람들이 세대를 거쳐가며 사용했던 싱크대 겸 대야를 두고 어색한 농담을 던졌으나 그녀는 한 귀로 듣고 한 귀로 흘렸다. 말없이 그의 몸을 씻는 동안 그녀는 넬비, 흐르는 물, 위안을 주는 깨끗한 물, 차가움, 뜨거움, 매끈함, 젖음, 짜디짠…… 것들을 떠올렸다. 거품기 없는 비누를 떠올리는 찰나, 더럽고 추악한 냄새도 함께 떠올린 그녀는 본능적으로 코를 킁킁거리며 냄새를 맡아 보았지만 사람의 것이라 생각할 수 있는 것은 아무것도 없었다.

그가 말문을 열었다.

"왜 이런 일을 하려고 하나요?"

그녀는 상의를 벗고 그에게 등의 상처를 보여 주었다. 그는 상처가 잘 아문 것 같다고 말했다. 새 물을 떠 놓고 넬비와 아이의 가느다란 손가락에 관해 이야기하던 그녀는 갑자기 물에 관해 주절주절 말을 늘어놓기 시작했다. 물은 정화 작업의 가장 숭고한 형태이며 그 효과를 발휘하려면 반복해서 치러야 하는 일종의 의식 같은 것이라고. 그는 담요로 덮어놓은 흔들의자에 앉아 그녀에게 같은 질문을 다시 던졌다.

"왜 이런 일을 하려고 하죠?"

"해야만 하는 일이니까요."

그녀는 그를 남쪽 방으로 향하는 계단으로 인도한 후 다시 같은 질문을 던지는 그에게 대답이라도 하듯, 말없이 그와 함께 침대에 누웠다. 그녀는 그가 같은 질문을 세 번이나 연거푸 던졌기에 짐작했던 것보다 훨씬 나은 사람이라고 생각했다.

그가 잠에 들자 그녀는 자리에서 일어나 부엌으로 내려간 후 다시 몸을 씻었다. 이번에는 아무 생각도 하지 않았다. 북쪽 방으로 올라간 그녀는 차가운 침대에 홀로 누워 잠에 들었고, 창밖이 캄캄해진 후에야 눈을 떴다. 눈 쌓인 하얀 창틀에는 거센 바람이 몰아치고 있었다. 살트함메르호는 이미 바뢰이를 떠난 후였다. 문득, 잉그리드는 고양이 코시카가 어디에 있는지 궁금해졌다. 어쩌면 독수리가 채어갔을지도 모른다고 생각했지만 견딜 수 없을 정도로 슬프지는 않았다. 그리고 그녀는 다시 잠에 빠져들었다.

3장

1

잉그리드가 열 살이 되던 해 늦여름, 그녀의 아버지는 건초를 사기 위해 가족 모두를 데리고 네스홀멘으로 갔다. 네스홀멘은 육지와 매우 가까이 붙어 있었기에 언뜻 섬처럼 보이지 않는 곳이었다. 잉그리드의 가족들은 마치 휴가 여행을 함께 하듯 들떠 있었다. 어머니는 피크닉을 가자고 말했지만 아무도 알아듣지 못했기에 피크닉이 무슨 뜻인지 설명해 주어야만 했다. 그날은 검은색으로 가득 찬 달력에서 흔치 않은 빨간색 날이기도 했다.

"그런데 건초는 어디에 실어 오나요?"

"배를 두 척 가지고 갈 거야."

그해 여름은 유난히 비가 많이 내려 축축하고 습기 찬 날들이 대부분이었다. 하지만 8월 말이 되자 육지와 바다를 막론하고 혹독한 무더위로 휩싸였기에 여기저기 눈을 돌릴 때마다 정신이 어질어질할 정도였다. 수증기는 검은 흙으로 뒤덮인 목초지 위로 스멀스멀 피어올랐고, 새들은 침묵을 지켰으며, 땅과 하늘은 소리 없는 한숨을 내뱉었고, 바다는 방금 니스칠을 한 마룻바닥처럼 움직임 없이 매끈했다.

어머니는 기분이 좋아 쉴 새 없이 수다를 떨며 아버지의 로포텐 궤짝에 필요할지도 모르는 음식과 우유, 옷가지들을 넣었다. 그들은 작은 거룻배를 뒤에 연결한 나룻배에 앉아 노를 저었고, 자리에서 일어나 비틀거리며 크게 웃음을 터뜨리는 등 바보처럼 행동하기도 했다. 네스홀멘에 이르자 한스 바뢰이는 가축을 주로 키우는 노부부에게서 작년에 말린 건초 더미의 가격을 흥정했다.

노부부는 그들에게 커피를 권했다.

그들은 잔디 위에서 커피를 마셨고, 함께 음식을 먹으며 대화를 나누었다. 잉그리드와 라스는 농장에서 키우는 개와 함께 놀았다. 잠시 후 그들은 건초 더미를 옮겨 실은 거룻배를 밧줄로 잘 묶어 놓았다.

어른들은 할 일을 다 했음에도 불구하고 아이들을 불러 모으지 않았다. 대신 그들은 모래사장에 팔꿈치를 괴고 누워 저 멀리 보이는 바뢰이섬을 응시하며 유유자적 시간을 보냈다.

한스 바뢰이는 가져왔던 술병을 꺼냈다. 남자들은 먼저 한 모금 마시고 여자들에게 남은 술을 돌렸다. 곧 그들은 옷을 벗어 던지고 바다에서 헤엄을 치기 시작했다. 아이들은 얼른 옷을 벗고 벌거벗은 몸으로 놀았지만, 헤엄을 치지 못하는 할아버지 마틴에게는 옷을 벗는 일이 그리 쉽지 않았다. 그는 느릿느릿 옷을 벗고 마치 흰살생선처럼 뭍에 가만히 앉아 있었다. 가끔 몸을 일으켜 입맛을 쩝쩝 다시며 천천히 걷다가 물에 발을 넣기도 했으며, 커다란 청동색 손이 닿지 않는 등에 달라붙는 모기떼를 향해 욕설을 내뱉기도 했다. 바다에서 헤엄을 치던 다른 이들이 뭍으로 올라오자 그는 다시 옷을 입고 모래 위에 가만히 앉아 있었다.

그들을 지켜보던 농장 주인 부부는 집에서 술 한 병을 가지고 나와 피크닉에 합류했다.

그것은 어린아이의 그림이었다. 녹색이어야 할 곳에는 녹색이 칠해져 있고, 파란색이어야 할 곳에는 파란색이 칠해져 있으며 빨간색을 지닌 성게는 거의 없었다. 하지만 기억 속에서 가장 강렬하게 남아 있는 것은 바로 노란색과 하얀색 모래였다. 섬 전체에 두세 가구가 살고 있는 네스홀멘은 바뢰이보다 조금 더 컸지만, 동일한 섬이라 해도 좋을 정도로 비슷했다. 바뢰이 사람들은 평범한 사람들이었고, 북적거리던 하루가 저물자 그들은 다시 집으로 향했다.

노를 쥔 사람은 한스였고, 그는 만족하고 여유로운 남자들이 흔히 그러하듯 느릿느릿 힘들이지 않고 노를 저었다. 그가 입고 있는 검은색 조끼에는 시곗줄이 달려 있었으나 시곗줄에는 시계가 달려 있지 않았다. 머리에는 로포텐에서 얼링 형의 반대로 쓸 수 없었던 선장 모자가 올라가 있었다. 그의 뒤를 이어 바브로와 마리아가 차례차례 노를 저었다. 여인들은 나들이할 때나 입는 좋은 옷을 입고 있었다. 한 명은 노란색 원피스, 다른 한 명은 푸른색 원피스를 입었으며, 어깨 위에는 언제나 그랬듯 털실로 짠 스웨터를 걸치고 있었다. 그들의 노는 뻑뻑한 소스에 담긴 숟가락처럼 소리 없이 움직였다. 나룻배의 긴 그림자는 산등성이에서 미끄러지듯 움직였고, 뒤에 매단 거룻배는 산등성이와 나룻배 사이에서 소리 없이 움직였다. 바다는 너무나 조용했기에 나룻배의 목소리는 거룻배까지 쉽게 흘렀고, 어린아이들과 할아버지 마틴은 건초 더미 위에서 졸고 있었다. 한스 바뢰이는 마리아에게 아들이 있었으면 좋겠다고 말했다. 그것은 술에 취한 남자가 아름다운 여인에게 건네는 장난스러운 초대였다. 마리아는 자신들에게 이미 라스가 있다고 말했다. 잉그리드는 바브로가 나룻배의 바닥을 내려다보며 홀로 미소 짓는 것을 보았다. 그녀는 라스가 할아버지의 품 안에서 자느라고 그들의 말을 듣지 않고 있다는 것을 알아챘고, 혼쭐을 내야겠다고 생각했다.

그녀가 갑자기 벌떡 몸을 일으켰다. 나룻배의 수런거리던 목소리가 갑자기 낮아졌다. 어머니는 그녀를 돌아보며 춥지 않냐고 물었다. 잉그리드는 전혀 춥지 않다고 대답했다. 그들은 푸른색을 머금어가는 빛 속에서 서로 미소를 교환했다.

2

등대의 불빛이 잠에 취한 소용돌이처럼 솟아오를 때, 두 손으로
얼굴을 가린 채 남쪽 방의 부모님 침대 위에 누워 있던 그녀는 희
미하게 조각조각 반짝이던 기억 속의 이미지와 처음으로 정신을
잃었을 때 그녀를 덮쳤던 두려움 그리고 지금껏 숨겨 왔던 개인적
인 독(毒)을 떠올렸고, 동시에 그것은 걱정과 불안으로 변했다. 그
녀의 옆에는 다락 창고로 향하는 커다란 문이 있었다. 그녀는 이
불과 러그를 옆으로 밀쳐 보았으나 스케치북은 눈에 띄지 않았다.
　그녀는 웅크리고 앉아 열린 다락 창고 문을 뚫어지게 바라보다
가 다시 자리에 누웠다.
　그녀는 불쏘시개로 사용할 땔감을 마련하기 위해 장작을 잘게
쪼갰다. 홀로 도끼날을 갈 수 없었기에 날이 무딘 도끼를 사용하
는 수밖에 없었다. 빵을 구웠지만 우유는 구할 수 없었다. 아무도
없는 방을 차례차례 돌며 여기저기 박박 문질러 가며 청소했다.
지하실에 저장해 둔 감자는 다행히도 지난겨울에 얼지 않았다. 밖
으로 나간 그녀는 가축 한 마리 없는 외양간이긴 하지만 외양간
과 집 사이의 공간에 쌓여 있는 눈을 치웠다. 마치 시곗바늘처럼
섬을 한 바퀴 빙 둘러보았지만 변한 것은 없어 보였다. 다시 섬을

예전처럼 만들기 위해 필요한 것도 찾을 수 없었다. 창고 문을 닫고 멍하니 서 있던 그녀는 다음 창고로 들어가 그곳에 있던 물건들을 마치 무게를 재기라도 하듯 하나하나 손으로 들어 올려 보았다. 장식품, 접시, 어린 양의 그림, 자수를 놓은 식탁보. 그녀는 서랍을 열었다가 천천히 닫기도 했다. 모든 것이 눈물로 변해 흘러내릴 때까지 창밖을 멍하니 바라보던 그녀는 식료품 저장실로 내려가 영하의 날씨에 저절로 깨져 버린 잼이 담긴 유리병 세 개를 꺼내 버렸다. 봄이 되면 땅에 묻을 생각으로 바닥에 떨어진 열매와 깨진 유리 조각을 밖으로 가지고 나갔다. 외양간에 들어간 그녀는 계단에 털썩 주저앉았다. 언젠가 이해할 수 없는 이유로 물이 고여 있던 바로 그 자리에.

남자 두 명을 실은 배 한 척. 그리고 그들의 웃음소리.

배는 작은 고깃배였고, 배에 타고 있던 사람은 보안관 헨릭센과 하르겔 중위였다. 헨릭센은 비틀거리며 몸을 일으킨 후 계류 밧줄을 던졌으나 밧줄은 말뚝에 이르지 못했고, 뒤따르는 하르겔의 웃음소리에는 조소와 경멸이 담겨 있었다. 잉그리드는 첨벙첨벙 물에 뛰어 들어가 밧줄을 힘껏 잡아당겼다. 균형을 잃은 헨릭센은 앞으로 넘어졌다. 그녀는 그가 넘어지면서 욕설을 내뱉는 것을 들었다. 뱃머리의 뾰족한 이물에 부딪히는 몸, 뒤를 잇는 텅 빈 웃음소리. 너무나 멀고 아득하게만 느껴졌다. 그리고 그들은 집 안으로 향했다.

그들은 그녀를 의심하여 조사할 것이 있다면서 심문하고자 했다. 그들은 그녀에게서 진실을 끄집어내려고 온 것이었다. 필요하다면 그보다 더 많은 정보도 함께. 하지만 잉그리드는 지금으로서는 아무것도 기억해 낼 수 없었다.

외양간 계단에 앉아 있던 그녀는 옷을 더 찾아보려고 몸을 일으켰다. 거룻배를 바다에 띄우고 몰트홀멘의 가장자리를 빙 둘러 노를 젓는 그녀의 내면에는 새로운 것이라고는 아무것도 찾아볼 수 없었다. 하지만 그녀의 몸은 무슨 일이라도 해 보려 움직이고 있었다. 수잔에게 보냈던 훈계와 충고의 편지가 효력을 발휘하기를 바라던 그녀는 라스에게도 편지를 보내야 한다고 생각했다. 그 어느 때보다 더 외로웠기에 섬에 홀로 있을 수 없었다. 낚싯줄이 나룻배의 난간에 고정시킨 지지대를 거쳐 미끄러지듯 풀어지면서 바닷물 속으로 자취를 감추었다가 그녀의 잡아당기는 손놀림에 다시 수면 위로 모습을 드러냈고, 흩어진 물방울은 그녀의 엄지장갑과 배의 후미와 난간에 떨어졌으나 얼어붙지는 않았다.

그녀는 물방울들을 멍하니 바라보았다. 문득 몸을 움직여 일을 해도 추위를 이겨낼 수 없다는 생각이 스쳤다. 왜냐하면 방향을 바꾼 바람은 이미 오래전부터 잠잠해지기를 포기한 듯 점점 더 거세지기만 했고, 정고에 이르렀을 때는 이미 눈이 축축해진 후였으며, 저 멀리 남쪽 하늘에는 비를 머금은 검은 구름 기둥이 솟아 있었기 때문이다.

그녀는 힘껏 노를 저어 거룻배를 안전한 곳에 정박시키고, 정고의 문을 닫은 후 낚시로 잡아 올린 물고기들을 부엌으로 가져갔다. 간과 생선알은 따로 모아 물에 삶고 폭풍이 몰아칠 때까지 조리한 생선을 먹었다.

부엌 바닥에 누워 이불을 머리까지 뒤집어쓴 그녀는 거센 바람에 집이 흔들리는 것을 느꼈다. 문득 검은 뱀을 닮은 무언가에 관자놀이를 맞았던 것 같은 기억이 떠오르자, 귀가 먹먹해지고 얼굴이 마비되는 것 같았다. 눈앞에는 하얀빛 조각이 어른거렸고 흐르는 물소리 같은 정적이 그녀를 감쌌다. 깨끗하지 않은 액체. 그것은 오줌이었고, 그녀 자신의 것이었다. 그 미적지근하고 추악한 냄새와 그녀가 흘린 빨간 피비린내가 그녀의 콧구멍을 채웠다.

그들이 스케치북을 찾아냈을지도 모른다는 생각이 스쳤다.

세차고 굵은 빗방울이 지붕과 벽을 후려쳤다. 자리에서 일어난 그녀는 구토를 하고 다시 부엌 바닥에 쓰러져 섬이 미끈한 갈색 얼음으로 뒤덮일 때까지 잠에서 깨어나지 않았다. 눈을 뜬 그녀는 대문 밖으로 나가 보았다. 여전히 바람은 멎지 않았지만, 동쪽 산꼭대기 위의 하늘은 구름 한 점 없이 맑았고 남쪽 수평선 위에는 썩어 들어가는 듯한 희미한 햇살 한 줄기가 내비치고 있었다. 그녀는 땅끝에 홀로 서 있었다. 수잔이 섬으로 되돌아온다면 지금이 적격이라는 생각이 스쳤다. 날이 저물고 어둠이 깔리자 하루는 흔적도 없이 사라졌다. 그때 그녀를 찾아온 사람은 바로 바브로였다.

3

바브로는 말비카 출신의 아돌프와 그의 아들 다니엘과 함께 나룻
배를 타고 왔다. 그들은 밀가루 한 포대, 생우유 한 통 그리고 어린
양 한 마리도 함께 데려왔다. 잉그리드는 아무 생각도 없이 배를
타고 오는 그들을 이미 한 시간 이상이나 바라보았다.

바브로 고모는 배의 난간을 힘겹게 넘어 다리를 절룩거리며 얕
은 바닷물 속을 걸었다. 뭍에 이른 그녀는 무릎을 꿇고 앉아 땅에
입을 맞추었다. 다니엘의 웃음소리가 들렸다. 아돌프는 어린 양을
배에서 끌어내 얕은 물 위에 내려놓았다. 잉그리드는 물속으로 첨
벙거리며 들어가 양을 육지로 끌어올렸다. 어린 양은 마치 물에 젖
은 강아지가 몸을 털듯 온몸을 부르르 떨며 가만히 서 있었다. 그
녀는 웃음을 터뜨리며 등을 곧추세우고 그들을 바라보았다. 잉그
리드와 눈이 마주친 그들은 그녀를 알아보는 것 같았다. 그녀는 다
시 만나서 반갑다고 말하며 오늘이 며칠인지 물어보았다.

그들은 2월 둘째 주라고 대답했다.

"수요일이고요."

잉그리드는 바브로에게 자신이 어린 양과 우유, 밀가루의 값을
현금으로 지급했지만 그들은 우유통을 되가져 가고 싶어 한다는

말을 전해 들었다.

그들은 우유통을 함께 들고 집 안으로 가져가 바뢰이에서 사용하던 낡은 우유통에 우유를 부었다. 그러는 동안 바브로는 콧노래를 흥얼거리며 두 팔을 활짝 펼친 채 하늘이 이렇게 맑은데 눈을 다른 데로 돌리고 있는 잉그리드가 너무나 멍청하고 바보 같다고 말했다.

잉그리드는 그들에게 배가 고픈지 물어보았다.

부자는 배가 고프지 않다고 말한 후 도시락을 준비해 왔다고 덧붙였다. 아돌프는 슬금슬금 눈치를 보더니 잉그리드에게 할 말이 있다고 말했다. 쉽지 않은 일인 듯 한참 머뭇거리던 그는 자신의 정고에 잉그리드의 나룻배 한 척이 보관되어 있다고 말했다. 그는 잉그리드가 나룻배를 돌려받고 싶어 하는지, 아니, 언제 나룻배를 가져다주면 좋은지 물어보았다.

잉그리드는 이맛살을 찌푸리며 자신의 나룻배가 그의 집에 보관되어 있다는 사실을 전혀 알지 못했다고 말하며, 그의 의견을 되물었다.

"지금 당장 나룻배를 돌려주기는 좀 힘들 것 같아요."

잉그리드는 말없이 제자리에 가만히 서 있기만 했다.

말비카의 아돌프는 과거 수년간 본토와 섬을 잇는 중요한 사람으로 여겨졌다. 그는 생각에 잠긴 얼굴로 고개를 끄덕이더니 하고 싶었던 말은 바로 그것이었다고 했다. 아니, 그녀에게 전해 줄 것이 있다며 재빨리 덧붙인 그는 주머니에서 꼬깃꼬깃 접은 종이 한 장을 꺼내 그녀에게 건네주었다. 잉그리드는 자신이 직접 쓴 글자들을 보았다. 종이에는 이 청년이 생명을 유지할 수 있도록 친절을 베풀어달라는 애원이 담겨 있었다.

　그녀는 땋은 머리를 뒤로 넘겼다. 두 갈래였던 그녀의 땋은 머리는 언제부터인가 하나로 변해 있었다. 그녀는 마치 자신의 섬에 침입한 범죄자를 보듯 나이 지긋한 그를 뚫어지게 바라보았다. 그는 어쩔 줄 모르며 아들에게 곁눈질하더니 그녀가 알아야 할 것 같아서 알려주는 것이라 나직이 말했다.

　"제가 알아야 하는 게 뭔가요?"

　"다 잘될 거라고요."

　그는 고개를 숙이며 작별 인사를 전한 후, 배를 향해 성큼성큼 걸어가더니 아들을 향해 돛에 관해 무슨 말인가를 중얼거렸다. 잉그리드는 그들의 배를 밀어 준 후 돛이 바람을 머금고 아돌프가 배의 뒷전에 자리를 잡고 앉아 노를 잡을 때까지 제자리에 가만히 서 있었다. 다니엘이 손을 흔들었다.

바브로는 어린 양을 외양간으로 끌고 갔고 잉그리드는 밀가루 포대를 옮겼다. 우유통은 함께 식료품 저장실로 들여왔다. 바브로는 집에 올 수 있어 얼마나 좋은지 모르겠다며 행복에 겨운 눈물을 흘렸다. 그뿐만 아니라 병원에서는 마음에 드는 것이 하나도 없었다고 불평도 늘어놓았다. 음식과 간호사들과 의사들……. 잉그리드는 흔들의자에 앉아 마치 다른 사람의 목소리를 듣는 양 바브로의 말을 한 귀로 듣고 한 귀로 흘리며 고양이 코시카를 떠올렸다. 그녀는 여전히 아돌프가 건네준 쪽지를 손에 들고 있었다. 왜

그는 이 쪽지를 가장 먼저 만났을 사람인 아돌프에게 넘겨주어야
만 했을까?

그가 글자를 읽지 못했기 때문일까? 그가 그녀를 신뢰하지 않았
기 때문은 아닐까? 그게 아니라면 도대체 무슨 이유에서였을까?

바브로는 부엌 스토브를 문질러 닦고 물을 길어 와 바닥을 청소
하고 식료품 저장실의 양동이 속에 있던 생선 내장을 버렸다. 그
녀는 잉그리드가 생선 손질을 집 안에서 할 정도로 게을러진 것이
아닌가 궁금해했다.

그녀는 물을 끓이기 시작했다. 종이를 접어 쥔 잉그리드는 양에
게 줄 음식이 없다고 바브로에게 말했다.

바브로는 눈이 녹은 곳에 양을 데려가 풀을 뜯게 해 주면 된다
고 말했다. 작년 여름에 풀을 거두어들이지 않아 양에게 먹일 풀
은 충분했다. 풀이 동이 나면 미역과 생선 머리를 삶아 주면 될 것
이고, 해안가의 돌미역을 뜯게 해 줘도 될 것이다. 또는 건초 더미
를 구입해도 될 일이었다.

잉그리드는 예쇠이아에 건초가 남아 있는 것을 보았다고 말했
다. 바브로는 폭포수처럼 쏟아내던 말을 멈추고 두 눈 사이에 걱정
을 담은 주름을 지으며 잉그리드를 가만히 바라보았다.

"그러고 보니 네가 좀 변한 것 같아."

"네……?"

"못 알아볼 정도로 아름다워졌어."

잉그리드는 변한 건 하나도 없다고 말하고 싶었지만, 고모는 여
전히 제자리에 가만히 서서 놀란 표정으로 그녀를 찬찬히 살펴

보았다. 그녀는 잉그리드에게 바짝 다가와 땋은 머리를 손에 쥐고 뚫어지게 내려다보더니, 그다지 아름답지 않은 목소리로 노래를 흥얼거리며 음식이 담긴 냄비 앞으로 다가갔다. 그 순간 잉그리드는 스케치북을 어디에 숨겼는지 기억해 냈고, 솟아오르는 짜증과 화를 참을 수 없었다. 그날 그녀는 배를 타고 섬으로 들어오는 두 남자를 발견하자마자 재빨리 계단을 올라가 창고에서 스케치북을 꺼냈다. 너무나 당황해 집 안을 빙빙 돌며 스케치북을 숨길 장소를 찾던 그녀는 바보같이 창고보다 절대 더 안전하다고 할 수 없는 곳에 그것을 넣어 두었다. 할아버지의 침대 매트리스 밑이었다. 하지만 바브로는 지금 감자가 들어 있는 양동이를 손가락에 걸친 채 여전히 잉그리드에게 짜증을 유발하는 미소를 지으며 마치 벽처럼 그녀의 앞을 막고 서 있었다.

잉그리드는 양동이를 낚아채 비가 내리는 집 밖으로 나갔다. 지하실 창고 문을 열고 빛이 새어 들어올 수 있도록 무릎을 굽히고 앉아 마치 새알을 줍듯 감자를 하나하나 집어 들이고 동그랗게 쌓아 올리며 수를 세었다. 자신의 기억이 틀리지 않다는 것을 확신한 그녀는 감자가 들어 있는 양동이를 싱크대 옆에 놓아두고 서둘러 할아버지의 방에 들어가 매트리스를 들쳐 보았다. 아니나 다를까 그녀의 스케치북은 바로 그곳에 있었다.

그녀는 스케치북을 가슴에 꼭 끌어안고 그것이 기억 속에만 있었던 것이 아니라 눈앞에 실재하는 구체적이고 명백한 것이라는 확신이 들 때까지 발을 동동 구르며, 학창 시절에 그렸던 솔방울과 조개들 그리고 비슷비슷한 세 개의 행으로 구성된 삼 연의 이해할 수 없는 러시아어 시를 뚫어지게 바라보았다. 다락으로 올라간 그녀는 스케치북을 벽장 안에 쌓아 두었던 러그들 밑에 밀어 넣었다. 스케치북이 있을 자리는 바로 그곳, 북쪽 방이었다.

그녀가 다시 아래층으로 내려오자 바브로는 계단의 가장 아래 칸에서 두 팔을 허리에 얹은 채 서서 질문을 던졌다.

"애 아버지는 누구지?"

잉그리드는 계단을 내려와 그녀를 옆으로 밀치고 부엌으로 들어가며 그건 고모가 상관할 일이 아니라고 중얼거리듯 말했다. 아버지는 사탄이라고도 했던가. 잠시 후 바브로를 향해 돌아선 그녀는 마지못한 듯 아이의 아버지는 레이네 출신의 고래잡이 선원이라고 둘러대듯 말했다. 바브로는 마치 의심을 하기 위한 이유라도 찾듯 제자리에 가만히 서 있다가 아이 아버지의 이름이 뭐냐고 물었다.

잉그리드는 대답하지 않았다. 바브로는 알았다는 듯 고개를 끄덕이더니 몸을 돌려 생선 한 마리를 물에서 건져 올렸다. 잉그리드는 그녀의 곁에 다가갔다. 두 사람은 하얀 생선 살에 어린 무지갯빛을 말없이 바라본 후, 눈으로는 분간하기 어려운 삶은 생선과 푹 곤 생선의 균형점을 찾기 위해 함께 일손을 움직이기 시작했다. 바브로는 잉그리드에게 고기를 어디서 잡았느냐고 물었다. 잉그리드는 스코그스홀멘에서 잡은 것 같지만, 정확히 기억할 수 없다고 대답했다.

"낚시로?"

"네……."

바브로는 그녀를 가만히 바라보았다.

잉그리드는 이제 바브로가 집에 돌아왔으니 가구당 배정되는 배급표도 두 배나 많아질 것이라 말했다. 그러니 녹은 마가린과 생선 간은 버려도 될 것 같다고 덧붙였다.

바브로는 생선 간을 먹어 본 지가 너무나 오래되었기에 간을 버리지 말라고 했다. 그리고 자신이 집에 돌아온 것을 기념하기 위해 그날 저녁은 포르셸린 접시에 담아 링곤베리 주스와 함께 먹자고 제안했다.

잉그리드는 남아 있는 링곤베리 주스가 없다고 말했다.

바브로는 작년 여름에 엄청난 양의 링곤베리를 거두어 잼과 주스를 만들어 놓았는데, 절대 그럴 리가 없다고 말했다.

잉그리드는 집을 떠나 있던 사이에 주스 병이 모두 얼어 깨졌다고 말했다.

바브로는 잉그리드에게 어디에 있었느냐고 물었다.

잉그리드는 공장에서 일을 했다고 대답했다.

바브로는 고개를 돌려 그녀를 빤히 바라보며 지난가을 내내 섬에 사람이 한 명도 없었냐고 물었다. 그렇다고 대답한 잉그리드는 마침내 스케치북을 찾았다는 생각에 안도했지만, 그것은 다시 새로운 어둠의 시작이라는 것 또한 알고 있었기에 괜히 불안해졌다.

그녀는 밖으로 나가 하늘에서 떨어지는 빗방울을 오랫동안 쳐다보았다.

다시 집 안으로 들어오니 바브로 고모가 이미 식탁에 음식을 차려 놓은 후였다.

잉그리드는 젖은 몸을 닦고 식탁에 앉았다. 바브로가 감사 기도를 하고, 식사 전과 후에 노래를 부른 것 외에 두 사람은 한마디도 하지 않고 음식을 비웠다.

식사를 마친 두 사람은 옷을 입고 밖으로 나가서 뾰족한 막대 하나와 쇠고리가 달린 밧줄을 가져온 후, 양을 집 앞 마당으로 데려왔다. 막대를 땅속에 깊숙하게 박아 넣고 쇠고리를 막대에 건 후, 밧줄로 양을 매어 놓고 양이 거뭇거뭇한 갈색 풀을 뜯어 먹는 모습을 지켜보았다. 그리고 두 사람은 함께 집 안으로 들어갔다.

집안일을 대충 한 다음 두 사람은 다시 밖으로 나가 막대를 다른 자리로 옮겨 놓았다. 바브로는 어차피 섬을 빠져나가지 못할 테니 양을 밧줄에 매어 놓을 필요가 없다고 말했다.

잉그리드는 양이 제 발로 바닷물에 뛰어드는 일은 없을 것이라며 맞장구쳤다.

두 사람은 함께 소리 내어 웃었다.

어둠이 내려앉자 두 사람은 양을 외양간에 다시 데려가 바짝 마른 건초 한 줌을 주었다. 그것은 그들이 소유했던 양 중에서 가장 중요한 양이었으며, 만약 그것이 양이 아니었다면 그들은 집 안에 들여놓고 키웠을 것이다.

4

2월의 바다는 옥색을 머금었다. 눈 쌓인 섬은 하얗기는 했지만 군데군데 눈이 녹아 거뭇거뭇한 땅이 드러난 곳도 있었다. 하늘은 얼음처럼 딱딱했고, 잉그리드는 노를 저어 시내에 가는 대신 나이 많은 토마스가 파는 건초를 구입하기 위해 스탕홀멘으로 갔다. 잉그리드는 피곤해하는 그의 부인 잉가와 함께 그녀의 침대 위에 앉아 커피 대용품을 마시며 이런저런 이야기를 나누었다.

잉가는 잉그리드에게 어떻게 지내냐고 물어보았지만 아이에게 아버지가 있는지는 묻지 않았다. 잉그리드는 겉으로 아무 표시도 나지 않는데 어떻게 알았냐고 말했다. 잉가는 미소만 지을 뿐이었다. 그녀는 스탕홀멘도 다른 섬들과 마찬가지로 시체들이 떠내려왔고, 독일군들과 수송선이 와서 시신을 거두어 갔다고 말했다. 하지만 그녀는 조난을 당한 선박에 관해선 아는 것이 없다고 말했다. 가끔 토마스가 가져오는 신문을 읽어보긴 했지만 그와 관련된 기사는 읽은 적이 없었다고도 덧붙였다.

잉그리드는 거룻배에 건초를 싣고 노를 저어 집으로 돌아갔다.

일주일이 지난 후, 그녀는 다시 스탕홀멘으로 갔다. 잉가는 지난번과는 달리 생기를 띤 모습으로 잉그리드를 맞아 주었다. 그

들 부부는 건초를 배에 싣는 잉그리드를 도와주었지만, 이번에
도 역시 아이의 아버지가 누구인지는 묻지 않았다. 잉그리드는
토마스가 집 안으로 들어간 후에, 잉가를 향해 아이가 얼마나 일
찍 태어날 수 있는지 물어보았다. 잉가는 참으로 이상한 질문이
라고 말했다.

"사실은 우리 아이들 중에도 예정일보다 일찍 세상에 나온 아이
가 두 명이나 있었단다. 그중 한 명은 예정일보다 두 달이나 일찍
태어났지. 지금도 살아 있어요."

2월은 그렇게 지나갔고, 바브로는 잉그리드 대신 노를 저어 교
역소에 갔다.

그날 잉그리드는 바브로에게 무슨 꿍꿍이속이 있는 건 아닐까 하
는 생각을 하면서 양과 함께 오랫동안 시간을 보냈다. 동시에 바
브로가 계획하는 일이 무언가 새로운 일의 시작이 될 것이라는
희망도 없지 않았다. 하나의 일은 항상 또 다른 일로 이어지기 마
련이니까. 그녀는 오후가 되어 돌아온 바브로의 얼굴을 뚫어지게
바라보았지만, 마르고트와 만나 대화를 나누었다는 것밖에 짐작
할 수 없었다.

"마르고트가 무슨 말을 하던가요?"

"특별한 말은 없었어." 바브로는 무덤덤하게 대답했다.

잉그리드는 바브로에게 다른 사람과도 만나보았냐고 물어보았
다. 바브로는 보안관을 만났다고 말했다.

"헨릭센 말인가요?"

바브로는 무언가를 감추려는 듯 의미심장한 표정을 지었다. 그녀는 비밀을 지니고 있을 때만큼 멍청하게 보일 때가 없었다. 잉그리드는 헨릭센이 보안관으로 일하지 않은 지 오래되었다고 말했다.

바브로는 그녀의 말이 맞는다고 동의했다.

"시내엔 여전히 군인들이 보이던가요? 군용차도?"

바브로는 더 이상 멍청하게 보이지 않았다.

"독일군들은 요새 내에 주둔하고 있더라." 그녀는 바뢰이섬에 핀마르크 난민들이 더 들어올 것이라고 덧붙였다. 그것이 바로 그녀가 헨릭센과 주고받았던 대화의 내용이었다. 그녀는 헨릭센이 조만간 잉그리드의 서명을 받기 위해 섬에 올 것이라 말해 주었다. 바뢰이는 잉그리드의 섬이니까.

잉그리드는 바뢰이가 바브로의 섬이기도 하다고 말하며 제니와 한나의 고양이를 분양받았는지 물어보았다. 바브로는 그건 잊어버렸다고 멋쩍게 대답했다.

잉그리드는 바브로가 근래 부쩍 기억력이 나빠졌다고 말했다. 나이가 들어서일 것이라 말한 그녀는 자리에서 일어나 선착장으로 나갔다. 선착장 주변에는 여전히 시신들의 유물과 옷가지들이 남아 있었다. 깊게 쌓인 눈 때문에 그것들을 '로포텐 창고'라고 부르던 낡은 정고로 옮기는 것은 그리 쉽지 않았다. 게다가 오랫동안 굳게 닫혀 있던 창고 안에서는 썩어 흔적을 찾아볼 수 없는 시신의 자취가 남아 있었다. 얼마간 시간이 흐른 후 선착장 주변은 그럭저럭 깨끗해졌다.

집 안으로 들어간 그녀는 부엌에 앉아 바브로가 음식을 만드는 모습을 지켜보았다. 음식을 먹은 후, 바브로는 그물을 짜기 시작했다. 흔들의자에 앉아 깜박 잠이 든 잉그리드는 바브로가 스토브를 청소하는 소리에 눈을 떴다. 그녀는 침이 턱 아래까지 흘러내린 것을 깨달았다. 바브로는 잉그리드에게 피곤할 테니 더 자라고 말했다. 잉그리드는 바브로가 그물을 몇 개나 짰는지 확인한 후에 위층으로 올라가 침대에 누웠으나 잠을 잘 수가 없었다.

헨릭센은 한 무리의 군인들과 수송선을 타고 왔던 지난번과 달리, 이번에는 낡은 나룻배를 타고 홀로 왔다. 그는 나룻배를 새 선착장에 매어 놓고 어색한 움직임으로 힘겹게 뭍으로 올라왔다.

잉그리드와 바브로는 부엌 창가에 서서 헨릭센이 눈바람을 헤치며 걸어오는 모습을 지켜보았다. 바브로는 밖으로 나가 그를 도와주려 했지만, 잉그리드는 그녀를 만류했다. 두 사람은 헨릭센이 집 앞까지 다가와 대문을 두드릴 때까지 최대한 숨을 죽이고 기다렸다.

그는 집 안으로 들어와 가죽 모자와 엄지장갑을 벗고 대문을 닫은 후 통통 부은 얼굴에 충혈된 눈동자로 초점 없이 집 안을 바라보았다. 지난번과는 달리 측은하게까지 보이는 그의 모습에, 잉그리드는 그에게 얼른 자리에 앉으라고 말할 뻔했다.

바브로는 그에게 의자를 내주고 커피를 권했다.

그는 잉그리드와 눈도 마주치지 않은 채 신음 소리를 내며 의자에 앉았다.

그녀는 구호소에서 일하는 사람이 세 명이나 되는데 왜 혼자 왔 냐고 물었다.

그는 잉그리드의 질문에 흉계가 담겨 있다고 생각했는지 창틀 에 쌓인 눈으로 시선을 돌리며 침묵을 지켰다. 더 이상 침묵을 견 디지 못할 때가 되자, 그는 몸을 비틀며 혼잣말처럼 중얼거리기 시작했다. 그는 헤타 출신의 난민들을 거둘 수 있는 바뢰이 주민 을 물색하는 중이라고 했다. 왜냐하면 목사관에 거주하던 네 명의 아이와 그들의 어머니가 그곳의 가구를 망가뜨리고 유리잔 등 식 기를 깨뜨렸기 때문이라고 말하며, 그건 구호소가 책임을 질 일이 아니라고 했다. 또 다음 주가 되면 한 무리의 새로운 난민이 도착 하기에 구호소에서 신경 써야 할 일이 많다고 했다.

"도대체 이 전쟁은 언제쯤이면 끝이 날지……."

잉그리드는 불편한 웃음을 내뱉으며 헤타 출신의 난민 가족은 그대로 놔둬도 된다고 말했다. 바브로는 커피가 든 주전자를 들고 서 있다가 몸을 돌려 잉그리드를 바라보았다.

"그들이 여기서 지내면 안 될까?"

"안 돼요!" 잉그리드는 화를 내며 소리쳤다.

"안 될 이유도 없잖아?"

"우리에겐 그들을 거둘 수 있을 만큼 충분한 돈이 없어요! 우리 두 사람 먹을 끼니도 충분하지 않은데!"

바브로는 고개를 절레절레 저으며 커피잔을 식탁 위에 내려놓 고 알 수 없는 말을 중얼거리며 커피를 따른 후, 주전자를 스토브 위에 쿵 소리가 나게 내려놓았다.

"게다가 아이들은 학교에도 가야 하죠." 잉그리드가 무뚝뚝하게 말했다.

헨릭센은 뜨거운 커피를 후후 불며 설탕을 찾아 두리번거리더니 커피를 받침대에 따라 후루룩 소리내어 마셨다. 손등으로 입가에 묻은 커피를 쓱 닦은 그는 구호소에선 이미 헤타 출신의 난민을 바뢰이의 가정집으로 이주시키기로 했기 때문에 잉그리드는 싫든 좋든 따라야 한다고 말했다.

"그럴 수는 없어요."

처음으로 잉그리드와 눈을 마주치며 똑바로 바라보던 그는 화를 내는 대신 생각에 잠겼다. 잉그리드는 그의 눈빛에 어린 것이 죄책감인지, 노년의 그림자인지, 또는 전쟁의 후유증인지 분간할 수 없었다. 만약 헨릭센이 전쟁 때문에 피해를 본 것이 있다면 말이다.

"함메르페스트에서 온 세 명의 소년이라면 우리 집에서 머물러도 좋아요. 몰란즈비카의 스카르스보그 형제들도 괜찮아요."

그가 놀란 표정을 지었다. 잉그리드는 계속 말을 이었다.

"그들은 바다에 익숙하죠. 고기를 잡거나 다른 일을 할 수도 있어요."

"하지만 그들도 학교에 가야 하지 않아요?"

잉그리드는 대답하지 않았다.

커피잔을 비운 헨릭센은 마치 전쟁에서 승리라도 한 듯 의기양양한 표정을 지으며 신음 소리와 함께 의자에 등을 기댄 후, 주머니에서 꾸깃꾸깃 접은 종이 한 장을 꺼내 식탁 위에 올려놓았다.

구호소에서 발행한 문서에는, 바뢰이섬은 다섯 명에서 최대 여덟 명까지의 난민이 임시로 거주하기에 적합한 곳이라고 적혀 있었다. 잉그리드의 머릿속에는 그것과는 전혀 상관없는 생각들이 떠오르기 시작했다. 지난 성탄절 무렵, 그가 하르겔과 함께 이곳에 왔을 때 도대체 무슨 일이 있었던 것일까. 그들은 그녀에게 어떤 짓을 했던 것일까.

헨릭센은 세 명의 청년이 몰란즈비카에서 그다지 쉽지 않은 삶을 살았다는 것을 잘 알고 있다고 말하며, 전쟁 중에는 안락한 삶을 사는 사람들을 찾아보기 힘든 것이 사실이라고 덧붙였다.

잉그리드는 전쟁이 무슨 상관이냐고 쏘아붙였다.

그는 잉그리드를 이해할 수 없다고 소리를 질렀다.

잉그리드는 하르겔 중위는 어디에 있냐고 물었다.

헨릭센은 그녀가 말을 맺기도 전에 대답했다. 북섬의 요새에 있다고 말한 그는 도대체 이처럼 상관없는 질문을 하는 이유가 뭐냐고 잉그리드에게 되물었다.

잉그리드는 그에게 당장 이 집에서 나가라고 소리쳤다.

바브로는 주전자를 스토브 위에 다시 쿵 소리 나게 내려놓았다. 헨릭센은 자리에서 일어나 마치 귀에 묻어 있을지도 모르는 잉그리드의 목소리를 떨쳐내기라도 하듯 세차게 고개를 저었다. 서둘러 엄지장갑을 끼고 모자를 쓴 그는 욕설을 내뱉으며 대문을 열었다. 잉그리드는 제자리에 가만히 선 채 그가 창가를 지나 선착장으로 무거운 발을 이끌고 힘겹게 내려갈 때까지 그의 등 뒤에 대고 욕을 했다. 멀리서 들려오는 엔진 소리, 단순하나 무겁기에 그지없는 심장 박동 소리는 너무나 오래 지속되었지만, 어느새 그 또한 사라졌다.

흔들의자에서 잉그리드를 끌어내린 바브로는 잉그리드에게 완전히 이성을 잃었냐고 말했다. 잉그리드는 팔에 소름이 끼치는 것을 느끼며 지난겨울에 무슨 일이 있었는지 차근차근 말하기 시작했다. 입술 사이로 빠져나가는 마디마디 단어들은 그녀의 귀에 실제로 있었던 것보다 훨씬 비참했고, 생각했던 것과는 다르게 다가왔다. 마치 그녀 자신의 일이 아니라 다른 사람의 일인 것처럼. 어느새 그녀의 말은 스스로에게 건네는 독백처럼 변했다. 거친 섬 생활에 익숙한 사람들은 삶의 바닥에 이르지 않도록 항상 조심해야 한다고. 그녀의 목소리는 눈송이처럼 힘없이 떨어져 긴 정적으로 변했다. 그와 동시에 그들이 오기 전 며칠 동안의 기억들도 함께 사라졌다. '그'가 그녀를 떠났던 밤부터 '그들'이 그녀를 찾을 때까지의 시간들. 그녀는 언제 어둠이 내려앉았는지도 알지 못했다. 어둠이 그에게서 비롯된 것인지, 아니면 그녀에게서 비롯된 것인지, 또는 사라질 수 없는 것들에 대한 그리움에서 비롯된 것인지도 알지 못했다.

잉그리드가 말을 늘어놓는 동안 바브로의 표정이 조금씩 변하기 시작했다. 전에는 보지 못했던 표정이었다. 마치 눈에 띄지 않는 곳에 감추어져 있다가 비로소 모습을 드러낸 것 같기도 했다. 왜냐하면 잉그리드는 그 표정을 보고서도 전혀 놀라지 않았으니까. 언뜻 그녀의 머릿속에는 바브로도 비밀을 가질 수 있는 사람, 비밀을 지킬 수 있는 사람이라는 생각이 스쳤다. 그녀는 바브로의 팔에 손을 얹었었지만, 바브로는 그녀의 손을 떨쳐냈다. 그날 밤 잉그리드는 외양간으로 가서 오랫동안 양과 함께 앉아 있었다.

5

다음 날 아침 동이 트자마자 바브로는 잉그리드에게 한마디 말도 남기지 않은 채 노를 저어 육지 마을로 가서 오후 느지막한 시간 이 되어서야 돌아왔다. 식료품을 잔뜩 구입해 온 바브로는 마치 아무 일도 없었던 것처럼 천연덕스럽게 행동했다. 게다가 이틀 후에 육지로 함께 가자고 말하는 그녀의 얼굴은 기대에 가득 차 들 떠 있었는데, 마르고트의 아들이 요새에서 대저울을 가져올 예정이라고 했다.

잉그리드는 전혀 들어본 적이 없는 일이었다.

"대저울이라고요?"

바브로도 더 자세한 것은 알지 못했는데, 어쩌면 마르고트가 도 축을 하기 위해 독일군에게 빌려주었던 대저울을 다시 가져오려 는 것일지도 몰랐다.

"도축이라고요?" 잉그리드는 영문을 알지 못해 자신도 모르게 소리를 꽥 질렀다.

"응, 그 집에도 식량이 부족하긴 매한가지인가 봐." 바브로는 천 장을 바라보며 쏘아붙이듯 말했다.

"그나저나 오늘 할 일이 있다고 하지 않았어? 빵을 굽는다고 했던 것 같은데?"

잉그리드는 밖으로 나가 잉가를 만나기 위해 스탕홀멘으로 노를 저어갈지 생각해 보았다. 아니, 바다에 후릿그물을 쳐 놓을까. 그 순간 그녀는 배 속에 있던 음식을 토해 버렸다. 땅에 떨어진 침을 바라보던 그녀는 자신이 무엇을 먹었는지 궁금해져 마치 잃었던 기억을 되찾기라도 하듯 손가락으로 토사물을 휘젓기 시작했다. 문득 자신의 행동이 너무나 멍청한 짓이라는 생각에 그녀는 서둘러 집 안으로 들어가 손을 씻고 밀방망이로 밀가루 반죽을 밀기 시작했다. 눈에서는 하염없이 눈물이 흘러내렸으나 아무 말도 하지 않았다.

"괜찮겠어? 혼자 할 수 있겠니?" 바브로는 잠자리에 들기 전에 걱정스럽게 물었다.

"네, 괜찮아요."

그들은 동이 트기 전에 일어나 양에게 소여물 한 통을 충분히 준 후 노를 저어 육지로 나갔다. 마르고트의 아들 마르쿠스는 트럭을 몰 수 있는 나이가 아니었는데도 불구하고 운전대를 잡았다. 그는 청어와 밀가루, 보급품과 사람들을 육지의 막사로 수송하는 일을 했다.

잉그리드와 바브로는 제니를 비롯한 다른 세 명의 여인과 함께 짐칸에 앉았다. 여인들은 민원을 접수하기 위해 요새로 간다고 했다. 그중 한 명은 헨릭센의 구호소가 하는 일에 불평을 하기 위해서, 다른 한 명은 독일군이 '대여'라는 이름으로 지난봄에 가져갔던 남편의 나룻배를 돌려받기 위해서였다. 제니는 무슨 일 때문에 요새로 가는지 알 수 없었다. 그저 바브로의 품 안에서 침묵만 지키고 있을 뿐이었다.

그들이 요새에 도착했을 때 갈색 옷을 입은 한 무리의 초점 없는 눈동자들이 수용소 입구를 통해 쏟아져 나왔다. 도로 작업에 동원될 러시아인 전쟁 포로들이었다. 아래로 길게 뻗은 주름진 물결 모양의 반원기둥 다섯 개는, 하늘에서 내리자마자 녹아 버린 눈 위에 쟁기로 갈아 놓은 거대한 고랑을 연상시켰다. 전신국 앞에는 적십자 심벌이 그려진 녹색 지프 한 대가 한기 속에 회색 매연을 토해 내고 있었다.

마르쿠스는 포로들의 무리가 지나갈 때까지 기다렸다가 차에서 내려 군복차림의 병사 한 명과 대화를 나누었다. 손가락으로 여기저기 가리키며 무언가를 토의하듯 이야기를 나누었고 마침내 합의점을 찾은 것 같은 모습을 보였다. 트럭으로 되돌아온 마르쿠스는 여인들에게 짐칸에서 내려 자신을 따라오라고 말했다.

그들은 일렬로 서서 발을 옮기며 거대한 얼음덩어리처럼 보이는 콘크리트 벙커로 향했다. 페인트칠도 하지 않은 문 앞에서 걸음을 멈춘 마르쿠스는 노크를 두 번 했다. 민간인 한 명이 고개를 쓱 내밀고 심한 외국어 억양이 섞인 노르웨이어로 무엇 때문에 왔냐고 물었다. 마르쿠스는 대저울을 가지러 왔다고 말했고, 뒤에 서 있는 여인들은 자신과 아무 상관도 없다고 덧붙였다.

제니는 하르겔과 대면하기 위해서 왔다고 소리치며, 그는 친절한 사람이니 꼭 만나줄 것이라 말했다.

그는 잠시 주저하더니 문을 열어 주었다.

벙커 안은 요란한 소리를 내뿜는 경유 발전기로 난방이 되고 있었지만, 너무나 캄캄해서 눈 쌓인 환한 바깥에서 들어온 여인들은 어둠은 물론, 인공적인 누런 온기에 적응하기 위해 한참 동안 기다려야만 했다. 양쪽 벽 끝에 자리한 두 개의 문은 열려 있었다. 그중 하나의 문을 통해 한 무리의 포로들이 일렬로 서서 구부정하게 들어와 타자기와 권총, 헬멧과 전화기 그리고 갖가지 서류들이 정리되지 않은 채 흩어져 있는 책상 앞을 지나갔다. 그 옆에는 알베르트 에밀 하르겔 중위와 통역을 맡고 있는 적십자군 한 명이 있었고, 그들의 앞에는 섬에서 가장 큰 대저울이 놓여 있었다. 대저울 위에는 네 명의 포로들이 무릎을 턱에 댄 채 쭈그리고 앉아 있었다. 하르겔은 대저울의 추를 이리저리 움직여 평형을 맞춘 후 독일어로 소리쳤다.

"츠바이 훈더르트 피어지히 킬로(Zweihundertvierzig Kilo, 이백사십킬로그램)!"

군인은 메모한 후 그 수를 4로 나누어 알려 주었다. 대충 맞는 것 같다고 말하던 하르겔 중위가 마르쿠스를 발견하고 가까이 오라고 손짓을 했다.

그러고는 포로들이 뚱뚱하다고 말하며 환한 미소를 지었고, 추를 왼쪽으로 옮기자 포로들이 앉아 있던 발판이 바닥으로 떨어졌다. 포로들은 병사의 인도를 받으며 다른 쪽 문으로 비틀거리며 사라졌다. 뒤를 이어 새로운 포로 네 명이 모습을 드러내 대저울 위에 구부정하게 앉았다. 하르겔은 추를 움직여 그들의 무게를 쟀다.

"츠바이 훈더르트 츠바이 운트 츠반지히(Zweihundertzweiundzwanzig, 이백이십이)."

그는 몸을 앞으로 굽혀 통역사에게 무슨 말인가를 나직이 전했다. 남자는 고개를 끄덕이며 여인들 중 가장 앞쪽에 서 있던 제니를 향해 돌아섰다.

"무슨 일 때문에 왔지?"

뒤에 있던 여인이 앞으로 쑥 나와 남편의 나룻배를 되찾으러 왔다고 소리쳤다. 쇳소리 같은 그녀의 목소리를 견딜 수 없었던 잉그리드는 얼른 고개를 돌려 다른 곳을 쳐다보았다. 통역사는 보일 듯 말 듯한 미소를 지으며 그녀의 말을 번역했다.

하르겔은 등을 돌린 채 독일어로 말했다.

"야, 야, 네르멘 지 루히그 다스 부트(Ja ja, nehmen Sie ruhig das Boot, 알았어, 알았다고. 얼른 배를 돌려줘)."

문득 무언가 짜증 나는 기억을 떠올린 듯 몸을 돌린 그가 잉그리드를 발견했다.

"아! 섬 여인! 몸은 좀 괜찮아졌나?"

남자가 하르겔의 말을 번역해 잉그리드에게 전해 주었다. 잉그리드는 많이 나아졌다고 말하며 하르겔에게는 눈도 돌리지 않은 채 통역사에게 질문을 던졌다.

"섬의 축사에서 시신이 더 발견되었나요?"

남자는 잉그리드의 말을 알아듣지 못했다. 하르겔은 더듬거리며 질문을 되풀이하는 잉그리드를 흥미진진한 눈길로 바라보았다. 남자는 잉그리드의 말을 이해하는 데 시간이 필요했다는 듯 그제야 천천히 그녀의 말을 옮기기 시작했다. 하르겔은 그의 말이 채 끝나기도 전에 고개를 절레절레 흔들며 말을 시작했다.

"아니, 시신도 더 발견되지 않았고 러시아인도 찾을 수 없었지."

남자는 중얼거리듯 몇 마디 덧붙인 하르겔의 말을 통역하며 독일군 장교가 아니라 러시아인 전쟁포로에 관한 것이라 설명했다. 잉그리드는 원하는 정보에 조금 더 가까이 다가갔지만 여전히 충분치 않다고 생각했다. 제자리에 가만히 선 채 배에 독일군들도 타고 있었냐고 혼잣말처럼 중얼거리듯 물었다.

"배? 무슨 배를 말하는 건가?"

"리겔호 말이에요."

"아, 맞아, 아주 많았지."

"많았다고요?"

"얼마나 많은가도 알아야 하나? 많았다고! 그것으로 충분하지 않나?"

잉그리드는 몸을 곧게 편 채 왜 그들이 자신을 때렸냐고 물어보았다. 통역을 하던 남자는 잉그리드의 말을 잘 알아듣지 못한 채 마구 화를 내며 리겔호의 생존자는 탈영병이든, 러시아인이든, 노르웨이인이든 그 누구를 막론하고 숨겨 주는 자는 사형에 맞먹는 중벌을 받는다고 말했다.

"탈영병이라고?"

보다 못한 바브로가 한 발짝 앞으로 나서며 소리쳤다.

"잉그리드는 그날 당신들에게 몹쓸 짓을 당했는지 알고 싶어
해요."

방 안에 작은 한숨이 돌았다. 통역을 하던 남자는 얼굴을 붉히
며 바브로에게 입을 다물라고 화를 냈다. 바브로는 개의치 않고 했
던 말을 되풀이했다. 남자도 붉으락푸르락하며 자신이 했던 말을
되풀이했다. 하르겔은 영문도 모른 채 두 사람을 번갈아 가며 쳐
다보기만 했다. 통역사는 그에게 돌아서서 마치 비밀을 공유하는
사람들처럼 무슨 말인가를 나직이 전했다. 표정이 밝아진 하르겔
은 잉그리드를 향해 돌아섰다.

"아, 임신했나 보지? 진심으로 축하하네."

두 발에 번갈아 힘을 주며 몸의 중심을 잡고 있던 잉그리드가
그 말에 소리 내어 웃기 시작했고, 하르겔의 미소를 띠고 있던 얼
굴은 걱정을 삼킨 표정으로 변했다.

"더 하고 싶은 말이 있나?"

"없습니다."

그가 고개를 끄덕이더니 체념한 듯 한마디 덧붙였다.

"그런데 당신은 참으로 아름다운 여인임에도 불구하고 왜 항상
넝마 같은 옷을 입고 있지?"

"그건 중요하지 않아요."

그가 갑자기 주위를 돌아보며 큰 소리로 말했다.

"간단하게 말하겠다. 이곳은 군대의 막사지 재판정이 아니다.
거기, 뒤에 있는 분은 무슨 용건으로 왔지?"

헨릭센에 관해 민원을 넣으려던 여인은 난민 구호소 때문에 자

신의 집이 피난민으로 가득 찼다고 말하며, 가족들이 지낼 방은 물론이고 끼니를 때울 음식도 충분하지 않다고 불평했다. 게다가 그녀는 남편이 로포텐에 있기 때문에 홀로 아이 세 명과 노모를 돌봐야 한다고 덧붙였다.

"마인 고트(Mein Gott, 맙소사)!" 하르겔이 쉰 목소리로 외쳤다.

잉그리드는 네 명씩 짝을 지어 차례차례 들어온 비쩍 마른 포로들이 살아 있다는 것을 증명하기라도 하듯 저울 위에 웅크리고 앉는 모습을 지켜보았다. 그리고 뒤를 잇는 독일어 숫자와 그것을 넷으로 나눈 숫자가 허공에 떠도는 것을 들었다. 문득 축축한 지푸라기 냄새와 땀, 경유, 축사 그리고 썩어 들어가는 청어 냄새가 난다고 생각했다. 겨울은 여전히 열린 문 사이의 대들보 위에서 꼼짝도 하지 않았다. 돈 몇 푼이 왔다 갔다 한 후에 포로 두 명이 대저울을 들고 눈 쌓인 바깥으로 가져가 트럭에 실었다. 다시 짐칸에 오른 잉그리드는 바브로의 옆에 앉아 트럭의 캡에 등을 기대고, 장갑 낀 손을 보이지 않는 배 위에 얹었다.

잉그리드는 전에도 아버지와 함께 마차를 타고 이곳에 온 적이 있었다. 그녀는 말 위에 앉아 있었고, 아버지는 마차를 몰았다. 다음 모퉁이에 장애물은 없는지, 길은 잘 보이는지 묻는 아버지의 목소리가 귓전에 들리는 것만 같았다.

뻣뻣한 하얀 말갈기를 꽉 잡고 있는 그녀는 아버지가 가는 길을 미리 확인하는 초소병 역할을 했다. 삐걱거리는 마차와 땀에 젖은 말의 엉덩이에 부딪히는 채찍 소리. 그해 여름의 기억은 그녀의 귓전에 대고 날이 무지 춥다고 말하는 바브로의 하얀 입김과 함께 허공으로 사라졌다.

잉그리드는 메마른 눈송이가 흩날리며 만들어 내는 장막을 통해 바닷가에 정박해 있는 작은 나룻배로 걸어가는 자신의 모습을 떠올렸다. 마치 도살당한 가축처럼 양쪽에서 하르겔과 헨릭센에게 부축을 받으며 담요를 어깨에 걸친 채 온몸을 바들바들 떨면서 눈물을 훌쩍이던 그녀는 12월 어느 날 오후 교역소로 옮겨졌다. 그녀를 돌보기 위해 호출된 사람은 제니였다. 그리고 다음 날 아침, 증기선에 오른 후로는 낯선 여인의 보살핌을 받았다. 연기 가득한 살롱의 축축한 온기 그리고 의사 에릭 팔크 요한네센과의 첫 대면. 의사는 고개를 삐딱하게 돌린 채 세 겹으로 겹쳐 입은 옷을 벗는 것도, 말하는 것도 거부하는 그녀에게 아무런 관심도 보이지 않았다.

왜 그녀는 말하기를 거부했을까?

잉그리드는 그때 입고 있던 옷이 자신의 옷이었는지 궁금해졌다.

문득 증기선에서부터 그녀를 보살펴 주었던 여인은 에바 소피에가 틀림없다는 생각이 스쳤다. 그녀는 두 명의 환자를 데려오기 위해 남쪽으로 다녀오는 길이었다. 에바 소피에는 증기선의 살롱 안에서 잉그리드의 손을 잡아 주었고, 객실에서 그녀와 함께 잠을 잤으며, 카레를 넣은 화이트소스에 담긴 생선 완자와 껍질을 벗기지 않은 채 으깬 감자 요리, 버터빵을 함께 먹었다. 구운 양파 냄새, 작은 볼트마다 전해지는 증기선의 떨림……. 에바 소피에에게는 잉그리드와 함께 지냈던 날이 다섯 주였지만, 기억을 잃은 잉그리드에게는 삼 주밖에 되지 않았다.

바브로는 짐칸에서 몸을 일으키려는 잉그리드를 만류했다. 문득 그녀의 귓전에 기억 속의 하르겔과 헨릭센이 말다툼하는 소리가 스쳤다. 한마디도 말하지 않으려는 그녀에게서 알아낼 것이 더 있을까. 그런 그녀를 살려둘 필요가 있을까. 결국 화를 참지 못한 하르겔은 검은색 고무 곤봉을 휘둘렀고, 그것은 헨릭센의 광대뼈를 가격했다. 그녀를 구해 준 사람은 바로 하르겔이었던 것이다.

잉그리드는 제니에게 성탄절 전 자신이 증기선에 오를 때 왜 깨끗한 옷으로 갈아입히지 않았느냐고 물었다.

"입고 있던 옷을 벗으려 하지 않았잖아요. 기억나지 않아요?" 제니는 미소를 지으며 대답했다.

맞아, 그랬지. 잉그리드는 그제야 기억할 수 있었다. 그럼에도 확인하고 싶었다.

"그 옷이 내 것이었나요?"

"네……."

"그날 나는 어땠어요?"

"글쎄, 그다지 보기 좋진 않았어요. 그래서 난 당신이 정신을 잃을 때까지 그들이 때렸다고 생각했어요……."

에바 소피에는 잉그리드가 증기선에서 내려 낯선 도시의 얼어붙은 땅에 내려올 수 있도록 도와주었고, 차에 태워 병원으로 데려갔다. 병원에 입원한 그녀는 한 번도 눈을 제대로 마주치지 않는 두 명의 여인과 함께 생활했으며, 그녀는 서류에 기재할 자신의 이름을 직접 또박또박 알려주었다. 그리고 훈훈한 샤워실과 하얀 침대보……. 흰머리가 희끗희끗했던 두 여인의 이름은 아다와 시그니였고, 그들 또한 전쟁의 희생자였다.

6

트럭이 상점 앞에서 멈추었다. 마르쿠스는 직원 두 명과 함께 대
저울을 가게 안으로 옮겼다. 여인들은 작별 인사를 나눈 후 제각
기 갈 길을 갔다. 잉그리드는 제자리에 가만히 서서 주위를 둘러
보았다. 바브로는 말없이 잉그리드를 기다렸다.

"편지를 써야겠어요." 잉그리드가 말했다.

"왜 갑자기⋯⋯?"

그들은 목사관으로 향하는 오르막길을 오른 후 서로의 옷에 묻
은 눈을 털어 주고 부엌문을 통해 안으로 들어가 이층으로 올라
갔다. 얼굴을 쑥 내밀던 사라가 잉그리드를 알아보고 다시 안으
로 뛰어 들어갔다.

부엌은 엉망진창이었다. 잉그리드는 '맙소사!'라고 외쳤고, 바
브로는 '젠장!'이라고 중얼거렸다. 그들을 발견한 안냐가 환한 미
소를 지으며 잉그리드에게 포옹을 건네더니, 잉그리드의 기분을
확인하려는 듯 그녀의 얼굴을 훔쳐보았다.

잉그리드는 안냐의 품에서 몸을 빼고 식탁 밑에 숨어 나오기를
거부하는 미켈과 깨진 포셀린 컵을 입에 물고 거실 문 앞에 서서
잉그리드를 바라보는 안테를 불렀다. 넬비와 군보르는 각자 의자

에 앉아 저녁 식사 후 남은 음식을 손으로 먹고 있었다. 낡은 빨간 모자를 쓰고 있는 넬비의 귓전에는 어느새 자란 짧은 갈색 머리카락이 삐죽이 나와 있었다.

잉그리드는 학교생활은 어떠냐고 물었지만 선생님이 병가 중이기 때문에 수업이 없었다는 대답을 들었다. 그녀는 안냐의 눈을 뚫어지게 바라보았고, 안냐는 어깨만 으쓱 추켜 보였다. 바브로는 몸을 굽혀 미켈을 바라보며 식탁 밑에서 무엇을 하느냐고 물었다. 아이는 두 손으로 얼굴을 가렸다. 엘렌이 달려와 장작 통 위에 앉아 있는 잉그리드의 무릎에 앉아 케이크가 더 있냐고 물었다.

"먹을 건 충분히 있잖니." 잉그리드는 식탁 위의 접시를 바라보며 말한 후, 엘렌을 안아 무릎에서 내려놓고 편지를 써야 하니 서재로 함께 가자고 말했다. 서재의 가죽 소파는 침대로 사용한 듯 침대보가 씌워져 있었다. 잉그리드는 서재에서는 누가 잠을 자냐고 물었다. 어느새 뒤를 쫓아온 사라가 자신의 방이 너무 추워서 엘렌과 함께 서재에서 잠을 잔다고 대답했다.

잉그리드는 아이들에게 커피를 끓여달라고 부탁했다. 두 소녀는 서로 멀뚱멀뚱 쳐다보기만 했다. 잉그리드가 어머니에게 부탁해 보라고 말하자, 두 소녀는 알았다는 듯 부엌으로 달려 나갔다. 잉그리드는 목사의 책상 앞에 앉아 종이와 펜, 잉크를 찾았다. '친애하는 에바 소피에, 나는 건강하게 집에 도착했습니다. 이제야 잃어버렸던 기억을 되찾았고, 그간 내게 베풀어 주었던 도움에 감사를 드리고자 편지를 씁니다. 증기선에서 내게 주었던 음식, 병실 내의 메모판 그리고 인내심을 가지고 끝까지 돌보아 주었던 당신의 친절함을 잊지 않겠습니다. 그건 그렇고, 증기선을 함께 타고 왔던 두 여인은 아다와 시그니였나요? 그들에게도 안부를 전해 주기를 바랍니다. 의사 에릭 팔크에게도.'

잉그리드는 그들을 잊지 않을 것이다. 이제는 조각난 기억들도 찾아볼 수 없었다. 하지만 여전히 옷에 관한 궁금증은 남아 있었다. 그것은 정말 그녀 자신의 옷이었을까. 그 옷을 찢어 버렸던 사람은 에바 소피에였을까. 그뿐만 아니라 자신을 폭행한 사람이 하르겔이 아니라고 짐작할 수 있지만, 헨릭센의 죄책감을 담은 충혈된 눈동자는 무엇을 뜻하는 것이었을까.

그녀는 편지를 봉투 안에 넣고 우표를 붙였다. 부엌으로 간 그녀는 선 채로 커피를 마시며 바브로와 함께 날씨와 그간 양에게 얼마만큼의 건초를 주었는지에 관한 가벼운 대화를 나누었다.

두 사람은 그날 밤 목사관에서 묵기로 했고, 잉그리드는 편지를 부치기 위해 마르고트의 가게에 다녀왔다.

잉그리드와 바브로는 저녁으로 먹을 음식을 만든 후, 방마다 차례차례 돌며 청소를 시작했다. 안냐, 요한나 마테아 그리고 두 명의 갓난아기 엄마들도 함께 청소를 했다. 남자 두 명은 관저에서 나가 통조림 공장에서 잠을 잔 지 꽤 오래되었다고 했다. 잉그리드는 요한나 마테아에게 소녀들의 방에 왜 불을 때지 않았는지 물어보았다. 요한나 마테아는 헨릭센이 땔감을 아껴 쓰라고 말했다고 대답했다. 잉그리드는 창고에 장작이 산처럼 쌓여 있고 불쏘시

개도 지난겨울 내내 건드리지 않았기에 땔감은 충분하니 방마다 불을 지피라고 말했다.

요한나 마테아는 당황스러운 표정을 지었다.

잉그리드는 자신이 말한 대로 하지 않으면 그녀에게서 집 열쇠를 빼앗고 밖으로 쫓아낼 것이라고 말했다. 요한나 마테아는 마지못해 알았다고 대답했으나, 땔감을 가져와 불을 지피는 일은 소녀들에게 시키라고 말했다. 그녀는 갑자기 생각난 듯 아기의 몸에 부스럼이 생겼다고 말하며 잉그리드에게 좀 봐달라고 부탁했다.

잉그리드는 약 6개월 정도 된 분홍색 뺨을 지닌 건강한 남자 아기의 맥박을 확인하고 이마를 짚어 본 후, 다행히 열은 없다고 말하며 아이를 바브로의 무릎 위에 내려놓았다. 바브로가 아기의 뺨을 살짝 꼬집자 아기가 눈을 뜨고 소리를 질렀다. 그 모습을 본 바브로는 만약 이 아기에게 문제가 있다면 그건 살이 쪄서 통통한 것뿐이라고 말했다.

아이들은 웃음을 터뜨렸다.

요한나 마테아는 웃지 않았다. 잉그리드는 헨릭센이 그곳에 자주 드나드는지 물어보았다. 요한나 마테아는 그가 자주 오지는 않는다면서 여운을 남기며 말을 얼버무렸다. 잉그리드는 헨릭센이 어떤 식으로든 그녀를 괴롭히지는 않는지 물어보았다. 요한나 마테아는 주위를 슬쩍 둘러보며 대답을 회피했다. 잉그리드는 만약에라도 무슨 일이 생기면 가만있지 않겠다고 말했다. 요한나 마테아는 잉그리드의 입장에서는 그런 말을 쉽게 할 수 있다고 말했다.

잉그리드는 그녀의 말을 반박하며 자신은 늙은 돼지 같은 헨릭센에게 빚을 진 것도 없고 거리낄 것도 없다고 단호하게 말한 후, 밤에는 항상 대문을 굳게 잠그라고 당부했다. 요한나 마테아는 대문을 잠그는 것은 금지되어 있다고 말했다. 잉그리드는 만약 자신이 말한 대로 하지 않으면 그녀를 이 집에서 쫓아내겠다며 협박하듯이 말했다. 요한나 마테아는 금방이라도 울 것 같은 표정으로 할 일이 있다며 등을 돌렸다.

잉그리드는 넬비를 거실로 데려가 그녀의 머리를 살펴봐도 되겠냐고 물었다. 넬비는 잉그리드가 그렇게 물을 것이라 미리 짐작했는지 스스럼없이 직접 모자를 벗었다. 잉그리드는 새로 자란 머리카락 밑에 자리한 혹을 만져 보면서, 넬비의 두상이 예쁘기 때문에 적어도 실내에서는 모자를 벗고 다니는 게 좋겠다고 권했다. 넬비는 자신의 머리가 왜 다른 아이들과는 다른 형태를 지니고 있는지 궁금해했다. 잉그리드는 거기까지는 알지 못하지만 사람마다 제각기 다른 형태의 두상을 지니고 있다고 말한 후, 머리카락이 자라면 설사 두상이 예쁘지 않다고 하더라도 겉으로 표가 나지 않는다고 덧붙였다. 또한 머리와 모자를 항상 청결하게 유지해야 머리카락이 빠지지 않는다고 말하는 것도 잊지 않았다.

넬비는 잉그리드의 말을 곰곰이 되새겼다.

잉그리드는 넬비에게 아픈 데는 없냐고 물어보았다.

넬비는 아픈 곳은 없다고 대답했다.

잉그리드는 양모 실 한오라기를 찾아 넬비의 짧게 자란 머리에 리본을 만들어 묶어 준 후, 얼른 현관에 있는 큰 거울로 가 보라고 권했다. 넬비는 재빨리 거실에서 나가 거울을 보고 되돌아왔다. 잉그리드는 거울을 보니 어떠냐고 물었다. 넬비는 예쁘게 보인다고 말했다.

그들은 다시 부엌으로 돌아왔고, 잉그리드는 바브로에게 노래를 불러달라고 청했다. 바브로는 수줍어하며 잉그리드가 이전에는 한 번도 노래를 불러달라고 부탁한 적이 없다고 말했다. 잉그리드는 놀란 표정으로 바브로를 바라보았다. 바브로는 노래를 부르려 하지 않았지만, 사라가 손뼉을 치며 노래를 원한다는 듯 분위기를 주도했다. 다른 아이들도 고개를 끄덕이며 동조했다. 바브로는 등을 돌려 노래를 시작했다. 노래는 끝이 났지만 아무도 그 노래가 끝이 났는지 알지 못했다. 요한나 마테아는 눈을 치켜뜬 채 주위를 둘러보며 박수를 치라고 말했다. 바브로는 행주를 거머쥐며 그러지 않아도 된다고 수줍게 말했다. 하지만 모두들 큰 소리로 박수를 쳤고 바브로의 얼굴은 발갛게 달아올랐다. 넬비는 더 이상 집 안에서는 모자를 쓰지 않았다.

그들은 서재에서 침대보를 거두어들이고 남자들이 사용했던 방을 깨끗하게 청소한 후, 그날 밤을 목사관에서 보냈다.

다음 날 아침, 잉그리드는 아이들을 데리고 학교에 갔지만 정말 안냐가 말한 대로 선생님이 병가를 냈기 때문에 수업이 취소되었다는 사실을 알게 되었다. 관저로 되돌아온 그녀는 요한나 마테아에게 매주 그곳에 와서 아이들이 학교에 잘 다니는지 확인하겠다며 농담처럼 말했다. 그 순간 잉그리드의 머릿속에 무언가 잘못되었다는 불길한 생각이 스쳤다. 마치 지난겨울 바뢰이 섬에서 있었던 일처럼 눈으로 직접 볼 수 없지만 분명히 느낄 수 있었다. 그녀는 넬비에게 자신과 함께 섬에서 지내지 않겠냐고 물어보았다.

안냐와 요한나 마테아는 구호소의 허가도 받지 않고 잉그리드 마음대로 그런 일을 결정할 수 있는지 의아해했다.

넬비는 잉그리드와 섬에서 함께 지내겠다고 말했다.

넬비와 군보르가 함께 사용하던 포대 속에서 그들이 공유해 왔던 소지품을 나누기는 쉽지 않았다. 잉그리드는 섬에 가면 평상복은 물론, 특별한 날에만 입는 멋진 옷도 충분히 있으니 섬으로 가는 동안 추위를 견딜 수 있을 만큼의 옷만 입고 가도 된다고 말했다. 넬비는 군보르와 함께 가도 되냐고 물었고, 잉그리드는 그래도 된다고 대답했다. 하지만 군보르는 관저에서 계속 사라와 함께 지내고 싶다고 말했다. 넬비는 그 말을 듣고도 크게 개의치 않는 것 같았다.

잉그리드는 식료품을 구입하러 가는 길에 넬비의 손을 잡아야 할지 고심했다. 넬비는 잉그리드의 생각을 알아차리기라도 한 듯 먼저 그녀의 손을 잡고 놓지 않았다. 가게 안에서는 물론 물건값을 지불하기 위해 마르고트의 계산대 앞에 서 있을 때도 마찬가지였다. 마르고트는 살짝 이맛살을 찌푸리더니 잉그리드의 귀에 대고 나직이 귓속말을 했다. 그녀의 말을 잘 알아듣지 못한 잉그리드는 좀 더 크게 말해 보라고 말했다.

마르고트는 계속 찌푸린 표정으로 잉그리드에게 창고로 따라오라고 말했다. 잉그리드는 넬비의 손을 바브로에게 건네주고 마르고트의 뒤를 따라 진열대 사이로 발을 옮겼다. 마르고트는 어떻게 알았는지 잉그리드가 말름베르게트 목사에게서 받은 돈을 얼른 써야 할 것이라고 말했다. 조만간 세상이 뒤바뀔 것이라면서. 마르고트는 요새로 식료품을 배달하는 그녀의 아들뿐만 아니라 라디오에서도 그런 말을 들었다고 했다. 만약에 세상이 뒤바뀌면 현금은 아무런 가치가 없는 종잇조각으로 변할 것이라고도 했다.

잉그리드는 주저하며 생각에 잠겼다.

마르고트는 팔짱을 끼며 잉그리드가 지난 몇 년 동안 고생을 많이 한 건 잘 알지만 단 한 번도 그녀가 멍청하다고는 생각지 않았다고 말했다.

잉그리드는 마르고트의 말이 속임수일지도 모르고, 어떤 확실치 않은 이유로 건네는 과분할 정도의 좋은 조언일지도 모른다고 생각했다. 둘 중에 어느 쪽이 되든 진실을 알아내기 위해 서두를 필요는 없다고 결심한 잉그리드는 몸을 돌렸다. 마르고트는 가게를 나서는 잉그리드의 등에 대고 소리쳤다.

"곧 그들이 모든 것을 압수해 갈 거야! 기억하라고! 내 말을!"

그들은 나룻배에 올라타고 조용히 내리는 눈송이 사이로 노를 젓기 시작했다. 문득 이번에도 고양이를 입양해 온다는 것을 깜박 잊었다는 것을 깨달았지만, 대신 넬비를 데려왔다는 것을 떠올린 그들은 누가 먼저라고도 할 것 없이 소리 내 웃기 시작했다. 배에서 내린 그들은 양에게 먹이를 주고 잉그리드가 어릴 때 사용하던 방을 넬비에게 내주었다. 새 옷과 잉그리드가 쓰던 갖가지 물건을

넬비에게 보여 주는 데는 하루 종일이 걸렸다. 저녁이 되자 그들
은 바다에 후릿그물 두 개를 쳤다.

3월은 1년 중에서 가장 쓸모없는 달이다. 사람들은 떠오르는 해를 보며 봄이 왔다고 생각하지만, 3월의 햇빛은 남은 겨울의 그림자를 더욱 명백하게 조명할 뿐이다. 4월도 마찬가지다. 어쩌면 4월이 더욱 교활한 달인지도 모른다. 하지만 4월에는 적어도 여기저기서 검은머리물떼새가 지저귀는 소리를 들을 수 있다. 하늘과 암초 위에서도 갖가지 새소리를 들을 수 있다. 겹겹이 껴입은 스카프와 양말도 하나하나 벗어 던질 수 있으며, 갈색 풀이 듬성듬성한 땅에는 퉁퉁한 양들이 거닐며 풀을 뜯을 수도 있다. 하지만 사람들의 얼굴에 미소가 떠오르자마자 보란 듯 눈이 내리기도 한다. 속았다며 투덜투덜 불평을 하는 사람들은 1월보다 더 춥다며 몸을 떨지만, 그럼에도 불구하고 스카프를 한 장 한 장 내 벗어던지며 봄을 꺼낸다.

지난겨울 포로들의 옷이 걸려 있던 생선 건조대에도 물고기가 하나둘 모습을 드러냈다. 건조대에 생선을 올려놓았던 이들은 바로 스카르스보그에서 온 삼 형제였다. 잉그리드는 정상적이고 평범한 모습이 과거의 모습을 억누르지 않고서도 제자리를 찾을 수 있다는 것을 깨달았다. 앞만 가리키는 시계와 시간은 이제 그녀의 편이었다.

3월 초에 섬에 온 삼 형제는 스웨덴 선착장이라 부르는 곳에 머물렀다. 그들은 그곳에 따로 마련된 난로에 불을 지폈고, 식사는 본채에 와서 했으며, 예전에 섬에 머물던 스웨덴 노동자들이 남긴 옷가지들을 사용했다. 비록 그들은 잉그리드와 바브로보다 훨씬 더 험한 환경 속에서 자랐지만, 목수이자 아직은 어린 티를 벗지 못한 사람들이었기에 나룻배와 낚시 등 바뢰이섬의 환경에 적응하는 데 시간이 걸렸다. 하지만 그들은 험한 바다에 잘 적응해 나갔다. 새로운 일을 매우 빨리 배웠으며 단 한 번도 춥다고 불평하지 않았다.

잉그리드는 처음에는 그들과 함께 다니며 어디에 후릿그물을 치고 어디에 미끼를 놓아두면 좋은지 가르쳐 주었다. 바브로는 그들에게 그물을 수선하고 미끼를 끼우는 법을 가르쳐 주었다. 한쪽 눈의 시력을 잃은 맏형 아르네는 어떻게 하면 생계를 연명할 수 있는지 본능적으로 잘 아는 것 같았다. 그는 형제들이 끝까지 견딜 수 있다면 언젠가는 꼭 함메르페스트로 함께 되돌아갈 것이라고 말했다.

스베레와 헬메르는 그들의 고향은 스카르스보그이며 함메르페스트는 단지 부모님이 묻힌 곳이라고만 생각했다.

"그들이 스카르스보그를 전혀 기억하지 못하는 건 아닐까?"

"그렇지 않아요."

"그런데 왜 그럴까?"

아르네는 기억을 더듬었다. 이웃과 친척들, 여름이면 발치에 녹색을 머금는 거뭇거뭇한 깎아지른 산. 잉그리드가 무덤덤한 반응을 보이자 그가 곁눈질로 그녀를 흘끔 쳐다보았다. 잉그리드는 그들이 원한다면 바뢰이에서 계속 살아도 된다고 말하며, 이제 마르쿠스의 조언을 따라 수중에 있는 돈으로 수년 동안 교역소의 바람막이 처마 밑에 방치되어 있던 판자 더미를 사들일 계획이라고 덧붙였다. 그 판자들은 교역소와 통조림 공장을 잇는 가건물을 짓는 데 사용될 예정이었으나, 교역소의 책임자를 잘 알고 있는 잉그리드는 그런 일은 일어나지 않을 것이라 확신했다. 그녀는 이미 판자를 구입할 의향을 전했으나 책임자는 그녀의 오퍼를 두 번이나 거절했다. 하지만 잉그리드는 그가 언젠가는 그녀의 제안을 받아들일 것이며, 그날이 가까워지고 있다는 것을 알았다. 그녀는 판자를 사들여 카르비카의 집을 재건할 생각이었다. 쓰러져 가는 폐허에서 다시 사람이 살 수 있는 버젓한 집으로 바꾼 다음, 그간 두려움과 미신 때문에 미루어 왔던 일도 시도해 보리라 마음먹었다. 그것은 바로 사촌 라스에게 바뢰이로 되돌아오라고 편지를 쓰는 일이었다. 이미 오래전에 보내야 했지만, 그녀의 내면에 숨어 있던 이유를 알 수 없는 반항심과 에릭 팔크가 가끔은 감사히 여겨야 한다고 말했던 망각 때문에 미루어 왔다. 이제 잉그리드는 용기를 내어 볼 생각이었다. 용기를 낸다는 것은 포기하는 행위의 일부이기도 했다.

하늘이 맑은 어느 날, 잉그리드는 말비카의 아돌프가 보관하고 있는 나룻배를 가져오기 위해 아르네와 함께 노를 저어갔다. 아르네는 몰란즈비카에서는 노동의 대가를 전혀 받지 못했을 뿐 아니라 끼니를 연명하기도 어려웠다면서, 바뢰이에서는 대가를 받을 수 있을 것인지 잉그리드에게 넌지시 물어보았다.

잉그리드는 그가 거의 한 달 내내 이 질문을 던지기 위해 고심해 왔다는 것을 잘 알고 있었다. 그녀는 미소를 지으며 모두 언젠가는 일을 한 대가를 받을 것이라고 말했다. 제철이 오기 전에 때를 잘 맞추어 생선을 팔면 돈을 벌 수도 있다고도 덧붙였다. 마르고트의 상점 창고에는 여전히 식료품들이 산더미처럼 쌓여 있으며, 지금과 같은 전쟁 시에는 그 물건들이 돈으로 환산할 수 없는 가치를 지니고 있다는 것을 잘 알고 있다고도 말했다.

아르네와 그의 형제들은 합당한 대가를 받을 것이다.

물새의 알을 모아 팔거나, 오리털을 팔아도 될 것이다. 최소 1년에서 최대 10년까지 잘 저장하고 손질한 후에 팔아야 하는 오리털은 그 가격이 최대치에 도달했을 때를 기다려 적절한 때에 팔아야 한다. 잉그리드의 아버지는 오리털로 만든 이불의 가격이 어떻게 변하는지 잘 알고 있었다. 이제 잉그리드도 아버지 못지않게 시장 가격에 관해서 잘 알고 있다. 세상의 모든 물건은 그것을 만드는 사람이 받는 돈과 시장에서 형성되는 가격이 일치한 적이 단한 번도 없었다.

아르네는 잉그리드의 말을 모두 이해하는 것 같았다.

잉그리드는 그에게 무슨 생각을 하고 있는지 물어보았다.

아르네는 노를 젓는 데만 집중하며 입을 열려 하지 않았다. 생각에 잠긴 그를 바라보던 잉그리드는 그들 형제가 언젠가는 핀마르크로 되돌아가리라는 것을 확신했다.

그의 눈동자는 이제 더 이상 붉은빛을 띠지 않았다. 잉그리드는 불투명한 유리 조각 같은 그의 눈동자를 읽을 수 있었다. 그녀는 핀마르크에는 남아 있는 것이 없을 것이라고 말했다. 그는 잉그리드의 말대로라면 전쟁은 곧 끝날 것이고, 지금은 아무런 가치가 없는 돈이라 할지라도 손에 쥐고 있다면 전쟁 후에 고향에 되돌아가 무너진 집을 재건할 수 있을 것이라고 말했다.

잉그리드는 전쟁의 종결은 단지 희망 사항에 불과할 뿐이라고 말했다.

"그렇군요." 아르네는 굵직한 팔을 움직이며 계속 노를 저었다.

잉그리드는 형제들의 생일이 언제인지 물어보았다. 그는 잉그리드에게 그런 건 왜 묻냐고 되물었다.

"아무것도 아니야. 그냥⋯⋯."

그들이 바뢰이에 돌아오기 직전, 잉그리드는 아르네에게 카르비카의 집을 재건할 수 있는지 물어보았다. 그가 그 일을 잘할 수 있을 것이라 믿고 있으며, 당연히 그 대가도 충분히 지불하겠다고 말하자 그가 되받아치며 물었다.

"아무런 가치도 없는 돈으로 지불하시려고요?"

잉그리드는 그의 말에 웃음을 터뜨렸다.

잉그리드는 올해 봄에 거의 웃지 않았다. 소리 내어 웃는 일은 더 더욱 없었다. 넬비가 드리우는 조용하고 수수께끼 같은 그림자 때문이었다. 일주일 이상을 바뢰이섬에 머무르던 넬비는 대부분 침묵을 지켰고, 잉그리드가 그녀의 손을 잡고 군보르가 보고 싶지 않느냐는 질문을 던져도 아니라고만 대답했다. 잉그리드는 학교가 다시 문을 열어도 그녀를 목사관에 되돌려 보내지 않겠다고 결심했다. 그녀를 바뢰이섬으로 데려올 때와 마찬가지로 설명할 수 없는 이유 때문이었다.

넬비의 머리는 길고 풍성하게 자랐다. 잉그리드는 그녀의 머리를 감겨 주고 빗질해 준 후 총총 땋아 주었다. 넬비는 이제 모자 대신 스카프를 쓰고 다녔다. 그녀의 입술은 가늘었고 하얀 치아는 가지런하고 예뻤지만, 콧잔등 위에 자리한 푸르스름한 자국은 잉그리드가 못 본 척 애를 쓰면 쓸수록 점점 더 선명해졌다.

바브로는 넬비가 이상하다고 말했다.

잉그리드는 전혀 이상할 것이 없다고 반박했지만, 머릿속으로는 다른 생각을 했다. '넬비는 나와 똑같아요. 안 보여요? 정말 모르겠어요? 바보 같으니라고……'

그들은 수리한 벽시계의 시곗바늘을 임의로 맞추어 지냈다. 세 시가 되면 넬비와 함께 잉그리드의 낡은 교과서를 읽었고, 네 시가 되면 알파벳을 썼으며, 다섯 시가 되면 조개 그림을 그리거나 바닷가로 나가 조개껍질을 주워 모았다. 잉그리드는 조개껍질이 섬에서 찾아볼 수 있는 가장 아름다운 것이지만, 이상하게도 조개껍질보다 더 가치 없는 것도 찾아볼 수 없다고 말했다. 넬비는 참으로 이상하다며 맞장구를 쳤다.

넬비는 생각했던 것보다 훨씬 음식을 적게 먹었지만, 바브로가 요리한 음식을 좋아한다고 말했다. 그녀는 핀마르크 형제들이 뭍으로 가져온 생선들을 받아 배를 가르고 내장을 꺼내 손질한 다음 잉그리드와 함께 건조대에 널어 말리는 일도 함께했다. 하지만 그녀는 어떤 일이든 혼자 할 때보다 누군가의 도움이 있을 때 훨씬 더 잘 해냈다. 또한 숫자와 글자를 읽고 쓰는 데 발전을 보이긴 했지만, 잉그리드는 여전히 그녀에게 물어보고 싶은 것이 너무나 많았다. 부모님을 기억하는지, 시르케네스에서 함메르페스트로 갈 때의 여정을 기억하는지, 한낮에도 방에 들어가 자고 싶은지. 잉그리드는 넬비의 행동에서 일종의 게으름을 보았지만 화를 내지는 않았다. 그것이 게으름이 아니라 무기력함이라는 것을 이해하고 있었다. 그녀의 무기력함이 더욱 심해질수록 잉그리드의 잃어버렸던 기억도 조금씩 더 선명하게 자취를 드러냈다. 그녀가 병원에 도착했을 때 입고 있던 옷에는 찢어지거나 해진 자국이 없었다는 것도 기억해 냈다. 누가 그런 세세한 것들을 기억할 수 있을까. 사실 잉그리드 자신도 원하는 만큼 확실한 대답을 얻을 수 없는 것은 마찬가지였다. 그 와중에 넬비의 콧잔등에 나타난 푸르스름한 자국은 봄이 늦어질수록 점점 더 선명해졌다.

잉그리드는 밤낮으로 넬비를 보살필 수 있도록 밤에도 북쪽 방에서 함께 자야겠다고 결심했다. 넬비를 병원에 데려갈 생각도 없지 않았지만 당장 실행에 옮기지는 않았다.

참솜깃오리들은 뭍으로 뒤뚱뒤뚱 올라왔고, 커다란 갈매기들은 그해 첫 번째 알을 품었다. 잉그리드와 넬비는 갈매기 알을 주워 물을 담은 양동이나 모래를 채운 나무통 속에 모았다. 넬비는 이 일을 좋아했다. 알을 손에 쥐면 따스한 온기를 느낄 수 있었기 때문이었다. 잉그리드는 시도 때도 없이 넬비의 머리를 쓰다듬으며 언제 혹이 사라질지 궁금해했다.

어느 날 넬비는 뜬금없이 부모님이 모두 세상을 떠났다고 말했다.

잉그리드는 무슨 말을 되돌려주어야 할지 몰랐다. 부모님이 돌아가신 것은 어떻게 알았는지 묻자 넬비는 보일 듯 말 듯한 미소만 지었다. 그들은 썰물로 바닥이 드러난 서쪽 해안에서 슬레이트 판을 가져와 깨끗하게 씻은 다음 그것으로 참솜깃오리를 위한 둥지를 만들었다. 슬레이트 두 장은 벽이 되었고 한 장은 지붕이 되었다. 지붕 위에는 뗏장을 덮었고, 둥지 안에는 작년에 거두어들인 바짝 마른 잔디를 채워 넣었다. 다음 날 아침, 넬비는 침대에 누운 채 숨을 거두었다.

잉그리드는 넬비의 몸이 싸늘하게 식을 때까지 그 옆에 누워 있었다. 바브로가 들어와 이제 악취가 나기 시작할 것이라며 소리를 질러도 꿈쩍하지 않았다.

잉그리드는 전에도 그런 일을 경험해 보았기에 잘 알고 있었다. 가까이 있던 누군가가 죽었을 때 자신의 삶을 지속하는 것은 불가능하다는 것을. 저녁 무렵에야 일어난 그녀는 방에 들어오려는 사람들을 모두 밖으로 쫓아내고 직접 넬비를 안고 아래층으로 내려가 깨끗하게 몸을 닦아 주었다. 어린아이의 하얀 몸. 그녀는 자신이 어렸을 때 입었던 옷을 넬비에게 입혀 주었다. 아르네와 그의 형제들은 밤새 관을 만들었고, 관 속의 넬비는 바닷가 교회 묘지에 있는 잉그리드의 조부모 옆에 묻힐 때까지 정고 안의 가대 위에 임시로 머물렀다. 마을에는 장례를 진행할 성직자가 없었기에 핀마르크 출신의 나이 많은 선장이 그 일을 대신했다.

이상하게도 그날따라 유난히 눈부신 햇살 아래, 루카스 바라 선장은 쉴 새 없이 기침을 하며 은혜의 아름다움과 삶의 저주에 관해 이야기했다.

그들은 십자 비석에 '넬비 바뢰이'라고 쓰려고 했다. 알고 보니 '아르볼라'라는 이름은 넬비의 것이 아니라 군보르의 것이었고, 헨릭센의 서류에는 넬비의 성은 물론 생년월일도 적혀 있지 않았다. 그 때문에 그들은 넬비가 떠난 날짜도 적지 않기로 했다. 비석에는 그해의 연도와 낯선 땅에 넬비가 잠들어 있다는 문구만 자리를 잡았다.

어찌 보면 넬비도 전쟁의 희생자라고 할 수 있었다. 아니, 그것은 의심의 여지가 없는 확실한 사실이었고, 모두 그렇게 생각했다. 그 때문에 침묵을 지키며 관을 둘러싼 채 서 있는 사람들은 눈물로 표현할 수 있는 슬픔보다 더 깊은 심각함에 젖어 들었다. 하지만 헬메르는 예외였다. 그는 보통의 사람들처럼 눈물을 흘렸다. 그는 넬비가 생선 손질을 못한다고 자주 놀리곤 했었다. 하지만 그것은 그들이 비슷한 나이 또래였고, 지금은 존재하지 않는 것 같은 지역 출신의 아이들이었기 때문이다. 바랑거피오르 옆의 바드쇠에서 온 선장 바라도 자신의 고향에 관해 몇 마디 늘어놓았다. 그곳에서는 핀란드인과 노르웨이인들이 수백 년 동안 이웃처럼 사이좋게 살아왔으며, 자신의 몸에도 두 나라 사람의 피가 섞여 있다고 말했다. 그가 뜬금없이 자신이 아는 그리스 단어 하나가 있다고 말하자, 그의 입에서 핀란드 단어가 나오리라 예상했던 사람들은 의아한 표정을 지었다. 그가 말한 단어는 천사라는 의미의 '앙겔로스(angelos)'였다. 어떻게 보면 그날 입 밖으로 내어진 말 중에서 가장 중요한 말이기도 했다. 상실의 땅에 어려 있는 어두운 기억으로 말을 마친 그는, 관 속의 넬비가 흙 속에 묻혀 하늘로 오르는 여정을 따라가 보자고 덧붙였다. 사람들은 울음을 그치지 않는 헬메르를 위로했지만, 그는 형들의 등 뒤에 몸을 숨긴 채 위로를 거부했다. 아르네는 사람들에게 헬메르를 가만히 두라고 말했다. 그들은 장례식이 끝난 후 두 척의 나룻배를 나누어 타고 바뢰이섬으로 되돌아갔다.

8

넬비의 죽음으로 살아 있는 사람들은 삶을 이어 나가는 데 큰 어려움을 겪었다. 비록 그들은 각자의 삶을 문제 없이 살아내고 있다고 생각했지만 말이다. 넬비의 죽음은 남아 있는 모두에게 그 어느 것과도 비교할 수 없는 깊은 개인적인 상실감을 가져다주었다. 그 때문에 그들은 매일 느지막이 침대에서 일어났으며 집 안팎을 어슬렁거리기만 할 뿐 아무것도 하지 않았다. 식사도 매번 그저 그랬다. 바브로도 영향을 받았기 때문이었다. 그들은 남은 음식이나 식어 빠진 음식으로 배를 채웠고, 봄과 평화를 향한 잃어버린 희망에 다시 몸을 맡겼다.

그즈음에 잉그리드는 새로운 잠의 세계를 발견했다. 이불과 이불 사이에서 새로운 생명과 함께 누워 있는 동안, 그녀는 쉴 새 없이 꿈을 꾸었다. 어렴풋이 반짝이는 이미지와 기억 조각들이 눈앞을 떠도는 동안 심지어 미소를 짓는 일도 있었다. 눈을 뜬 상태에서도 마치 꿈을 꾸듯 변기 위에 앉았다가 다시 침대로 돌아왔다. 마치 수면과 죽음 사이에서 사랑이 피어날 수 있도록, 그럭저럭 견뎌낼 수 있는 나쁘지 않은 꿈속으로 다시 빠져들었다.

생기를 되찾은 바브로가 이곳에 있는 사람들을 모두 망쳐 버릴 생각이냐고 물었을 때 잉그리드는 경멸하듯 말없이 등을 돌렸고, 어느 날 아침 스베레가 그녀의 방에 허겁지겁 뛰어 들어올 때까지 꼼짝도 하지 않고 잠을 잤다. 스베레는 발갛게 달아오른 흥분된 얼굴로 양이 건강한 새끼를 세 마리 낳았으며 수컷은 한 마리도 없다고 말했다.

잉그리드는 여전히 눈을 감은 채 알려줘서 고맙다고 말한 후, 일어나서 옷을 입어야 되니 방을 나가 달라고 부탁했다. 그는 여전히 발갛게 달아오른 얼굴로 제자리에서 꼼짝도 하지 않았다. 잉그리드는 자리에서 일어나 천천히 옷을 입은 후 앞장서서 아래층으로 내려왔다. 스베레는 형제들과 조금도 닮지 않았다. 말이 많고 항상 생기가 넘쳤으며 젊은이나 노인이나 상관없이 주변 사람들의 기운을 북돋아 주고 나쁜 말이라곤 입 밖에도 내지 않는 청년이었다. 외모로 봐도 형제들과 전혀 닮지 않았다. 다른 형제들의 눈동자와 머리카락은 짙은 색이었지만, 그의 눈동자는 옅은 색이었다.

새끼 양을 살펴본 잉그리드는 바브로와 함께 어미 양의 젖에 관해 이야기를 나눈 후, 섬의 남쪽으로 발을 옮겼다. 귀에서는 쉴 새 없이 윙윙거리는 소리가 사라지지 않았고, 햇살의 온기는 느낄 수 없었다. 문득, 넬비와 함께 만든 오리 둥지를 발견한 그녀는 그 속에 오리들이 자리를 잡았다는 것을 발견하고 올해 봄은 풍요롭다고 생각했다.

그녀는 바브로에게 되돌아가 오리 둥지에 오리들이 모두 자리를 잡은 적이 있냐고 물었다. 바브로는 기억을 더듬어 볼 노력도 하지 않은 채 기억나지 않는다고 말했다. 잉그리드는 적어도 자신의 기억 속에는 올해처럼 빈 둥지가 하나도 없었던 때는 없었다고 말했다.

그녀는 지난번보다 음식을 조금 더 많이 먹은 후에 스베레에게 오늘은 형제들과 바다에 나가 고기를 잡는 대신 노를 저어 자신을 스탕홀멘으로 데려다 달라고 말했다. 아르네는 그들이 바다에 나가지 않은 지 일주일도 넘었다고 말했다. 잉그리드는 이제 바다에 나갈 때가 되었다고 말했다. 스베레는 잉그리드의 제안에 매우 기뻐했다. 하지만, 나룻배에 오른 잉그리드는 스베레와 함께 앞쪽에 앉는 대신 홀로 뒤쪽에 자리를 잡고 앉았다. 귀울림은 여전했고, 그토록 오래 기다려 왔던 햇살과 반짝이는 바닷물 때문에 눈이 부셨다.

잉그리드는 스베레에게 다시 핀마르크로 돌아가고 싶냐고 물었다.

열 두 살의 스베레는 그렇다고 대답했다.

스탕홀멘에 도착한 그녀는 토마스와 잉가가 키우던 양 두 마리와 갓 태어난 새끼 양 두 마리, 새것처럼 보이는 쟁기와 건초를 묶는 와이어를 구입했다. 잉그리드는 그들 부부에게 가지고 있는 현금이 있다면 얼른 써야 한다고 조언했다. 토마스는 마르고트에게 이미 들어 알고 있는 이야기라고 말하며, 아들 아틀레가 곧 그들을 데리러 올 것이라 덧붙였다. 그들은 아틀레와 함께 잉그리드가 한 번도 들어보지 못한 육지의 낯선 도시로 가서 남은 삶을 살 것이라고 말했다. 그리고 떠나기 전에 잉그리드의 손을 한 번 잡아

보고 떠날 수 있어 기쁘다고도 했다.

잉그리드도 잉가의 손을 잡아 쥐었다.

집으로 돌아가는 길에 스베레는 다시 노를 저었고, 여전히 이명에 시달리던 잉그리드는 잔잔한 바다를 바라보며 옷을 훌훌 벗어 던지고 벌거벗은 몸으로 똑바로 서 볼까도 생각해 보았다. 하지만 그것은 잠시 스쳐 지나가는 생각에 불과했다. 그녀는 저 멀리 뭍에 서서 손을 흔드는 노부부를 보는 순간, 문득 자신이 사랑하던 러시아 청년, 레닌그라드 출신의 엔지니어인 알렉산더가 이미 죽었다는 것을 깨달았다. 그래, 그는 독일군의 손에 죽었을 것이 틀림없었고, 그녀는 다시 그를 볼 수 없을 것이다.

그녀는 목이 터져라 소리를 질렀다. 암양 한 마리가 깜짝 놀라 바닷물 속으로 뛰어 들어가려 발을 버둥거렸다. 잉그리드는 얼른 양의 머리를 감싸안고 자신의 무릎에 파묻고 입 밖에 내기에는 수치스러운 말들을 나직이 중얼거렸다. 스베레는 그녀의 말에는 귀를 기울이지 않고 노만 저었다. 집에 도착한 잉그리드는 그날도 왜 포기하지 않고 견뎌냈는지 이해할 수 없다고 생각했다.

그녀는 스베레의 형제들이 바다에서 잡아 온 물고기들을 보았다. 아르네는 후릿그물 네 개가 더 필요하다고 말했다. 그녀는 바브로에게 부탁해 보겠다고 말한 후, 형제들에게 생선 손질을 마치면 스탕홀멘으로 가서 나룻배에 자리가 없어 실어 오지 못한 쟁기를 가져와 달라고 했다. 집 안으로 들어간 그녀는 이층으로 올라가 여전히 계속되는 이명을 견뎌내며 잠을 청했다. 갖가지 꿈을 꾼다고 하더라도 현실을 견뎌내는 것보다는 훨씬 쉬울 것 같았다. 알

듯 말 듯한 얼굴에 어리는 미소, 하지만 그 얼굴은 꿈을 꿀 때마다 달랐으며, 미소는 사라졌다가 되돌아오기를 반복했다. 그녀는 이제 더 이상 잠이 은신처가 될 수 없다는 것을 깨달았다.

그럼에도 그녀는 침대에서 일어나지 않았다.

그녀는 눈을 뜬 상태에서 누운 채로 썩어 들어가고 있었다. 어느 날 아침, 낯선 존재가 그녀의 침대 가장자리에 앉았다. 수잔이었다. 북동쪽 창틀에 내려앉은 황금빛 햇살로 미루어 보아 저녁 무렵인 것 같았다. 아니, 어쩌면 이른 아침일지도 몰랐고, 그녀가 침대에 거꾸로 누워 있는지도 몰랐다. 그녀는 몸을 일으켜 주위를 둘러보았다.

수잔은 젊었고 놀랄 만큼 아름다웠다. 그녀의 아름다움은 한마디로 설명할 수 없는 것이었다. 왜 사람들의 시선이 그녀에게 머무르는지 설명하는 것도 불가했지만, 그녀는 항상 이처럼 이해할 수 없는 아름다움을 발산하는 존재였다. 하지만 지금 그녀는 매우 지쳐 보였고 근심으로 가득 차 있었다. 윤기가 잘잘 흐르는 삼베 색의 곱슬머리, 두 입술과 앞으로 삐죽 튀어나온 덧니에 묻은 립스틱, 노란 꽃과 녹색 가지를 수놓은 하얀 원피스. 잉그리드는 그녀에게 미소를 건넸다.

"왔구나?"

그래, 마침내 수잔이 집에 온 것이다.

"히틀러가 죽었대."

방 안에는 낯선 존재가 하나 더 있었다. 일고여덟 살 정도로 보이는 남자아이였다. 정갈한 여행용 옷차림에 견진 성사를 받을 때나 신는 낮은 굽의 반짝이는 구두. 금발 머리를 가지런히 빗어 넘긴 그의 얼굴에는 어머니와 마찬가지로 근심이 어려 있었다.

"얘는 프레드릭이야." 수잔이 말했다.

"안녕, 너는 누구니?" 잉그리드가 프레드릭에게 미소를 건네며 말했다.

프레드릭은 의아한 표정으로 어머니를 바라보았다. 하지만 수잔은 잉그리드의 사투리를 아들에게 설명해 줄 생각이 없는 것 같았다. 저 멀리서 망치 소리가 들려왔다. 잉그리드는 은은한 햇살이 새어 들어오는 창을 바라보며 그것이 무슨 소리인지 물어보았다.

"청년들이 집을 짓고 있더라." 수잔은 자신이 어릴 때 사용했던 방을 둘러보며 말했다. 잉그리드가 어머니의 역할을 하고, 수잔은 잉그리드의 딸로 살았던 그 시절.

"건축 자재가 도착했나 보지?" 잉그리드가 물었다.

"집을 짓기 시작한 걸 보니 그렇겠지. 그런데 왜 하필이면 카르비카에 집을 지으려고 해?"

수잔이 못마땅한 듯 눈동자를 휘휘 굴렸다. 잉그리드가 자리에서 일어났다. 스베레가 그녀를 깨웠을 때와는 달리 이번에는 옷을 입고 있었다. 속옷 위에 원피스를 걸쳐 입은 그녀는 자신의 옷이 수잔의 옷보다 훨씬 볼품없다는 것을 깨달았지만 개의치 않았다. 두 사람은 함께 아래층으로 내려갔다. 부엌에서 분주히 움직이던 바브로는 그들에게 환한 미소를 보내며, 수잔이 집에 도착한 후 자신에게 포옹을 건네주었다면서 그녀의 뺨을 살짝 정겹게 꼬집었다.

잉그리드는 수잔의 포옹을 받지 못했다.

대도시의 전화교환소에서 일했던 수잔은 전국 곳곳의 사투리는 물론 특이한 목소리도 흉내 낼 수 있었다.

"현재 상황을 고려한다면 잉그리드가 침대에만 누워 있는 것도 충분히 이해할 수 있어요."

그녀는 '매혹적', '어머나' 그리고 '통밀빵' 같은 생소한 단어를 사용했지만, 가끔은 주변 환경의 영향을 받아 평범한 섬 사투리를 내뱉을 때도 있었다. 바브로는 폴란드산 도자기에 커피를 따랐다. 수잔은 기억 속의 커피잔을 대번에 알아보고 작은 신음 소리를 내며 불빛 아래로 잔을 들어 올렸다. 마치 걱정이 되기라도 하듯 이맛살을 한껏 찌푸려가며 잔을 이리저리 찬찬히 살펴보던 그녀는 다른 이들이 알아듣지 못하는 말을 나직이 중얼거렸다.

잉그리드는 수잔의 어머니인 제제니가 수잔과 그녀의 오빠인 펠릭스와 함께 섬에 정착했을 때 선물로 준 것이라고 말했다. 수잔은 그 일은 기억하지 못한다면서 잔을 식탁 위에 내려놓았다. 그리고 자기도 선물을 가져왔다며 자리에서 일어나 잉그리드가 처음 보는 여행 가방을 열었다. 커피 4킬로그램, 실리콘 주걱, 다리미 두 개가 식탁 위에 자리를 잡았다. 다리미 하나는 전기를 사용하는 것이었다. 수잔은 자신이 기억하는 한 바뢰이섬에는 여인들만 사는데도 불구하고 다리미가 하나도 없었다고 말하며 웃음을 터뜨렸다.

잉그리드는 바뢰이는 물론 본섬에도 전기가 들어오지 않지만, 다리미의 전선은 선박의 삼각 뒷돛대에 연결된 밧줄 사다리와 비슷하게 생겨 예쁘다고 말했다. 수잔은 전선이 필요 없다면 가위로 잘라 내고 다리미를 오븐으로 데워 사용하면 된다고 했다. 그러면 바브로와 잉그리드는 각자의 다리미를 가질 수 있게 될 것이다. 수잔은 실리콘 주걱을 꺼내 사용법도 가르쳐 주었다. 그녀가 가져온 선물 중에서 가장 인기가 좋았던 것은 바로 실리콘 주걱이었다.

수잔은 화기애애한 분위기가 이어지는 가운데 빨간 매니큐어를 칠한 손을 들어 올려 얼굴로 가져간 후, 그간 바뢰이를 얼마나 그리워했는지 모른다며 날씨가 좋으면 잉그리드와 함께 섬을 한 바퀴 둘러보고 싶다고 말했다. 그동안 프레드릭은 바브로와 함께 있어도 되지 않을까?

잉그리드와 바브로는 눈빛을 교환했고, 소년은 도시에서 가져온 버터 비스킷을 먹었다. 잉그리드와 함께 걷던 수잔은 마당을 채 벗어나기도 전에 오열을 닮은 울음을 터뜨렸다.

"세상에! 이토록 황폐하리라곤 생각도 못 했어!"

잉그리드는 아연실색해 할 말을 잃은 채 수잔을 바라보았다.

"세상에!" 그녀의 말은 심장에서 우러나오는 것이었다. "이렇게 끔찍하리라곤 상상도 못 했어. 내 기억 속의 바뢰이는 이렇지 않았는데……."

잉그리드도 바뢰이섬이 크고 멋진 섬이라고 단 한 번도 생각해 본 적이 없었지만, 수잔의 눈으로 바라본 섬은 그녀에게도 경악으로 다가왔다. 어쩌면 그것은 수잔의 말에 영향을 받아 그녀의 내면에 격렬하고 갑작스러운 변화가 일어났기 때문일 수도 있었다. 그녀는 수잔의 얼굴과 빨간 손톱에서 등을 돌린 채 카르비카 언덕으로 발을 옮겼다. 아르네, 헬메르, 스베레는 본체를 세울 땅 위에 벽기둥을 세우고 있었다. 삼 형제가 입고 있는 작업복은 잉그리드의 아버지와 삼촌이 사용하던 것으로 여기저기 헤진 곳을 여러 번 수선한 것이었다. 그들은 집터에 이전부터 자리하고 있던 구멍 뚫린 돌멩이를 하나하나 분리한 후 수평을 맞추어 재정비한 후 지지대로 사용했고, 여기에 더해 새 볼트도 박아 넣었다. 아르네와 그의 형제들은 의문이 담긴 표정으로 잉그리드를 쳐다보았다. 잉그리드는 이미 그들이 집터 주변의 잔디들을 납작하게 밟아 놓아 사람이 다닐 수 있는 샛길을 만들어 놓았다는 것을 깨달았다. 언뜻 그곳에는 이미 사람이 살고 있는 것처럼 보이기도 했다. 잉그리드는 허리를 굽히고 두 손으로 벽기둥을 감싸안은 채 있는 힘을 다해 움직여 보려 했으나 그것은 꼼짝도 하지 않았다.

9

바뢰이는 이제 더 이상 황폐한 섬이라고 할 수 없었다. 남쪽 방에서 홀로 잤던 수잔은 아침이 되자마자 눈을 떴고, 잉그리드가 어렸을 때 사용했던 방에서 잠을 잤던 프레드릭은 여전히 눈을 뜨기 전이었다. 프레드릭이 사용했던 침대는 불과 얼마 전에 누군가가 숨을 거두었던 곳이었지만, 아무도 그 이야기는 입 밖에 내지 않았다.

수잔의 미국식 여행 가방 속에는 바뢰이섬과 바다에서 사용하기에는 어울리지 않은 옷들이 대부분이었고, 그녀의 얼굴에는 여전히 이유를 알 수 없는 근심이 어려 있었다. 그녀는 죽은 사람들 사이에서 유일하게 살아 있는 사람이었고, 어느 한순간에는 예의를 갖춘 표준어를 사용하는 도시 여인이었다가 다른 한순간에는 카르비카의 건축 공사에 관해 지역 사투리를 써가며 이것저것 참견하는 시골 여인이었다. 그녀는 생선을 손질하고, 그물을 수선하고, 이미 오래전에 깎았어야 하는 양털을 깎았다. 이제 그들은 함께 앉아 깎은 양털을 포대에 넣으며, 지나가는 말투로 그것을 팔면 얼마를 받을 수 있을까 나직이 대화를 주고받았다. 현금으로 대가를 받을 수 있을까. 어쩌면 팔지 않고 보관해 두며 추이를 지켜보는 게 낫지 않을까.

　수잔은 손에 밴 양털 냄새를 맡으며 팔지 않고 집에서 직접 사용하는 게 오히려 더 큰 가치가 있을 것이라면서 눈물을 뚝뚝 흘렸다. 바브로와 잉그리드는 그녀의 눈물을 못 본 척했다. 그들은 수잔이 섬에서는 어디에도 쓸모없는 전형적인 도시 아이 프레드릭과 대화를 나눌 때면 말없이 앉아 미소만 지었다. 프레드릭은 물고기가 무엇인지, 배가 무엇인지, 바다와 참솜깃오리가 무엇인지 일일이 설명해 주어야 하는 소년이었다. 문제는 그가 이런 것들에 전혀 관심을 보이지 않는다는 것이었다. 그는 어머니의 설명이 끝나기도 전에 다른 이들에게는 너무나 생소하고 낯선 일들을 하자고 조르기도 했고, 스카르스보그 형제들이 잡아 온 물고기들의 배를 갈라 내장을 꺼내라고 시키는 어머니의 말에 마치 연극을 하듯 부끄러움이라곤 조금도 내보이지 않은 채 얼굴을 찡그리기도 했다. 동시에 수잔은 삼 형제에게 물고기의 내장을 꺼내는 일은 뭍에 도착하기 전, 바다에서 해야 하는 일이라고 질책했다. 삼 형제는 그녀의 말에 조금도 개의치 않고 미소만 지었다.

　그들은 잡아 온 물고기들을 광주리에 넣어 뭍에 올렸다. 언뜻 보기에도 꽤 많은 양이었다. 삼 형제는 밧줄 사다리를 타고 올라와 어머니의 체념 섞인 설명을 들어가며 어설픈 손놀림으로 칼질을 하는 프레드릭을 놀란 눈으로 바라보았다. 잉그리드는 수잔의 오빠인 펠릭스도 섬에 처음 왔을 때 프레드릭처럼 거의 아무것도 하지 못했다고 말했다.

　"펠릭스 오빠, 기억하니?"

"아니, 기억이 나지 않아."

"맞아, 네가 어떻게 기억할 수 있겠니." 잉그리드는 미소를 지으며 말을 이었다. "그때 넌 세 살에 불과했고 겨우 걸음마를 시작했으니까."

"난 그것도 기억나지 않아." 수잔은 헬메르의 가슴을 손가락으로 쿡쿡 찔러가며 이제부터는 그가 자기 아들에게 일하는 법을 가르쳐줘야 한다고 말했다.

헬메르는 아르네를 쳐다보았고, 아르네는 고개를 끄덕였다. 헬메르는 약 3킬로그램 정도 되는 대구와 칼을 집어 들었다. 생선의 눈알에 왼쪽 집게손가락을 꾹 찔러넣고 엄지손가락으로 턱뼈 아래를 누른 후, 하얀 뱃살이 드러나도록 돌려놓고 프레드릭에게 물고기의 피를 빼내는 방법을 가르쳐 주었다. 물고기의 피는 바다에서 빼고 내장을 걷어 내고 손질하는 것은 뭍에서 해도 된다고 했다. 그런 다음 생선의 목 밑으로 뾰쪽한 칼끝을 약 1인치 정도 밀어 넣고 항문까지 칼집을 냈다. 물고기의 갈라진 뱃속에서 쏟아져 나온 내장들이 가느다란 실 같은 핏줄에 매달려 대롱대롱 움직였다. 그가 아가미뼈를 잘라 내고 도마 가장자리에 툭툭 쳐 목을 꺾고 다시 칼집을 넣어 머리를 완전히 잘라 내고 버린 후, 남은 물고기의 몸체를 마치 승리의 깃발처럼 번쩍 들어 올렸다. 손가락 두 개로 여전히 매달려 있는 내장의 일부를 훑어낸 그는 잉그리드에게 간을 원하냐고 물었다. 잉그리드는 봄에는 빨간색 간을 먹지 않는다며 사양했다. 헬메르는 프레드릭에게 말릴 목적의 생선은 목까지 칼집을 넣어 납작하게 펼치면 안 된다고 말했다. 그리고 도

마 위에 이미 손질되어 있던 비슷한 크기의 생선들과 함께 그물
로 칸막이를 쳐 놓은 양동이 속에 쓸어 담은 후, 생선들의 꼬리를
두 마리씩 한데 꿰어 들어 올리고 재빨리 서너 차례 연달아 무게
를 재었다. 잉그리드는 그것들을 이미 오래전에 말렸어야 했다고
말했다. 지금은 생선을 말리기에는 기온이 높은 데다 껍질을 벗길
수도 없다고도 했다.

"혹시 행구는 걸 잊어버린 건 아니겠지?" 수잔이 끼어들었다.

헬메르는 얼굴을 붉히며 양동이에 생선들을 넣어 물이 빨갛게
물들 때까지 슬렁슬렁 행구었다. 그 모습에 모두 웃음을 터뜨렸
다. 프레드릭도 함께 웃었다.

"프레드릭, 이제 네 차례야. 헬메르, 이 아이에게 물고기의 혀
를 자르는 법도 가르쳐 줘. 오늘 저녁에는 생선 혀를 구워 먹을 테
니까."

수잔의 말에 프레드릭이 웃음을 멈추고 의아한 표정을 지었다.

하지만 헬메르는 물론 삼 형제 중에 물고기의 혀를 어떻게 잘라
야 하는지 아는 사람은 아무도 없었다.

잉그리드는 지난겨울 이후 처음으로 새 선착장으로 발을 옮겼
다. 너덜너덜한 슬레이트 지붕을 통해 창백한 하늘을 올려다본
후, 수잔이 네 명의 젊은 세대들에게 물고기의 혀를 제대로 잘라
내는 방법을 보여 줄 수 있도록, 물에 젖은 자국 외에는 아무런 흔
적도 찾을 수 없는 돌바닥 한구석에서 징이 여러 개 들어 있는 상
자를 밖으로 내어갔다.

잉그리드는 감동을 받은 듯 미소를 지었다.

"수잔은 칼을 쓰는 데 능숙하지."

그들은 각자 대구를 한 마리씩 들어 올려 머리에 징을 박고 입을 쫙 벌려 펼친 다음, 수잔이 가르쳐 준 대로 물고기의 혀가 코끼리 코처럼 축 늘어질 때까지 반원형의 칼집을 넣었다. 모두 그럭저럭 잘 따라 했다. 물고기의 눈알에 손가락 찔러넣기를 주저하는 바람에 물고기를 손에서 놓쳐 버렸던 프레드릭도 어머니의 도움을 받아 결국에는 성공할 수 있었고, 다른 이들보다 훨씬 더 큰 칭찬을 받았다. 왜냐하면 그는 핀마르크 형제들이 자주 그러하듯 서두르느라 한쪽에만 칼집을 넣어 재빨리 일을 해치우기보다 시간이 좀 걸리더라도 양쪽에 모두 칼집을 넣고 완벽하게 일을 해냈기 때문이었다.

잉그리드는 제자리에 가만히 서서 생선 손질을 마치고 건조대에 널기 위해 움직이는 그들을 지켜보았다. 마치 장전된 폭탄처럼 안절부절못하며 선착장 주변을 돌아다니던 그녀는 발을 멈추고 주위를 둘러보았다. 그곳에는 비릿한 생선 냄새, 짭짤한 바다와 타르 냄새, 썩은 미역 냄새밖에 나지 않았다. 온갖 썩어 들어가는 것들의 보금자리. 그녀의 새하얀 시선은 텅 비어 있었고, 무덤덤했다.

그녀는 아르네에게 지붕을 수리할 수 있냐고 물었다. 재료는 충분히 있으며 지붕 사다리도 있었다. 단 그것은 거센 바람 때문에 고정대에서 벗어나 저 멀리 잔디밭에 있었다. 그녀가 생선 혀가 들어 있는 상자를 들어 올리는 순간, 바브로가 건조대를 향해 소리쳤다.

"건조대 위쪽 끝에도 생선을 걸어!"

누군가가 그녀의 사투리를 알아듣지 못하는 프레드릭을 위해 번역해 주었다.

"받침대를 밟고 올라가면 되잖아!" 잉그리드는 귓전에 묻은 바브로의 목소리와 함께 집으로 발을 옮겼다.

바깥에서는 일이 진척되는 것 같지 않았지만, 적어도 웃음소리는 가끔 들을 수 있었다. 새 선착장을 둘러본 후 다시 기운을 얻은 잉그리드는 그녀를 떠나려 하지 않는 넬비의 그림자에 관해 곰곰이 생각해 보았다. 그녀가 아는 사람 중에서는 넬비와 같은 삶을 산 사람도 없었고, 넬비와 같은 죽음을 맞이한 사람도 없었다. 부엌에 서서 견딜 수 없는 또 다른 하루를 억지로 견뎌 내며 감자를 삶고 대구 혀를 굽는 등 저녁 식사를 준비하던 잉그리드는 문득 넬비의 삶에 관해서 아는 것이 하나도 없었다는 것을 깨달았다. 그녀가 아는 것은 오직 넬비의 죽음뿐이었다. 바로 이러한 사실 때문에 잉그리드는 평생 넬비의 그림자를 떨쳐낼 수 없을 것이라 생각했다. 설사 넬비의 그림자가 자취를 감춘다고 하더라도, 어느 날 갑자기 무자비한 후회와 놀라움 또는 잉그리드의 어두운 내면보다 훨씬 크고 중요한 그 무언가의 모습으로 되돌아오리라는 것도 잘 알고 있었다. 하지만 잉그리드는 지금 이 순간만큼은 부엌에 투명하게 홀로 서 있을 수 있었다. 잉그리드는 겨울을 내보내고 봄을 맞아들이기 위해 열어 놓은 창을 통해 바브로의 목소리를 들으며, 하얀 밀가루를 묻혀 마가린으로 구운 대구 혀를 접시 위에 반으로 겹쳐 빙 둘러 놓았다. 잘 구워진 대구 혀가 접시 위에 완벽한 원을 그리며 자리를 잡았을 때, 때마침 감자도 다 삶아져 있었다.

10

바뢰이는 침묵의 땅이었다. 어른들은 아이들에게 무엇을 해야 할지 말로 설명하지 않고 행동으로 보여 주었고, 아이들은 어른들을 흉내 냈다. 핀마르크 청년들도 바뢰이 사람들과 크게 다르지 않았다. 그들의 깊은 지혜는 말이 아니라 손과 발에 담겨 있었다. 반면 드릴을 왜 망치로 두드려야 하는지 묻는 프레드릭에게 제대로 대답할 수 있는 이는 없었다. 단지 '이렇게'라고 말하며 말과 글자로 성취할 수 없는 것들을 직접 보여 줄 뿐이었다.

들리는 말에 의하면 프레드릭은 피아노를 배웠다고 한다. 그에게 바뢰이에 어울리지 않는 요소가 하나 더 늘어난 셈이었다. 하지만 바브로는 피아노가 매우 아름다운 악기라고 말했다. 병원에 있을 때 피아노 연주를 들어 보았고 교회에도 오르간이 있다고 아는 척을 했고, 그 또한 손을 사용해 이루어낼 수 있는 작업이라며 프레드릭의 편을 들어 주었다. 하지만 바로 다음 날 프레드릭은 온몸이 흠뻑 젖은 채 집 안으로 뛰어 들어와 어머니의 무릎 위로 몸을 던졌다.

"세상에, 이게 무슨 일이니." 수잔이 말했다.

"저 형이 때렸어요!" 소년이 소리를 꽥 질렀다.

"어떤 형? 누구 말이니?"

"저 사람 말이에요, 저 사람!"

그는 자신을 뒤쫓아 들어와 마치 죄수들처럼 일렬로 나란히 서 있는 핀마르크 삼 형제를 가리켰다. 프레드릭에게 손찌검을 한 사람은 그에게 일을 가르쳐 주기로 했던 헬메르였으나, 프레드릭을 바닷물 속으로 던진 사람은 삼 형제였다. 아르네는 어쩔 수가 없었다고 혼잣말처럼 중얼거렸다.

수잔은 불같이 화를 내며 그들에게 손찌검하려는 듯 벌떡 몸을 일으켰지만, 잉그리드는 이유부터 먼저 알아보자며 그녀를 만류했다.

프레드릭은 설명하기를 거부하며 울기만 했다. 그의 눈은 눈물로 퉁퉁 부어 있었다. 수잔이 삼 형제를 다그치자 그들은 주저하며 프레드릭이 일을 하기 싫어서 망치와 연장을 바닷속으로 던져 버렸기 때문이라고 설명했다.

프레드릭은 망치와 두 개의, 아니, 세 개의 볼트를 일부러 바닷속으로 던져 버린 게 아니라 손에서 놓쳐 바닷물 속에 빠트린 것이라 소리를 질렀다. 핀마르크 삼 형제는 재판정에 선 세 명의 병사처럼 일렬로 나란히 서서 침묵만 지켰다. 프레드릭은 울음을 멈추고 기대에 가득 찬 눈빛으로 마치 판결을 기다리는 듯 어머니 수잔을 쳐다보았다.

"넌 헤엄을 칠 수 있잖니." 수잔이 말했다.

설거지를 하던 바브로가 킥킥 코웃음을 쳤다. 다른 이들은 표정 하나 변하지 않은 채 가만히 상황을 지켜보았다.

"하지만 난 잠수할 수가 없었어요!"

"넌 잠수도 잘하잖아."

"물이 너무 차가웠단 말이에요!"

"쓸데없는 소리! 네가 바닷물 속에 연장을 던졌다면 그걸 가져와야 하는 사람도 바로 너야. 이리 와!"

그녀는 아들을 질질 끌며 밖으로 데리고 나갔다. 다른 이들은 그들의 뒤를 따라 언덕을 오른 다음 카르비카 쪽으로 내려갔다. 바브로는 여전히 코웃음을 킥킥 웃으며 발을 옮겼다. 헬메르는 새 방파제가 들어설 곳에 불쑥 튀어나온 바위 하나를 가리켰다. 프레드릭은 애원하는 표정으로 어머니를 쳐다보았다. 하지만 햇살은 빛을 발했고, 자비는 찾을 수 없었다. 그는 마지못해 해초 사이로 발을 옮겼지만, 발목이 물속에 잠기기도 전에 소리를 질렀다.

"너무 차가워요, 물이 너무 차갑단 말이에요……."

아르네는 무거운 한숨을 내쉬며 잉그리드를 바라보았다. 잉그리드가 고개를 끄덕였다. 그는 장화를 벗고 상의를 벗어 던진 후, 프레드릭을 옆으로 밀치고 바닷물 속으로 뛰어들었다. 수면에서 사라진 그는 한동안 보이지 않았다.

저 멀리 푸른 바닷물 속에서 날갯짓을 하는 한 마리 새처럼 움직이던 그가 다시 자취를 감추었고, 잠시 후 수면 위로 모습을 드러낸 그는 손에 망치를 쥐고 있었다. 볼트는 찾지 못한 것 같았다. 기어오르듯 뭍으로 되돌아온 그는 해초 더미 사이에 서서 바닷가의 학교란 학교에선 모두 볼 수 있는 레오나르도 다빈치의 해부도면 모델처럼 근육과 힘줄만 남은 몸을 부들부들 떨었다. 입술은 새파랗게 얼어붙어 아무 말도 하지 못했다. 잉그리드는 가져온 담요를 그에게 덮어 주며, 형제들에게 그의 몸에 피가 돌 수 있도록 마구 때리라고 말했다.

그들은 아르네의 입술에 핏기가 돌고, '젠장, 이제 그만해!'라고 소리칠 때까지 크고 작은 주먹질을 장난처럼 퍼부었다. 아르네는 그들이 지켜보는 가운데 젖은 몸을 닦고 담요로 벗은 몸을 감쌌다. 그곳에 모여 있던 이들은 핀마르크 삼 형제가 납작하게 밟아 만든 카르비카의 작은 샛길을 걸어 다시 집으로 되돌아왔다. 삼 형제를 제외하고 평상시 거의 찾지 않는 그 길을 걷는 동안, 그들의 가슴은 언젠가는 현실의 저주에서 벗어날 수 있으리라는 아련한 희망으로 부풀어 올랐다. 문득 아들을 바보 멍청이라고 부르는 수잔의 목소리가 귓전을 스쳤다.

잉그리드는 발을 멈추고 수잔을 쏘아보았고, 수잔은 시선을 내리깔며 말했다.

"알았어, 알겠다고."

수잔은 아들의 앞에 서서 총총걸음을 걷기 시작했다. 모두들 '어릿광대, 머저리'라고 말하는 그녀의 목소리를 들을 수 있었다.

하지만 그것이 무슨 뜻인지 아는 사람은 아무도 없었다.

그날 저녁 정원의 남쪽에서 양을 돌보던 잉그리드에게 아르네가 다가와 카르비카 앞바다에 조난을 당한 배 한 척이 물속에 잠겨 있는 것을 보았다고 말했다.

잉그리드가 그를 쳐다보며 왜 그 말을 다른 사람들이 듣지 않는 때를 골라 자기에게만 알려 주는지 물어보았다. 그는 어깨만 으쓱 추켜 보일 뿐이었다.

"시력에 문제가 있는 것 같진 않네."

아르네는 비록 한쪽 눈을 잃어버렸지만 남은 한쪽 눈의 시력은 나쁘지 않다고 말했다. 하지만 바닷물 속에서 망치는 찾아냈지만 볼트는 찾지 못했다고 주저하며 덧붙였다. 잉그리드는 괜찮다고 그를 위로한 후 자신은 그 자리에 서 있을 테니 그에게는 잔디 속에 웅크려 앉아 몸을 숨기라고 했다. 혹여나 집 안에 있는 사람들이 창을 통해 볼 수도 있으니까.

그는 그녀가 시키는 대로 했다.

그녀는 바닷물 속에 잠겨 있는 배가 어떤 배인지, 어디서 온 배인지, 또 그 배로 인해 어떤 일이 있었는지 그에게 자세히 이야기해 주었다. 병원에 있을 때 운이 좋았던 순간들처럼, 또 바브로에게 모든 것을 털어놓았을 때처럼 무덤덤하게 이야기하던 그녀는 끝내 가장 중요하다고 할 수 있는 것은 입 밖에 내지 않았다. 사랑. 그것은 그녀가 했던 말이 아니라 의사가 했던 말이기에 그랬던 것일까. 그녀는 그날 자기가 했던 말은 다른 이들과는 전혀 상관없는 것이니 아르네에게 혼자만 알고 있으라고 당부했다.

아르네는 고개를 끄덕였다. 언뜻 그는 잉그리드가 무언가를 숨기고 있다는 것을 알아챈 것 같았지만, 절반의 비밀에 초대받은 것만으로도 만족하는 것 같았다. 그의 눈빛을 살피던 잉그리드는 그가 그녀의 결혼 여부 및 아이의 아버지에 대해 궁금해한다는 것을 눈치챘다. 그도 그럴 것이 그녀의 배는 마치 카르비카 앞바다에 잠겨 있는 배와 깊은 관련이 있다는 것을 암시라도 하듯 산처럼 불러 있었기 때문이다. 잉그리드는 그가 무슨 말을 하기도 전에 재빨리 몸을 돌려 집을 향해 걷기 시작했다.

11

아르네가 얼음처럼 차가운 바닷물에서 신화 속의 파우누스처럼 솟아올랐을 때, 섬에는 변화가 일어나기 시작했다. 항상 제멋대로 돌아가던 커다란 벽시계의 째깍이는 소리와 함께 그해 겨울 마지막 눈이 녹색 새싹 위에 내려앉았다가 불과 몇 분 만에 사라졌다. 타르 칠을 하고 허공에 배를 드러내고 엎어져 있던 나룻배는 따가운 햇살을 피하기 위해 방수포를 덮어써야 했다. 은밀하게 살그머니 다가오던 봄은 이제 여름을 흉내 내기라도 하듯 갑자기 다가와 사람들의 목덜미에 무자비하게 내려앉았다.

새 건물의 한쪽 벽이 세워졌고, 감자를 심을 밭은 새 쟁기로 갈아야 했다. 아르네와 바브로가 쟁기를 끄는 동안 다른 이들은 갈색의 축축한 흙 위에 허리를 굽히고 가을에 수확할 작물의 씨를 뿌렸다. 그들은 야외에서 음식을 먹고 커피를 마시기도 했다.

프레드릭은 항상 최선을 다했지만 여전히 다른 이들의 눈에는 충분치 않았다. 참솜깃오리들과 양들을 보살피던 잉그리드는 말린 생선에 벌레가 생길까 봐 걱정했고, 수잔은 아르네를 대놓고 유혹하기에 주저하지 않았다. 그녀는 아르네가 한쪽 눈만으로도 새 옷을 차려입은 자신을 잘 볼 수 있는지 물었고, 또는 여자처럼 긴 아르네의 머리를 잘라 주겠다고 말하기도 했다.

잉그리드는 두 사람을 위해 자리를 피해 주려 언덕으로 올라 갔지만 바람을 타고 들려오는 그들의 대화는 피할 수 없었다. 아르네는 벽에 걸쳐 둔 사다리 위에 서 있었고, 수잔은 사다리 밑에 서서 위를 향해 큰 소리로 말했다. 잉그리드는 처음으로 스카르스보그 삼 형제 중 맏형의 얼굴에 미소가 어리는 것을 보았다. 그는 다음 주면 열일곱 살이 된다고 했다. 그래, 그는 마침내 생일이 언제냐고 물었던 잉그리드의 질문에 대답을 했던 것이다. 잉그리드는 생일을 챙기는 것이 매우 중요하다고 생각했다. 생일이 없는 사람은 없다. 그녀는 그들의 생일을 수첩에 적어 놓았다. 수잔은 얼마 전에 스물두 살이 되었고, 프레드릭은 곧 일곱 살이 될 예정이었다. 수잔은 아들이 일곱 살이 되기도 전에 글자를 읽을 수 있었다고 말했다.

봄을 맞은 사람들이 각자의 자리에 서 있을 때, 마치 성경의 민수기에 나오는 엄청난 굉음이 하늘에서 울려 퍼졌다. 눈 쌓인 검은 산은 육지에서 떨어져 나와 미끄러지듯 천천히 잔잔한 피오르 바닷물 속으로 움직였다. 언뜻 그것은 교역소에서 나온 것처럼 보였으나 알고 보니 시도 때도 없이 본섬 안쪽 해안에 정박되어 있던 증기선이었다. 목적지 없이 떠도는 것처럼 보이는 증기선의 돛대뿐 아니라 파이프와 난간, 뱃머리에는 마치 성탄절 장식처럼 노르웨이 깃발이 펄럭였다. 증기선에서 쉴 새 없이 울려 퍼지는 굉음에 놀란 양들과 새들은 사람들과 함께 바뤼섬에 서서 지금까지의 그 어떤 존재들보다 더 용기를 낸 듯 바뤼이를 향해 천천히 다가오는 거대한 증기선을 말없이 바라보았다. 증기선의 난간에 빼곡하게 서 있는 사람들은 모자를 벗어 들고 마치 섬 주민들을 놀리기라도 하듯 마구 손을 흔들었다. 광기와 해돋이가 자리한 배 안의 모습은 정신을 잃을 정도로 술에 취한 사람들의 잔치를 보는 것 같았다. 그날은 바로 5월 10일이었다(제2차 세계대전 당시 노르웨이는 1940년 6월 10일 나치 독일에 점령당했고, 1945년 5월 8일 해방되었다.—옮긴이).

꼼짝하지 않고 제자리에 가만히 서 있던 바뢰이 주민들은 방금 그들이 본 것이 무엇인지 제대로 이해하지 못했지만 서서히 사라져 가는 증기선이 남긴 격렬한 여운에 젖어 들었고, 배가 사라진 후에야 손을 흔들기 시작했다. 한참 손을 흔들던 그들은 갑작스레 민망해져서 하나둘씩 슬쩍 손을 내렸다. 하지만 그들이 보았던 것이 일종의 계시였다는 사실에는 틀림이 없었다. 섬 전체의 분위기는 밝게 변했고, 사람들은 더 분주히 움직였으며 말도 많아졌다. 잉그리드는 얼른 집으로 뛰어 들어가 망원경을 가지고 나왔다. 거대한 증기선은 수평선 속으로 사라져 창백한 달 아래 검은 점이 되었다.

그날 이후 바뢰이섬은 침묵과 고립에서 벗어났다. 사람들은 무슨 일이 있었는지 정확히 이해하지 못했음에도 불구하고 곧잘 서로의 말에 끼어들며 수다를 떨었고, 바브로는 양을 도축해 오랜만에 고기를 먹어 보자고 소리쳤다.

사람들은 잉그리드가 미처 정신을 가다듬기도 전에 환호했고, 잉그리드도 결국 이에 동참할 수밖에 없었다. 양은 도살당해 사지가 분리되었으며, 식탁을 둘러싼 그들은 음식을 먹으며 마치 겨울과 전쟁이 동시에 끝나 하늘과 땅이 변하고 새로운 가능성이 그들을 찾아오기라도 하듯 쉴 새 없이 수다를 떨었다.

배불리 음식을 먹은 그들은 수잔이 후식을 내오기를 기다렸다. 수잔은 그것을 디저트라고 불렀고, 다른 이들은 그것을 수프라고 불렀다. 사실 그것은 사고(sago, 야자나무의 열매에서 얻어지는 전분―옮긴이) 낟알과 건포도가 들어 있는 붉은 색의 수프라고 해도 틀린 말은 아니었다. 잉그리드의 시선은 벽을 따라 언젠가 그녀의 아버지가 가져온 삼각형의 돛대 그림으로 향했다. 그 순간 그녀는 소리 없는 눈물을 폭포수처럼 흘렸다. 이유를 아는 사람은 없었다. 그녀조차도 왜 눈물이 흐르는지 알지 못했다. 아르네는 잉그리드가 또 넬비 생각을 했기 때문이라고 말했다.

수잔은 식탁 위에 수프를 내려놓으며 넬비가 누군지 물었으나 아무도 대답하지 않았다.

그녀는 다시 넬비가 누군지 물으며 국자로 수프를 떠서 사람들의 접시에 나누어 주었다. 잉그리드는 자리에서 일어나 마치 아르네가 그녀의 아들이라도 되는 듯 그의 어깨에 한 손을 살짝 올렸다가 보슬비가 내리는 바깥으로 나가 가장 나이가 많은 양과 함께 나란히 앉았다. 그녀는 양에게 '레아'라는 이름을 붙여 주었다. 성경 속의 여인 레아는 항상 동생의 그림자에 묻혀 살았지만 결국에는 은총을 받고 동생보다 더 많은 자녀를 얻었다. 축축한 양털에 한동안 얼굴을 묻었던 잉그리드는 다시 집 안으로 들어가 젖은 얼굴을 닦고 식탁에 앉아 다른 이들과 함께 증기선이 의미하는 바가 무엇인지 토론하기 시작했다. 그들의 웃음소리에서는 이전과 달리 긴장감이라곤 전혀 찾아볼 수 없었다.

하지만 잉그리드는 자신이 넬비를 떠올렸다던 아르네의 말을 머릿속에서 떨칠 수가 없었다. 그녀가 넬비를 생각했던 것은 사실이었지만, 그녀의 내면 깊은 곳을 흔들었던 생각은 바로 레닌그라드에서 온 엔지니어의 생사에 관한 것이었다. 그녀는 어쩌면 그가 살아 있을지도 모른다고 생각했다. 아니, 살아 있어야 한다고 생각했다. 지금 그녀의 몸속에 있는 새로운 생명과 함께. 뱃속의 발길질을 느낀 그녀는 이제 다시는 눈물을 흘리지 않겠다고 다짐했다.

12

교역소로 가기 위해 나룻배에 오른 잉그리드는 주저하며 아르네에게 노를 넘겨주었다. 그녀는 담요를 어깨에 걸치고 배를 감싸 쥔 채 나룻배의 뒤편 가로장 위에 앉았다. 그것은 특별하고 이상한 여행이었다. 왜냐하면 바뢰이 사람들은 어떤 목적 없이 노를 저어 섬 밖으로 나가지 않는데, 그날은 섬에 남아 있던 사람들도, 노를 젓는 청년조차도 그 여행의 목적을 알지 못했기 때문이다. 프레드릭도 그 여행에 동참했다. 아르네가 동생들에게 프레드릭을 맡기기를 주저했기 때문이었다. 프레드릭은 뱃멀미를 하지는 않았지만 노를 저으려고도 하지 않았다.

교역소에 도착한 그들은 전쟁이 끝났고 새 화폐가 발행될 것이며, 재에 묻혀 있던 세상은 다시 일어날 것이라는 말을 들었다. 교역소의 책임자도 내륙 출신의 젊은 남자로 바뀌었다. 그는 뻣뻣하고 짧은 머리카락에 너무나 큰 두 눈이 인상적인 사람이었다. 그의 눈이 크게 보였던 것은 그의 얼굴이 작았기 때문일지도 몰랐다. 그는 그 어느 때보다도 일을 원활하게 돌리는 것이 중요하기 때문에 달걀, 생선, 깃털 등 교환이 가능한 물건이 있다면 주저 말고 가져오라고 말했다.

가격은 어떻게 정해지는 걸까.

세상이 뒤바뀌어도 그 가치가 변하지 않는 것들이 있다.

독일군은 짐을 쌌고, 자유를 얻은 영국인들은 대포와 갖가지 묵직한 무기들을 바닷속에 던져 넣었다. 노르웨이인들이 해방의 기쁨에서 벗어나 정신을 차릴 즈음에 다시 영국에서 무기를 구입할 수 있도록 미리 손을 쓴 것이었다. 하지만 마을에서는 영국인들을 거의 찾아볼 수 없었고, 햇살 아래로 쏟아져 나온 노르웨이의 남녀노소들은 방금 목욕을 한 듯 하얗고 깨끗해 보였다. 구호소로 사용했던 건물에서는 지저분한 옷장과 좀이 가득한 서랍이 달린 낡은 사무용 가구, 펜촉과 독수리 문양의 도장, 램프와 안락의자, 어디에도 쓸모없는 옷가지들을 처분하기 위한 경매가 진행되고 있었다. 요새의 대포 지지대에서 떼어 낸 고무바퀴들은 잘게 잘라서 신발의 밑창으로 사용되었다. 독일군이 가정집에서 징발했던 말들은 전쟁의 공포로 녹초가 된 채, 5년이 지난 후에야 각자의 보금자리로 되돌아갔다. 시간이 흘렀어도 말들은 이전 주인들을 대번에 알아봤고, 심지어 각자의 노르웨이 이름도 알아들었다. 말들은 필수불가결한 정서적 유대감 덕분에 마치 동면에서 깨어나듯 서서히 활기를 되찾았다.

잉그리드는 수잔이 준 옷을 입었다. 그 옷은 다른 이들은 물론 그녀 자신의 눈에도 낯설게 보이지 않았다. 그녀는 말을 한 마리 사고 싶었으나 가진 돈도 충분하지 않은 데다 이어지는 시끌벅적한 소리에 정신이 팔려 생각을 접었다. 알고 보니 그곳에는 작은 임시 놀이공원이 운영되고 있었다. 그곳에 모인 사람은 모두 그녀가 아는 사람들이었다. 그들의 얼굴에는 조심스러우면서도 새롭고 기대에 넘치는 표정이 어려 있었다. 안냐는 목사관에서 아이들 네 명과 군보르까지 데리고 나와, 마을에 사는 선박회사 선주의 커다란 저택으로 옮겨 가 살고 있었다. 잉그리드와 함께 학교에 다녔던 그는 그녀가 아는 한 결혼을 하지 않은 독신의 몸이었으나, 보아하니 지금은 안냐와 결혼을 한 듯했다. 그는 챙 넓은 모자를 쓰고 안테의 손을 잡은 채 그곳에 모인 아이들에게 얼음 사탕을 넣은 갈색 봉지를 나누어 주고 있었다. 안냐는 잉그리드에게 다가와 그녀의 전남편이 건강을 되찾지 못할 것이라는 의사의 증명서를 받았다고 귓속말을 했다.

증명서를 받아 든 잉그리드는 에릭 팔크의 필체를 대번에 알아보았고, 동시에 무언가를 떠올렸으나 법석을 떨며 그녀에게 다가오는 아이들 때문에 금방 잊어버렸다. 아이들은 이전과 달리 전혀 수줍어하지 않았다. 경쟁이라도 하듯 잉그리드의 손을 잡는 아이들의 옷은 깨끗했고 살도 통통하게 쪄 있었다. 자유의 아이들. 그들은 조그만 일에도 웃고 떠들었다. 잉그리드가 군보르에게 넬비와 관련된 질문을 던지려 하자, 아르네가 그녀의 눈을 똑바로 바라보았다. 항상 그렇듯 그는 거의 잉그리드의 경호원 역할을 한다 해도 과언이 아니었다. 프레드릭은 말에서 눈을 떼지 못했다. 잉그리드는 엔지니어의 삶과 죽음에 관한 이상한 느낌에 사로잡힌 이후 자신이 항상 불안해한다는 것을 깨달았다.

그녀는 소란에서 벗어나 목사관 위쪽의 우묵한 골목길로 발을 옮겼다. 아르네와 프레드릭은 그녀의 뒤를 따랐다. 잠시 후 그들은 빨간색 페인트칠을 한 집으로 함께 들어갔다. 그곳은 오래전 마을의 이장이었던 몸집이 퉁퉁한 남자가 살던 집이었다.

노크를 했지만 문을 열어주는 사람은 없었다. 하지만 기억 속의 익숙한 기침 소리에 용기를 얻은 그녀는 직접 문을 열고 안으로 들어갔다. 지저분한 집 안은 그곳에 여자가 살지 않는다는 것을 말해 주고 있었다. 부엌 벤치 위 더러운 접시와 유리잔 사이에 한 남자가 누워 있었다. 한때는 남부러울 것 없었던 사람이었지만 지금은 당장이라도 땅에 묻히고 싶은 듯, 지난겨울 그녀가 살트함메르호에 도착했을 때와 마찬가지로 그는 체념한 목소리로 나직이 중얼거렸다.

"누군가 했더니, 당신이었군."

지치고 체념한 듯한 그의 모습에 잉그리드는 용기를 내어 자리에 앉았고, 아르네와 프레드릭은 제자리에 가만히 서서 시선을 둘 곳을 찾았다. 그녀는 헨릭센에게 구호소 소장으로 일했을 때 관리하던 서류들을 아직 가지고 있냐고 물었다.

그는 서류가 없다고 무뚝뚝하게 말하면서 모든 희망이 사라지기를 기다리듯 그녀를 가만히 바라보기만 했다. 잠시 후 그가 느릿느릿 몸을 일으켜 지저분한 옷과 작업복 아래에 묻혀 있는 서랍장 앞으로 걸어갔다. 잉그리드도 자리에서 일어나 서랍장 위의 옷들을 한편으로 밀쳐 놓은 후 제일 위쪽의 서랍을 열었다. 헨릭센이 짜증 섞인 목소리로 그 서랍이 아니라고 말했다. 그녀가 두 번째 서랍을 열자 다섯 개로 분류되어 정리되어 있는 서류들이 눈에 띄었다.

그는 자기는 이제 어떤 일에도 개입하지 않을 테니 잉그리드 마음대로 하라고 말했다.

그녀는 알파벳을 따라 우표를 붙이지 않은 엽서 같은 종이 중에서 떨리는 손으로 쓴 듯 비뚤비뚤한 필체의 '야드비가, 멜하른 출신'이라고 적힌 종이 한 장을 꺼내 들었다. 종이에는 성도 적혀 있지 않았고, 생년월일이나 출생지, 이전의 거주지나 나이도 찾아볼 수 없었다. 기록되어 있는 정보라고는 그녀가 잉그리드에게도 낯설지 않은 살트함메르호의 조리실에서 생활하던 두 소년과 함께 핀비카 출신의 야콥 아벨센 씨의 집에서 피난살이를 하고 있다는 사실뿐이었다. 같은 종이에 적힌 이름 중에는 넬비의 장례를 치러 주었던 루카스 바라 선장도 있었다. 생년월일이 기록된 사람들은 십 대의 소년들뿐이었으나 그들은 피를 나눈 형제가 아니었다.

잉그리드는 아벨센이 본섬의 남쪽 끝에 살고 있다는 것을 잘 알고 있었지만, 확실히 하기 위해 한 번 더 물어보았다. 이제는 그녀에게 아무런 의미도 없는 그의 목소리를 마지막으로 듣게 될 것이라는 생각과 함께.

"젠장, 내가 어떻게 알겠어." 헨릭센은 욕설을 내뱉었다.

잉그리드는 반년 전만 하더라도 그가 죽어 형체도 알아볼 수 없을 만큼의 시신으로 변해 버렸으면 좋겠다고 바랐다. 하지만 지금 그는 이미 죽은 몸이나 다름없어 오히려 동정을 유발할 정도였다. 그녀는 종이를 치마 밑에 찔러 넣고 서둘러 그곳을 나섰다.

그가 그녀의 등에 대고 소리쳤다. 그녀의 목숨을 구한 사람은 바로 그였다고, 이제 그를 위해 그녀가 증인을 서 줘야 한다고…….

잉그리드는 마을로 다시 내려갔다. 경매장을 지나 상점 안으로 들어갔으나 마르고트는 보이지 않았다. 계산대 앞에 서 있던 점원이 마르쿠스가 그날도 배달을 나갔기 때문에 교통편이 필요하다면 우유를 배달하는 트랙터를 이용하는 수밖에 없다고 알려 주었다. 잉그리드는 아직도 무엇 때문에 마을에 내려왔는지 아르네에게 말해 주지 않았다. 그도 묻지 않았다. 그들의 일에는 아무런 관심도 보이지 않던 프레드릭은 가게 안에서 사탕과 초콜릿을 보았다면서 군것질거리를 사 달라고 졸랐다.

잉그리드는 그의 부탁을 거절했다.

갑자기 발을 멈춘 그녀가 프레드릭에게 초콜릿을 먹어 본 적이 있냐고 물었다.

"네, 아주 많아요."

"언제?"

그는 마치 잉그리드를 만족시킬 만한 대답을 찾으려는 듯 생각에 잠겼다. 잉그리드는 그의 대답을 기다리지 않고 다시 걷기 시작했다.

야콥 아벨센은 나이가 많은 홀아비였다. 잉그리드의 할아버지, 아버지와 함께 바다에 나가서 고기를 잡았던 그는 잉그리드를 보자 과거의 기억을 떠올리고 그 시절의 이야기를 늘어놓기 시작했다. 그의 집에는 여섯 명의 소작농과 이미 그 집의 안주인으로 자리를 잡았거나 또는 곧 안주인이 될 계획을 가지고 있는 듯한 중년의 식모가 함께 살고 있었다. 핀마르크 출신의 소년 두 명은 새로 갈아 놓은 밭에 감자를 심고 있었고, 야드비가는 햇빛이 잘 들어오는 커다란 창문 아래 자리한 흔들의자에 앉아 있었다. 식모는 입을 벌린 채 평화롭게 단잠에 빠져 있던 야드비가의 무릎에 손을 얹으며 손님이 왔다고 알려준 후, 잉그리드 일행에게 커피를 권했다.

잉그리드는 고맙다고 말하며 그녀의 제안을 받아들였다.

야드비가가 잠에서 깨어나 정신을 차리기까지는 꽤 오랜 시간이 걸렸다. 탁자 위에 커피잔이 자리를 잡은 후, 잉그리드는 주머니에서 스케치북에서 찢어 온 종이를 꺼내 야드비가의 무릎 위에 올려놓았다. 삼 행의 알 수 없는 시가 적힌 종이였다. 야드비가는 종이를 눈에서 멀찍이 들고서 이맛살을 찌푸리더니 입가에 하얀 미소를 만들어 냈다.

"'나는 당신을 사랑합니다'라고 적혀 있네요."

그녀는 통통한 손가락으로 종이 위의 글자들을 짚어 내려가며 말했다.

"무려 아홉 번이나."

"모두 같은 말인가요?" 잉그리드가 물었다. "아홉 번 모두?"

야드비가는 수를 세더니 아홉 번이 맞는다고 말하며, 커피잔을 들고 천천히 입술로 가져갔다.

잉그리드는 다시 질문을 던졌다.

"다른 말은 없나요? 이름이나 주소 같은……."

"없어요."

창은 방금 닦은 듯 맑은 물처럼 깨끗했기에 그녀는 창문 너머 저 멀리까지 볼 수 있었다. 문득 하얀 장막이 그녀의 눈앞에 어른거렸다. 녹색 언덕은 여름 바람에 흔들리며 요동쳤고, 언덕 뒤에 펼쳐진 바다는 그녀가 알고 싶어 하는 이야기를 숨겨둔 채 같은 문장을 아홉 번이나 쓰는 동안 어디론가 사라졌으며, 그 위에는 기분 좋고 따스한 미소가 들어섰다.

새로운 장막이 다시 그녀의 시선을 가렸을 때, 그녀는 떨리는 손으로 종이를 접어 창문 앞에서 마구 흔들었다. 마치 창밖에 누군가가 서 있는 것처럼. 야드비가는 커피를 마시며 그런 그녀를 가만히 바라보기만 했다.

잉그리드는 그녀의 무릎에 손을 얹으며 고맙다고 말한 후, 여름 속으로 발을 옮겼다. 먼저 집 건물을 한 바퀴 돌며 커다란 회전 숫돌과 장작더미, 뗏장과 금이 간 손잡이를 드러낸 채 땅에 푹 박혀 있는 삽을 차례차례 지나쳤다. 아르네와 프레드릭은 두 소년과 함께 마당에 서서 웃음을 터뜨리며 대화를 나누고 있었다. 그 옆에는 나이 많은 아벨센이 파이프 담배를 입에 문 채 루카스 바라 선장의 이야기에 귀를 기울이고 있었다. 선장은 고향 집으로 돌아가고 싶은 이유를 주절주절 늘어놓고 있었다.

잉그리드는 그들에게 다가가 가게 앞 공지를 통해 보았다며 정부에서 난민들이 고향 집으로 되돌아가는 것을 아직 허락하지 않았다고 알려 주었다. 바라 선장은 코웃음을 치며 정부가 허락하든 말든, 고향 집까지는 아무리 멀어도 320킬로미터 미만이라며 자기는 두 발로 걸어서라도 되돌아갈 것이라고 말했다.

다른 이들이 웃음을 터뜨렸다. 하지만 선장은 자신의 고향 주민들 중 여전히 삼분의 일 이상이 살아 있다는 편지를 받았다고 말했다. 그는 고향으로 돌아가면 하루 종일 햇빛이 환한 여름이니 폭격에 무너진 농가를 재건할 때까지 외양간에서 지내도 된다고 덧붙였다. 야콥은 나직이 코웃음을 치며 입에 물고 있던 파이프 담배를 손에 쥐어 들었다.

"그거 알아? 당신은 여길 떠나지 못할 거야. 어딜 가기엔 너무 늙었어."

"여긴 너무 재미없어."

"그래? 음식이 입에 맞지 않아서 그런가?"

"다들 거기 모여서 무슨 이야기를 하고 있어요?" 대문 앞 계단 위에서 식모의 목소리가 들렸다.

"이 늙은이가 여기 음식이 입에 맞지 않다고 하는군." 야콥이 소리쳤다.

식모는 그들이 알아듣지 못하는 말을 내뱉은 후 문을 쾅 닫고 안으로 들어갔다.

"어차피 당신은 돌아갈 데도 없잖아." 야콥이 입가의 미소를 닦으며 선장에게 말했다.

바라 선장은 마치 바람 빠진 바퀴처럼 축 늘어진 채, 자신의 생활 터전이 있음에도 불구하고 이곳의 낯선 이들에게 얹혀사는 게 수치스럽다고 말했다.

"그렇다면 저승으로 가는 수밖에." 야콥은 소년들을 향해 몸을 돌리며 말을 이었다. "너희들은 얼른 감자나 심어."

잉그리드는 그들이 몸을 돌려 걸어오는 것을 보았다. 야콥은 그들을 뒤따르며 바다와 로포텐에서의 기억을 늘어놓았지만, 그녀의 머릿속에는 그의 말이 들어설 자리가 없었다. 난파선에 관해 묻고 싶었지만 입을 열 기회조차 잡지 못했다. 마침내 트랙터 트레일러에 자리를 잡고 앉자, 이번에는 프레드릭조차도 전쟁 종결의 기쁨을 맛본 듯 쉴 새 없이 재잘재잘 말을 늘어놓았다. 핀마르크는 어디 있는지, 또 스카르스보그는 어디 있는지 물었다.

아르네는 그의 질문에 친절하게 대답해 주었고, 프레드릭은 연이어 화재와 전쟁에 관해 물었다. 아르네는 이제 전쟁은 끝이 났고 재만 남았다고 말했다. 프레드릭은 점점 더 열정적으로 질문을 던졌고, 아르네의 대답은 점점 느려지며 쉽게 답을 찾지 못하는 듯했다. 교역소에 거의 다 왔을 때, 잉그리드는 아직 장을 보지 않았다는 것을 깨달았다. 그들은 트랙터에서 내려 다시 상점으로 향하는 오르막길을 걸었다. 아르네는 장을 보고 내려오는 길에 건축 자재가 거의 동이 났다고 말했다.

무언가 다른 말을 기대했던 잉그리드는 그건 자기도 잘 알고 있다고 말했다.

"벽 세 개……." 아르네가 말을 이었다. "벽 판 하나와 트러스를 구성할 자재가 필요해요."

그녀는 의견을 묻는 아르네의 말에 잘 모르겠다고 말하며 모든 건 그에게 달려 있다고 말했다.

"무슨 뜻인가요?"

"전쟁이 끝나면 집으로 돌아가고 싶다고 했잖아?"

그는 집으로 돌아가고 싶은 건 사실이지만, 모든 것은 결국 잉그리드가 결정하는 게 아니냐고 되물었다. 잉그리드는 대답하지 않았다.

프레드릭은 바뢰이로 돌아가는 길 내내 수다를 떨었다. 이제 그
는 자신의 아버지에 대해 이야기하고 있었다. 지금껏 프레드릭은
물론 수잔조차도 입에 올리지 않았던 주제였다. 보아하니 프레드
릭의 아버지는 영업사원인 것 같았다. 하지만 프레드릭은 아버지
가 무엇을 파는지 설명하지 못했고, 어느 날 갑자기 아버지와 연
락이 끊겼으며 지금은 거의 볼 수 없다고 말했다.

아르네가 그 이유를 물었다.

프레드릭은 아버지가 매우 바쁜 사람이기 때문에 그렇다고 말
했다.

"왜?"

프레드릭은 아버지가 매우 중요한 일을 한다고 말했다. 아르
네가 이해할 수 없다고 말하자, 아버지의 부재를 정당화하기 위
해 두서없이 말을 늘어놓던 프레드릭은 점점 불리한 상황에 놓였
고, 결국 '아르민'이라는 이름을 가진 독일인 의붓아버지 이야기
까지 하게 되었다. 듣자 하니 프레드릭은 의붓아버지도 거의 만나
지 못했던 듯했다.

"아르민?" 아르네가 되물었다.

나룻배의 가로장 위에 앉아 있던 프레드릭은 아르민은 좋은 사
람일 거라고 확신한다는 잉그리드의 말에도 빠져나갈 구멍이 없
다고 생각했는지 이리저리 몸을 비틀며 안절부절못했다.

아르네는 이제 피아니스트 도련님도 노 젓는 법을 배워야 할 때
가 왔다고 말하며 등이 부서져라 힘껏 노를 저었고, 프레드릭은 그

런 아르네를 애원하는 눈빛으로 바라보는가 싶더니 자신도 노를 저을 수 있다고 대꾸했다.

아르네의 옆으로 자리를 옮긴 프레드릭이 노를 젓기 시작했다. 두 사람의 노는 침묵 속에서 엇박자로 움직였다. 거친 바다 위에는 보슬비가 내려앉았고 잉그리드는 두 사람을 지켜보며 돈을 세다가 갑작스레 그녀를 무겁게 짓누르는 그 무언가에서 벗어나기 위해 곰곰이 생각에 잠겼다.

나룻배가 뭍에 도착하자 아르네는 프레드릭을 향해 오늘 하루도 잘 견뎌냈다고 말한 후, 장을 본 물건들을 생선 상자 속에 넣어 어깨 위에 얹은 채 걷기 시작했다.

잉그리드는 프레드릭의 손을 잡고 바뢰이에서 행복하게 살 수 있을 것이라고 말해 주었다. 하지만 그러기 위해서는 아버지와 의붓아버지 생각은 하지도 말고 그들 이야기도 하지 않는 게 좋을 것이라 조언했다. 프레드릭은 고개를 끄덕이며 바뢰이가 무척 예쁜 섬이라고 말했다. 잉그리드는 전쟁이 끝났다고 해서 이전과 크게 달라진 것은 없을 것이라고 큰 소리로 말하고 북쪽 방에 올라가 주머니에 들어 있던 꼬깃꼬깃 접힌 종이 조각을 꺼냈다. 아홉 줄의 문장을 불에 태워 버릴 생각이었던 것이다.

하지만 북쪽 방에서 그녀가 할 수 있는 것은 없었다. 그곳에는 종이를 태울 만한 오븐도 없었으니까.

어쩌면 그녀는 단지 종이에 적힌 글자들을 홀로 조용히 읽어 보고 싶었기 때문에 북쪽 방에 갔을지도 모른다. 그날 그녀는 아래층으로 내려오지 않고 하루 종일 이불 속에 누워 있었다. 몸 구석

구석에 번져 오는 크고 작은 감각적 마비 상태, 뾰족한 철삿줄이 존재의 한 중앙을 후벼파는 느낌 속에서 그가 죽었다는 확신이 스멀스멀 피어오르기 시작했다.

몸을 일으킨 그녀는 창을 통해 섬 북쪽에 펼쳐진 푸른 언덕과 오테르홀멘 쪽의 바다를 바라보았다. 그러자 문득 그가 살아 있다는 생각이 스쳤다. 숨이 끊어졌든 붙어 있든, 그녀의 가슴 속에 있는 그는 죽을 수 없는 사람인 것이었다. 그녀는 이제 아무리 추운 겨울이 와도 그곳에서 벗어날 수 없다고 생각했다. 수잔은 남쪽 방에서 지내면 될 일이었다.

13

평화와 함께 요한네스 말름베르게트 목사도 돌아왔다. 그가 지금까지 어디 있었는지 아는 사람은 아무도 없었지만, 그 또한 바뢰이에 속한 사람이라 생각했는지 모두 자연스럽게 그를 받아들였다. 세월을 이겨 내지 못한 그는 너무나 노쇠해 남은 것은 목소리뿐이었다.

그의 두 아들이 거동이 불편한 그를 안아 올려 마이크가 놓인 제단 앞 안락의자 위에 내려놓았다. 독일군이 버리고 간 스피커를 통해 울려 퍼지는 그의 목소리는 매우 힘차고 우렁찼다. 교회에 모인 사람 중에는 런던의 한 금지된 방송국에서 내보내는 연설처럼 들린다고 생각했는지 박수를 치는 사람도 있었다. 그는 한평생 자신을 혼란스럽게 만들었던 질문이자, 설교문을 준비할 때마다 신앙과 믿음의 한 요소로 빼놓지 않고 거론했던 것을 다시 거론했다. 인간은 위대한 존재인가, 아니면 왜소한 존재인가?

사람들은 그날 처음으로 그가 무슨 뜻으로 그런 말을 하는지 이해했다. 마침내 그가 결론에 이르렀기 때문이었다. 인간은 위대한 존재라는 사실을.

사람들은 한순간 그가 전쟁 때문에 평범하고 세속적인 사람으로 변한 것은 아닌지 의심했다. 하지만 그는 온갖 감동적인 단어를 동원해 거친 날씨와 인내심, 모래와 끈질긴 인간성, 절대 파멸되지 않는 것들에 대해 이야기했다. 그리고 부활절도 오순절도 아닌 하지로부터 일주일밖에 지나지 않은 일요일 즉, 사도 성 요한의 날에 불과했지만 예수의 부활과 승천에 관한 이야기를 덧붙였다. 짜디짠 바닷물과 거친 섬 생활에 노쇠하고 주름진 그의 얼굴에서 갑자기 두 눈동자가 생기를 띠고 반짝이기 시작했다.

그는 마치 장대한 피날레를 장식하듯 곳곳의 서로 다른 전투 지역에서 세상이 어떻게 변했는지 많은 이들이 직접 보고 경험했을 것이라고 우렁차게 말을 이었다.

"그러한 관점에서 본다면 세상의 회색 가장자리라 할 수 있는 이곳에 사는 사람들은 너무나 무의미한 존재로 여겨질지도 모릅니다. 물론 전쟁 시에는 오히려 다행이라 생각할 수도 있겠죠. 하지만 그것이 명백한 진실이라고는 할 수 없습니다. 여러분들은 앞으로 시간을 두고 이 점을 곰곰이 생각해 보시기 바랍니다. 그러면 현자의 말에 눈을 뜨게 되는 날이 올지도 모릅니다. 물론 현자의 말이라 함은 내 말이 아니라 주님의 말씀입니다."

희망을 담은 수군거림이 교회 안에 번졌다. 전쟁에서 살아남은 사람들은 거의 모두 발걸음했기에 그곳에 모인 사람들은 꽤 많았다. 잉그리드는 지난겨울 하브스테인에서 지냈던 넬리와 그녀의 가족들, 학교 동창들, 고양이를 데리고 온 제니와 한나, 심지어는 안냐도 교회 안에서 볼 수 있었다. 선박 회사 선주의 집에서 살던 안냐는 아이들을 데리고 그 집을 나와 북쪽으로 가는 증기선 표를 구했다고 말했다. 하지만 바로 집으로 돌아가지 않고 난민 수용소로 가서 건강을 되찾은 남편과 만날 예정이라고 덧붙였다. 그녀는 지치고 슬퍼 보였지만 전쟁의 고통 속에서는 벗어난 것 같았다. 이제는 스무 살에서 예순 살 사이의 나이를 가늠할 수 없는 여인이 아니라, 헨릭센의 서류에 기재된 스물아홉 살의 여인처럼 보였던 것이다. 잉그리드는 그들에게 잊지 않겠다고 말하며 종종 편지를 보내라고 당부했다.

안냐는 걱정스러운 듯 잉그리드의 안부를 물었다.

잉그리드는 그녀와 시선을 맞춘 채 사라의 머리 위에 손을 얹으며 잘 모르겠다고 말했다.

잉그리드는 목사에게 면담을 요청했다. 목사의 아들들이 그를 안아 교회 중앙 통로를 통해 밖으로 나간 후, 경매장에서 구입한 독일군의 모터사이클에 부착된 사이드카에 목사를 앉힌 뒤, 잉그리드가 원하는 대로 단둘이서 대화를 나눌 수 있도록 교회 묘지의 비석 사이로 그를 데려갔다.

얇은 여름옷을 입고 있었기 때문에 누구나 부른 배를 알아볼 수 있음에도 불구하고 그녀는 요한네스 말름베르게트 목사에게 아이를 가졌다고 고백했다. 그리고 아이를 가지는 것이 죄가 될 수는 없으며 사제는 그것을 보증하는 사람이라고 말했다.

그는 잉그리드의 말을 확인해 주듯 아이의 아버지가 누구인지 묻지도 않고 가볍게 손을 내저었다. 잉그리드는 혹여 뒤를 이을지도 모르는 질문에 대비해, 아이의 아버지는 저항군이며 섬에 안전하게 숨어 있다고 말했다.

"그가 살아 있니?" 요한네스 말름베르게트가 물었다.

잉그리드는 고개를 끄덕였다. 목사는 믿지 못하는 듯했다. 그도
그럴 것이 그곳은 남자가 집 안에서 편히 앉아 있고, 여자가 1년
내내 아이들을 돌보며 집안일을 하는 육지의 농가와는 거리가 멀
었기 때문이었다.

"이미 너무나 많은 아이들이 아버지를 잃었지. 당신은 하늘이
주신 새 생명을 선물로 받아들이고 감사해야 해. 그건 그렇고, 아
이의 이름은 생각해 보았니?"

"알렉산더입니다."

목사는 흔한 이름이 아니라고 말했다. 잉그리드도 그의 말에
동의했다.

"여자아이라면?"

"카야."

"아, 그래. 네 할머니 이름도 카야였지."

그는 아이가 세례를 받을 때까지 살아 있겠다고 약속했다.

그가 떨리는 손으로 조끼 주머니 속에서 돈뭉치를 꺼내 잉그리
드에게 건네주었다. 잉그리드는 한 발짝 뒤로 물러섰다. 그는 그
녀에게 돈을 받으라고 큰 소리로 말했다. 하지만 그녀는 더 이상
열아홉 살의 소녀가 아니었다. 그녀는 병원에 있을 때 그가 보낸
편지를 받았다고 말했다. 돈과 함께. 그녀는 아직도 그 불쾌한 편
지의 의미를 기억하고 있었다. 그녀는 목사와 자신의 아버지 사이
에 과거 무슨 일이 있었는지 말해 달라고 했다. 그와 동시에 그들

의 대화는 끊어졌다.

요한네스 말름베르게트가 사람들의 도움을 청하기는 쉽지 않았다. 그들은 익숙한 이름과 낯선 이름들이 새겨진 교회 비석 사이에 서 있었고, 야생화로 가득한 푸른 목초지는 바다로 뻗어 있었으며, 잔디는 이미 무릎까지 자라 있었기 때문이었다. 잉그리드는 붉게 상기된 얼굴로 했던 말을 되풀이했다.

그는 잉그리드의 시선을 피하며 아주 오랜 옛날 아들 중 한 명을 도와주기 위해 마을의 작은 은행에서 바뢰이의 집을 담보로 돈을 빌린 적이 있다고 말했다. 그 아들은 지금 세상을 떠났으며, 목사가 담보로 사용했던 집은 잉그리드의 아버지 소유로 차용서도 쓰지 않고 겨우 동전 몇 푼으로 대가를 지불했다고 했다.

"담보라고요?"

"말하자면 그런 셈이지."

"목사님 소유의 집도 있었잖아요?"

"그랬지……. 하지만 그 집도 이미 담보로 잡혀 있었거든. 병원에 있을 때 내가 보냈던 돈은 네 아버지에게 빌렸던 돈의 반에 불과하단다. 지금 내가 주는 돈은 그 나머지야. 이제 이해하겠니?"

잉그리드는 여전히 이해할 수 없다고 말하면서, 그 돈은 자신에게 빌려주는 것으로 알고 있겠다고 했다.

"빌려주는 것으로 받아들이겠다고?"

"네, 그렇습니다."

"이 돈은 네 돈이야."

"새 화폐인가요, 구 화폐인가요?"

"너는 내가 얼른 죽기를 바라니?" 목사가 씁쓸한 웃음을 지으며 말했다.

"그건 목사님이 제 아버지에게 바랐던 것이 아니었나요?"

목사는 슬픈 표정을 지으며 화를 내는 듯, 적어도 그 돈은 잉그리드가 마르고트의 가게에서 생필품을 구입하기에는 충분하리라고 나직이 중얼거리며 마르고트의 아들은 이제 저항군의 영웅으로 대접받고 있다며 슬쩍 덧붙였다.

주머니에 돈을 찔러 넣은 잉그리드는 적어도 그가 때를 잘 맞추어 돌아왔다고 말하려다가 얼른 입을 다물었다. 사실 그는 언제나 그랬던 것처럼 이번에도 때를 놓치고 너무나 늦게 돌아왔기 때문이었다.

요한네스 말름베르게트는 검은 옷을 차려입고 교회 앞에 모여 있는 사람들의 무리 쪽으로 시선을 던졌다. 나직했던 사람들의 목소리는 상복을 입은 사람들과의 거리가 멀어질수록 떠들썩한 웃음소리로 변했다. 그가 아들들을 향해 한 손을 들어 올렸으나, 그들은 목사를 보지 못했다. 잉그리드가 소리쳐 부르자 그제야 듣고서 서둘러 뛰어왔다. 목사는 잉그리드에게 교회 안에서 바브로의 아름다운 노래를 들을 수 있어서 좋았다고 말했다.

"솔직히 가사와 음정은 제 멋대로죠?"

"그건 그렇구나."

"맞아요."

잉그리드는 다른 사람들의 무리에 섞였다. 그들은 잉그리드가 목사와 단둘이서 무슨 말을 했는지 궁금해했다. 잉그리드는 아이의 세례식에 관해 대화를 나누었다고 얼버무렸다.

바뢰이섬으로 돌아온 잉그리드는 그날 저녁 바브로에게 목사의 돈에 관해 말해 주었다. 그녀는 이미 돈을 세어 본 후였다. 병원에서 받았던 돈과 한 푼도 틀리지 않고 똑같은 액수였다. 그녀는 그 돈으로 카르비카의 건물을 재건하는 데 사용될 건축 자재를 사들이고, 남은 돈으로는 양과 식료품, 쟁기 등 여러 가지 필요한 물건들을 구입할 것이라 말했다. 하지만 그녀는 돈의 액수가 정확히 얼마인지는 말하지 않았다.

"그건 그렇고 요즘 수잔이 좀 이상해요. 무언가 숨기고 있는 건 아닐까요?"

바브로는 그녀의 갑작스러운 질문에 매우 당황했다.

잉그리드는 매일 바브로의 치맛자락에 붙어 사는 프레드릭이 아버지나 의붓아버지 또는 삼촌에 관해 이야기한 적이 있냐고 물었다.

바브로는 그런 말은 듣지 못했고, 수잔도 아무런 말을 하지 않았다고 중얼거렸다.

잉그리드는 그가 독일인이라고 말했다.

"누가 독일인이라는 말이니?"

"프레드릭의 의붓아버지 말이에요."

바브로는 여전히 잉그리드의 말을 따라잡지 못하는 것 같았다.

"수잔은 열네 살에 아이를 가졌었지." 바브로가 생각에 잠긴 듯 멍한 표정으로 말했다.

"정신 차리세요. 전쟁은 이미 끝났어요." 잉그리드가 소리쳤다.

"그건 네 생각이고……." 바브로는 화난 듯 쏘아붙이며 이젠 전쟁이 끝났으니 아무짝에도 쓸모없는 등대에 불을 밝히는 게 좋겠다고 말했다.

잉그리드는 못마땅한 듯 눈동자를 휘휘 굴리며, 바브로를 진정시키기 위해 이제 편지를 써야 할 때가 왔다고 말했다.

"편지? 무슨 편지?"

"라스에게 편지를 보내야 하지 않겠어요. 겨울이 다가오면 이 섬엔 여자들과 학교에 가야 하는 어린아이밖에 없을테니까요."

바브로는 핀마르크 삼 형제가 있으니 크게 걱정하지 않아도 된다고 말하며 갑자기 양처럼 순한 표정을 지었다. 잉그리드는 그녀의 표정에 경계심을 가졌다.

잉그리드는 운이 좋으면 풀을 베어낼 시기까지 핀마르크 삼 형제를 이곳에 붙잡아 둘 수 있을지도 모른다고 말한 후, 바브로에게 무슨 생각을 하고 있냐고 되물었다.

바브로는 마침내 결심한 듯 주저하며 말문을 열었다.

"편지는 이미 보냈어."

"뭐라고요?"

"내가 지켜보는 가운데 수잔이 편지를 썼어. 수잔은 심지어 없는 말을 조금 꾸며내기도 했지. 맞아, 편지는 이미 보냈지. 하지만 그 편지는 라스가 아니라 펠릭스에게 보낸 거야. 라스와 펠릭스는 무척이나 오랫동안 함께 노를 저었잖아. 라스가 남쪽으로 내려오도록 설득할 수 있는 사람은 펠릭스밖에 없어. 그 편지는 몇 주 전에 아르네가 마을에 가는 길에 부쳤고."

"아르네가 뭘 어쨌다고요?"

등을 돌린 바브로는 두 팔을 휘저으며 발 앞의 축축한 클로버와 미나리아재비꽃을 향해 이제는 잉그리드의 불평을 듣는 것이 지긋지긋하다고 화를 내며 소리쳤다. 주먹 쥔 두 손은 무릎까지 자란 키 큰 잔디를 헤치며 성큼성큼 걷는 그녀의 다리 옆에서 뻣뻣한 막대기처럼 왔다 갔다 했다.

잉그리드는 바브로가 부속 건물 안으로 들어갈 때까지 기다렸다가 숨을 고르고, 섬의 서쪽 절벽을 향해 천천히 발을 옮겼다. 암초 사이에 펼쳐져 있던 후릿그물은 이미 거두어들여 찾아볼 수 없었다. 잠시 후 그녀는 스카르스보그 삼 형제가 프레드릭에게 부표에 돌멩이를 매다는 방법을 가르쳐 주고 있는 스웨덴 선착장에 이르렀다.

문득 아직도 젖내가 나는 듯한 프레드릭의 통통한 얼굴과 천진난만한 눈빛은 이 섬에 어울리지 않는다는 생각이 스쳤다. 반면 헬베르와 스베레는 섬 생활에 잘 적응하는 것 같았다. 삼 형제는 각자 무릎 위에 팔꿈치를 얹은 채 선상 낚시용 낚싯줄을 둘둘 말아 놓은 무더기 위에 앉아 마치 기도를 하듯 손가락을 꼼지락거렸다. 작은 손으로 부표에 돌멩이를 매달아 보려 시도하던 프레드릭이 그녀를 발견하고 의아한 표정을 자아냈다.

잉그리드는 아르네를 선착장 뒤쪽으로 데려간 후 방금 세탁한 듯 깨끗한 그의 셔츠 주머니에 손가락 두 개를 찔러 넣고 그를 끌어당겼다가 밀치기를 반복하면서, 삼 형제가 풀을 베는 시기까지 바뢰이에 머물 것인지 물었다.

그는 성한 눈으로 그녀를 뚫어지게 바라보며 두 팔을 쭉 뻗었다. 그의 손가락 끝이 잉그리드의 팔뚝을 스쳤다. 서늘한 저녁 바람을 머금은 그들의 머리카락과 살갗은 축축한 이슬로 반짝였다. 그는 동생들이 무슨 생각을 하는지 모르겠다고 말했다. 핀마르크를 입에 올리는 일이 점점 줄어드는 것으로 보아 어쩌면 고향을 잊어버렸는지도 모른다고 했다. 그도 그럴 것이 그들은 아직 어리니까.

잉그리드는 아르네가 원하는 것은 무엇인지, 지금 당장 확실한 대답을 들어야겠다고 말했다.

그는 뻗었던 팔을 자신의 몸 쪽으로 끌어당기며 잘 모르겠다고 얼버무렸다.

"넌 잘 알고 있어. 그렇지?"

"……네."

그녀는 등을 돌려 몇 발자국을 걷다가 다시 몸을 돌려 그날 밤 북쪽 방으로 오라고 말하고 그가 자신의 말을 이해했는지 확인하지도 않은 채 발길을 돌렸다. 그녀는 프레드릭을 데리고 집에 돌아온 후, 바브로에게 그들이 펠릭스에게 편지를 쓴 것은 매우 잘한 일이라고 비꼬며 펠릭스가 라스를 설득할 수 있기를 바란다고 덧붙였다. 그리고 손바닥으로 수잔의 뺨을 때렸다. 어안이 벙벙해진 수잔은 이게 무슨 짓이냐며 반발했지만, 곧 자신이 했던 일에 합당한 대가를 치렀다고 생각했는지 입을 다물었다. 잉그리드는 컵에 물을 담아 위층으로 올라갔다. 그날 저녁, 그녀는 아무것도 먹지 않고 지난겨울부터 그녀의 몸속에 자리 잡았던 이상한 떨림과 함께 잠자리에 들었다. 익숙한 한기가 그녀의 몸을 덮쳤다. 온기는 느낄 수 없었다.

하루 중에서 가장 어두운 시간이 찾아들고 모두 잠자리에 들자, 아르네는 맨발로 소리 없이 계단을 올랐다. 그녀는 배 속의 아이가 다칠 수도 있으니 조심하라고 말하며 그를 자신의 등 뒤에 세웠다. 흥분한 그의 몸짓은 거칠었고, 그리 오래 지속되지 않았다. 그녀는 아르네에게 풀을 베고 탈곡할 때가 올 때까지 바뢰이에 머물기를 바라지만, 자신의 방에서 잠을 잘 수는 없으니 얼른 나가라고 말했다. 그가 무슨 말을 했으나 코를 훌쩍거리는 소리처럼 들렸고, 그녀는 그의 말을 알아듣지 못했으나 더 물어보지 않았다. 그가 그녀의 배 위에 손을 올려놓았다. 그의 손은 따스했고, 거대한 새 알의 깨진 껍질처럼 거칠었다. 그는 올 때와 마찬가지로 소리 없이 자취를 감추었다. 그녀는 그의 손이 그리웠지만 곧 꿈 없는 깊은 잠에 빠졌다.

14

그해 여름은 예년과는 달리 매우 특별했다. 2년 전 바브로와 잉그리드가 갈아 놓았던 땅은 사람의 손길이 닿지 않아 황폐하게 변했다. 그때도 섬에는 여인들밖에 없었으나 전통에 따라 하브스테인에서 남자들의 일손을 빌려 밭을 갈았고, 그들은 바브로와 잉그리드처럼 밭일에 그리 헌신적인 애정을 보이지는 않았지만 땅은 그전 해와 비교해 매우 비옥한 상태를 유지할 수 있었다.

오랫동안 사용하지 않은 예취기는 녹이 슬어 자갈밭에 널브러져 있었고, 낮은 풀을 벨 때마다 키 큰 잔디에 잡아먹히기 일쑤였기에, 그들은 투덜거리며 무릎 근처의 높이에서 풀을 잘라 낼 수밖에 없었다. 잉그리드는 제철이 아님에도 불구하고 오리털을 팔 수밖에 없다고 생각했다. 그녀는 목사가 준 돈이 어떤 의미를 담고 있는지 알지 못했기에 그 돈에 손을 대고 싶지 않았다. 그 때문에 전통에서 벗어난 일이지만 돈을 확보하기 위해서는 오리털을 팔아야만 했다.

그녀는 그해 수확한 오리털 2킬로그램과 함께 축사의 포대 속에 들어 있던 묵은 오리털까지 모두 팔았다. 그뿐만 아니라 아돌프에게 연락해 말 두 마리를 섬으로 운반해 달라고 부탁했다. 그는 아들 다니엘에게 그 일을 시켰다. 다니엘은 바뢰이섬이 너무나 황폐해서 마치 물속에 가라앉는 배처럼 보인다고 말했다. 목을 베어 쌓아 놓은 풀들은 건초더미처럼 뻣뻣했고 조금만 바람이 불어도 흩어지기 일쑤였기에, 시도 때도 없이 갈퀴로 긁어모아 다시 쌓아 놓아야만 했다. 그는 땅을 완전히 갈아엎어야 한다고 말했다. 그는 써레와 쇠 징이 박힌 진압용 롤러를 가져와 땅을 갈고 다질 수 있도록 커다란 돌멩이와 흙더미부터 손으로 제거해 놓으라고 말했다. 그렇게 쓸모없는 것들을 모아 농가 한구석에 쌓아 놓으면 언젠가는 그곳에 나무가 자랄지도 모른다고 말하며 웃음을 터뜨렸다.

베어낸 풀이 자리를 잡고 차곡차곡 쌓이고, 밭에 널브러져 있던 장대와 철사 등이 쓰레기 더미 속에 자리를 잡자, 그들은 본격적으로 일을 시작했다. 바뢰이섬에선 한 번도 없었던 일이었다. 다니엘은 눈앞의 모습은 물론, 미래의 모습까지도 머릿속에 그릴 수 있는 청년이었다. 잘 웃고, 대담하며, 선견지명이 있는 스물다섯 살의 다니엘은 하루 종일 쉬지 않고 부지런히 일하는 대가로 꽤 많은 돈을 요구했다. 잉그리드는 그의 요구를 들어주는 대신 다른 이들에게는 비밀로 해 달라고 말했다. 그가 하브스테인에서 젊은 일손을 데려오려 하자, 잉그리드는 그들 대신 핀비카 출신의 아벨센의 집에서 살고 있던 난민 청년 두 명을 고용해 보라고 권했다. 야콥이 선한 사람이긴 하지만 구두쇠라고 말했던 아버지의 말을 기억한 잉그리드는 야콥 아벨센이 두 청년을 집에서 내보낼 수 있다면 좋아할 것이 틀림없다고 생각했다.

노를 저어 핀비카까지 갔다가 되돌아온 다니엘은 야드비가 없이는 이곳에 올 수 없다는 두 청년의 말을 전했다. 잉그리드는 세 명 모두 함께 와도 좋다고 말했다. 다니엘은 나이 많은 선장 루카스 바라까지 데려와야 하는지 되물었다. 잉그리드는 웃음을 터뜨리며 그가 야콥의 집에서 만족하며 살고 있으리라 확신하지만, 그 역시 이곳으로 오고 싶어 한다면 데려와도 좋다고 대답했다.

다니엘은 다시 피오르 건너편으로 노를 저었고, 두 청년과 야드비가와 함께 되돌아왔다. 청년들은 야드비가를 생선 건조대 판자 위에 앉히고 집까지 온반해 온 후, 부엌의 흔들의자 위에 내려놓았다. 야드비가는 주위를 두리번거리더니 매우 아늑하고 기분 좋은 곳이라 말하며 커피를 원했다.

루카스 바라는 잉그리드의 예상대로 아벨센의 집에 뿌리를 내린 것 같았다. 다니엘은 선장이 얼마 전에 발을 다친 이후로 불평불만이 늘었지만 현 상황에 만족하는 것 같다고 전했다.

핀비카에서 온 두 청년은 열여섯 살의 벤자민과 열일곱 살의 외르겐이었다. 그들은 부모님과 다른 형제들이 집으로 돌아가도 좋다는 정부의 허락을 기다리며 하르스타 외곽의 한 난민 수용소에 있다면서 바뢰이에 오래 머무를 수 없다고 말했다. 가족을 만나기 위해 그들도 수용소에 가기로 약속했기 때문이었다.

다니엘은 그들에게 한 달만 일정을 늦추면 잉그리드가 북쪽으로 가는 배는 물론, 한 달 치의 노동 대가도 지불해 줄 것이라고 말했다.

그들은 생각에 잠겼다.

"우리는요?" 아르네가 말했다.

"너희들도 마찬가지야." 잉그리드가 말을 이었다. "몇 주만 있으면 로포텐에서 바뢰이 II호가 도착할 것이고, 그 배는 너희들을 고향 마을에서 가장 가까운 항구에 내려줄 수 있을 거야."

하지만 잉그리드는 정말 로포텐에서 배가 올지 확신할 수 없었다.

다니엘을 포함한 청년들은 서로 눈빛을 교환한 후 고개를 끄덕였지만, 그 누구도 확실한 대답을 입 밖에 소리 내 말하지는 않았다.

벤자민과 외르겐은 옷과 야콥이 준 낡은 장비를 가져왔다. 바브로가 입던 낡은 옷은 야드비가의 몸에 꼭 맞았다. 그녀는 거실에 딸린 작은 방에 묵기로 했다. 마틴이 사용하던 그 침실은 부엌에서부터 야드비가가 홀로 걸어서 갈 수 있을 만큼 가까웠다. 그녀는 해가 뜨면 부엌의 흔들의자에 앉아 바브로와 함께 시간을 보냈다. 가끔 그녀는 아무도 들어보지 못한 세상의 낯선 곳에서 겪은 이야기들을 기억 속에서 끄집어내며 주위 사람들을 놀라게 하기도 했다. 또 그녀는 바브로에게 아이가 몇 명이 있는지도 궁금해했다.

"한 명이에요."

야드비가는 아이가 다섯 명이 있다고 말하며, 손가락 다섯 개를 들어 보였다.

"아이들은 지금 어디에 있어요?"

야드비가는 말없이 두 눈을 지그시 감았다.

9월 초가 되자 아홉 개의 밭 중에서 적어도 세 개는 새로 경작된 모습으로 바뀌었고, 흙 속에 사람들의 땀과 애정이 어려 있다는 것도 느낄 수 있을 정도였다. 그들은 양들을 예쇠이아로 옮겨 놓고 밭 한 개를 더 갈았다. 바브로는 일하는 사람들을 위해 빵을 굽고 물을 끓였으며, 다니엘과 아르네에게 밭일을 맡긴 잉그리드는 열매를 따서 잼과 주스를 만들었다. 미래의 수확물을 예상하며 건초 더미와 가축, 앞으로 축사에 들일지도 모르는 소의 머릿수까지 세어 보던 그녀는 해마다 반복되는 이 작업은 섬의 농부들에게는 엄숙하고 진지한 신앙과도 같은 만트라라고 생각하며, 넉넉하게 다가오는 겨울을 날 수 있을 것이라 확신했다.

네 번째 밭을 다 경작할 때까지도 수평선에 모습을 드러내는 배는 없었기에, 그녀는 다니엘의 권유에 따라 밭 하나를 더 갈기로 했다. 보아하니 그는 바뢰이섬에서의 생활에 만족하는 것 같았다. 잉그리드는 그 이유가 수잔 때문이라고 짐작했다. 수잔도 청년들과 함께 허리를 굽히고 밭에서 덤불과 쓸모없는 흙을 솎아내는 등 불평 한마디 없이 열심히 일했다. 그렇게 솎아낸 것들은 축사 뒤에 가축들의 배설물과 함께 쌓아 놓았다. 다니엘은 그 엄청난 양에 놀라며 웃음을 터뜨렸다.

잉그리드는 수잔의 입에서 그간 사귀었던 두 남자에 관한 이야기를 끄집어낼 수 있었다. 첫 번째 남자는 나치 추종자였으며, 두 번째 남자 아르민은 독일군의 부사관이었으나 수잔과 프레드릭 및 지인들을 위해 그가 관장하던 식료품 창고에서 물건을 훔치는 바람에 총살을 당했다고 했다. 그녀는 두 남자와 정식으로 결혼한 적은 없다고 덧붙였다.

잉그리드는 그녀의 말이 전부 진실인지 되물었다.

수잔은 혀를 쏙 내밀며 적어도 무법이 난무하는 세상의 한구석에서는 자신의 말이 진실이라며 알 수 없는 말을 했다.

잉그리드는 편지에서 왜 프레드릭에 관한 말은 한마디도 적지 않았냐고 물었다. 수잔은 프레드릭의 아버지도 아들에 관해 알려고 하지 않는데, 굳이 언급할 필요가 없다고 생각했다고 말했다. 더 이상 질문을 하지 않으려던 잉그리드는 생각을 바꾸고, 수잔이 지금까지 어떤 성을 따랐는지 물어보았다. 톰메센인지 바뢰이인지.

"톰메센."

잉그리드는 수잔에게 이제는 그 성을 따를 필요가 없을 것 같다고 말했다. 게다가 잉그리드는 이미 프레드릭을 위해 입학 서류를 작성하면서 성을 적는 칸에 '바뢰이'라고 기입했으니까.

"학교…… 맞아, 학교에 보내야지."

수잔은 천천히 고개를 끄덕였다.

잉그리드는 입학 첫 주 동안은 수잔이 프레드릭과 함께 하브스테인에 머무르는 것이 좋겠다고 말했다. 잉그리드는 이미 그들이 넬리의 집에서 머물 수 있도록 말해 놓았다고 덧붙였다.

"너도 넬리를 기억하지?"

"말을 더듬던……?"

"맞아."

하지만 그것은 수잔의 관심 사항이 아니라 단지 귀찮은 일로 다가왔을 뿐이었다. 그녀는 왜 프레드릭과 함께 하브스테인에 머물러야 하는지 되물었다.

잉그리드는 그 질문에 대답할 가치가 없다고 생각했기에 침묵을 지켰다. 왜냐하면 프레드릭이 거의 성인의 반에 이르는 밭일을 기꺼이 해내고 이제 장비를 바닷속에 던지는 일도 하지 않지만, 여전히 어린아이에 불과했기 때문이었다.

시선을 떨리게 만드는 옅은 아지랑이가 피어오르는 어느 화창한 날 아침, 어머니와 아들은 거룻배를 타고 섬을 떠났다. 학교가 시작된 지 보름이나 지난 때였지만 바뢰이 사람들에게는 전통처럼 익숙한 일이었다.

수잔과 프레드릭이 하브스테인에 머무르는 동안 잉그리드의 출산일은 코앞으로 다가왔다. 진통은 예상했던 것보다 일찍 찾아왔다. 소란을 피우기 싫었던 그녀는 열매로 반쯤 찬 양동이를 잔디 위에 조심스럽게 내려놓고 정고로 가서 거룻배를 끌어냈다. 겨우 배에 오른 그녀는 노를 잡았으나 뭍에서 열 두어 길도 채 벗어나기 전에 포기할 수밖에 없었다. 그녀의 비명소리는 섬에 있던 다른 이들의 귀에 닿았다.

사람들이 뛰쳐나왔다. 그녀는 새로 페인트칠을 한 배의 난간 너머로 정고와 해안의 고조점 사이에 하나둘 모여든 사람들을 보았다. 그들의 시선은 그녀와 거룻배를 향했다. 잉그리드는 타지에서 온 청년들이 그토록 많이 바뢰이에 머무른 적이 없다는 사실을 떠올렸다. 그들은 모두 일곱 명이었다. 잉그리드는 녹색 안개 속에서 색과 길이는 물론 크기도 서로 다른 그들의 머리를 바라보았다. 숨이 가빠지기 시작했다. 청년들 사이에 서 있던 바브로는 입을 쩍 벌린 채 무기력한 인사를 건네듯 한 손을 허공으로 들어 올렸다. 그날 하늘은 회색빛을 띠었고 바다는 눈 쌓인 산처럼 하얗게 반짝였다.

고통스럽고 무자비한 출산이었지만 그리 오래 지속되지는 않았다. 잉그리드는 바브로가 시키는 대로 거룻배의 가로장 사이에 무릎을 대고 앉았다. 아르네가 옷을 벗어 던지고 바닷물 속으로 뛰어들어 헤엄을 쳐서 뱃전으로 다가왔다. 그간 수천 마리의 물고기 배를 가르고 피를 보아왔던 그였지만 사람의 피를 보는 것은 견디지 못했고, 잉그리드의 창백한 얼굴도 바라보지 못했다. 눈을 질끈 감고 다시 헤엄을 쳐서 뭍에 오른 그는 섬의 남쪽을 향해 마구 달리기 시작했다. 그의 동생들은 영문도 모른 채 그의 뒤를 따랐고, 벤자민과 외르겐도 함께 그들의 뒤를 따라 달리기 시작했다.

바브로와 다니엘은 잉그리드를 배에서 끌어 내려 집으로 데려갔다. 바브로는 탯줄을 잘라 매듭을 지어 피를 멈추었다. 잉그리드는 단 일초도 정신을 잃지 않았다. 아이는 건강했다. 그녀는 아이의 눈을 보아야만 했다.

잉그리드의 의도를 알아차린 바브로는 갓난아기의 눈동자 색은 시간과 함께 변하며, 자신의 색을 찾기까지는 꽤 오랜 시간이 걸린다고 말했다. 잉그리드는 울지 않았다. 우는 것은 좀 더 기다렸다 해도 될 일이라 생각했다. 아이는 여자였고, 카야라고 불릴 것이다. 아이의 얼굴 윤곽을 살펴보던 잉그리드는 명백한 특징을 볼 수 있었다. 아이에게는 러시아인의 피가 흐르고 있었고, 아이의 옅은 눈동자는 사람들의 기억 속에서 사라진 포로 수송선 리겔호에서 숨을 거둔 수천 명의 무고한 사람들의 눈이자, 생명을 잃을 정도로 폭력을 당했던 아버지의 눈이기도 했다. 잉그리드는 그제야 깨달았다. 카야는 바로 리겔의 자식이라는 것을.

15

신은 해안가에 사는 사람들보다 육지의 마을과 도시에 사는 사람들을 더 사랑하는 것이 틀림없다. 신은 오랫동안 섬사람들을 완전히 잊어버렸고, 섬사람들 또한 신을 잊어버렸다. 그들은 가끔 음식을 앞에 놓고 건성으로 성경 몇 줄을 읽거나 커피 한 잔을 앞에 두고 작은 한숨을 내뱉기도 했지만, 마침내 신의 자비로운 눈길이 그들에게 이르면 그들은 한 치의 의심도 없이 신에게 감사의 기도를 올렸다. 잉그리드는 하늘을 향해 원망과 애원의 부르짖음을 보낸 적은 없었다. 하지만 어느 날 갑자기 그녀는 앞을 볼 수 없는 어둠 속에서 한 줄기 빛을 발견하듯 살아가야 하는 의미를 깨달았다. 어둡고 비참했던 과거조차 신의 계획이 아니었을까. 그게 아니라면 앞으로의 삶에는 분명 신의 계획과 돌봄이 있을 것이라는 사실을 깨달았던 것이다. 그 깨달음은 마치 맑은 하늘에서 내려치는 마른번개처럼 갑자기 그녀에게 다가왔다. 그녀는 한시도 눈에서 아이를 떼지 않았다. 잠을 자든 깨어 있든 아이의 소리와 움직임을 놓치지 않았다. 밤낮의 구분도 없었다. 백야의 환한 빛은 가을이 온다는 것을 잊어버리기라도 한 듯 바뢰이섬의 구석구석을 비추어 내렸다.

바브로는 출산을 코앞에 둔 잉그리드가 거룻배를 꺼내 무엇을 하려 했던 것인지 궁금해했다. 잉그리드 자신도 궁금하긴 마찬가지였는지라 이렇다 할 만한 대답을 할 수가 없었다. 바브로는 잉그리드에게 수유하는 법을 가르쳐 주었고, 아이에게 기저귀를 채워 주었다. 바브로의 손이 닿은 기저귀는 잘 흘러내리지 않았기에 잉그리드는 바브로가 하는 대로 가만히 두었다. 야드비가는 바브로가 잘하고 있다는 듯 고개를 끄덕였다. 바브로의 존재는 무시할 수 없이 컸다. 그녀는 매일 야드비가가 권할 때마다 노래를 부르기 시작했다. 아이들은 물론 검고 풍성한 흙으로 뒤덮인 다섯 개의 밭에 심어 놓은 곡식과 풀은 시간과 함께 자랄 것이고, 그녀의 아들은 곧 집으로 돌아올 것이라는 희망 때문이었으리라. 게다가 그녀는 잉그리드의 몫까지 일을 척척 해냈다. 그들은 아이가 한밤중에 소리를 지르고 울어도 불평하지 않았다. 그들의 귓전을 후벼 파는 소리는 바로 미래의 울부짖음이었다.

다니엘은 일을 한 대가를 받아 청년들과 나누었고, 자신의 몫을 더 크게 배정하는 것도 잊지 않았다. 그는 잉그리드가 마지막 남은 오리털을 팔아 마련한 돈으로 구입해 준 수송선에 말과 농기구를 실어 섬을 떠났다. 배를 타고 떠나는 사람과 남은 사람들은 서로에게 손을 흔들었다. 하지만 이별의 슬픔조차 섬에 찾아든 일시적인 평화를 짓누르진 못했다. 이제 남은 걱정거리라곤 핀마르크 삼 형제, 아니, 아르네의 향수와 지나가는 소나기 그리고 가끔 양들이 거니는 목초지에 내려앉는 독수리뿐이었다.

이제 해야 할 일을 시작할 때가 왔다.

그들은 열쇠를 꺼내 들었다. 잉그리드는 어머니가 사용하던 커다란 꽃무늬 스카프로 아이를 업었고, 바브로는 교회에 갈 때에나 입었던 옷이지만 최근에는 시도 때도 없이 입는 옷을 걸쳤다. 그들은 로포텐 창고의 문을 열고 커다란 궤짝 세 개를 햇살 아래로 끌어낸 후 이리저리 살펴보았다. 궤짝들은 너무나 낡아 그 옛날 칠했던 페인트가 부서져 먼지로 변해 있었다.

궤짝 중 하나는 잉그리드의 아버지 것이었고, 다른 하나는 할아버지, 마지막 하나는 증조할아버지의 것이었다. 증조할아버지의 궤짝에는 아버지의 것과 마찬가지로 '한스 바뢰이'를 의미하는 'HB'와 함께 '1831년'이라고 적혀 있었으며, 세 개의 궤짝 중 가장 크고 튼튼했다. 증조할아버지는 너무나 이른 나이에 바다에서 세상을 떠났고, 그의 아들 마틴 바뢰이는 당시 너무나 어렸기에 노를 젓지도 못해 궤짝을 사용할 기회가 없었다.

그들은 아르네와 그의 동생들에게 증조할아버지의 궤짝을 집으로 옮겨 거실에 놓아두라고 말했다. 벤자민과 외르겐은 '마틴 바뢰이, 1864'라고 적혀 있는 궤짝을 옮겼다. 아르네는 그 낡은 궤짝들로 무엇을 하려는지 궁금해했다. 두 개의 로포텐 궤짝은 거실의 손님용 식탁이 있던 자리를 차지했다. 식탁은 이미 벽 쪽으로 옮겨졌고, 의자들은 말 없는 구경꾼처럼 식탁을 빙 둘러쌌다. 그날은 9월의 마지막 날이었다.

청어를 들여올 때가 되자 다시 한번 모든 일손이 멈추었다.

잉그리드는 노동자의 굴레에 얽매인 채 교역소에 서서 생선을

손질하기보다 집에서 직접 청어 염장을 하자고 했다. 아르네와 벤
자민은 그녀의 의견에 동의했다.

그들은 나룻배 두 척을 나누어 타고, 잉그리드가 오리털을 팔았
던 교역소의 책임자에게서 소금과 염장용 나무통을 구입했다. 바
뢰이의 크레인은 일반 크기의 나무통을 들어 올릴 수 없기 때문에
절반 크기의 나무통을 구입해야만 했다. 그들은 가격을 최대한으
로 낮추기 위해 꽤 오랫동안 흥정을 했다. 그날 오후 그들은 잉그
리드가 시키는 대로 몰트홀멘과 룬데셰레 사이에 과거 항상 그랬
듯 반원형으로 후릿그물을 쳤다.

하지만 서쪽과 북쪽 바다에 물고기를 찾아 떼 지어 지나가는 갈
매기 떼와 까치 떼들에도 불구하고, 그물에 걸리는 청어는 한 마
리도 없었다. 일주일이 지나 초승달이 뜨던 날 밤, 마침내 청어 떼
가 그물이 찢어질 만큼 꽉 차 들었다. 그물을 섬으로 끌어오는 동
안 물고기의 반 이상이 그물을 벗어났지만, 그래도 절반 크기의
나무통 열세 개를 채울 만큼의 청어를 수확할 수 있었다. 잉그리
드는 청어의 크기가 꽤 크니 머리를 잘라 내고 손질해도 되겠다
고 말했다.

학교에 가지 않고 집에 머물던 프레드릭 바뢰이는 나무통에 채
워 넣을 소금물을 만들기 위해 물을 길어 왔다. 잉그리드는 선착
장에 우물이 있으면 좋겠다고 생각했다. 바뢰이섬에는 해안에 우
물이 없기 때문에 바다에서 물을 퍼 올려 소금기를 씻어 내야만
했다. 항상 그랬다. 바뢰이에는 모든 것이 있었지만, 가장 중요한
것은 없었다.

그녀는 여전히 카야를 안고 일을 했으며, 곧 등에 돌려 업을 생각이었다. 아이는 잉그리드가 내려놓을 때마다 울었다. 잉그리드와 함께 움직이는 것을 좋아하는 모양이었다.

그들은 더 많은 그물을 쳤고, 나무통과 소금도 더 구입했다. 그날 오후 각각 앞치마를 두르고 바닷가에서 청어 손질을 하고 나무통에 넣은 후 소금을 뿌리던 잉그리드와 수잔은 북쪽에서 들려오는 익숙한 소리를 들었다. 저 멀리 오테르홀멘 쪽에서 검은색 줄무늬의 선박이 미끄러지듯 들어오고 있었다. 그것은 그들이 기다리던 바뢰이 II호가 아니라 살트함메르호였다.

잉그리드는 배가 더 가까이 다가오자 확실히 볼 수 있었다.

그들은 손을 씻고 선착장에 나란히 섰다. 잉그리드는 아이의 체온을 이용해 손을 녹이기 위해 앞치마 속에 손을 넣었고, 아이는 리겔의 눈으로 미소를 지으며 그녀를 올려다보았다.

뱃전에서 익숙한 사람의 모습을 발견한 수잔은 손을 입에 가져가 제자리에서 깡충깡충 뛰며 소리를 질렀다. 반면 잉그리드는 손가락 하나 까딱하지 않고 가만히 서서 라스가 뱃전에서 계류용 밧줄을 던지는 모습을 지켜보았다. 헬메르는 밧줄의 고리를 계류용 말뚝에 걸었고, 외르겐은 배 후미의 밧줄을 받아들었다.

"누군가 했더니, 너였구나." 잉그리드는 배를 내려다보며 말했다.

대답도 없이 갑판으로 내려간 라스는 한창의 나이였지만 희끗희끗한 백발의 머리를 보였다. 그는 잉그리드가 기억하는 것보다 훨씬 뻣뻣하고 통통했지만 움직임은 여전히 재빠르고 유연했다. 그가 창을 내린 조타실 앞에 서자, 마그누스 만비크가 고개를 쑥 내밀고 재빨리 잉그리드를 향해 시선을 던졌다. 잉그리드는 그에게 고개를 까딱하며 인사를 건넸다. 라스가 무슨 말을 하자 그는 조타실 안으로 사라졌고, 잠시 후 배의 엔진이 멈추었다.

라스는 뱃머리의 해치를 열고 아래쪽의 객실을 향해 소리쳤다. 똑같은 원피스와 재킷, 심지어 똑같은 스타킹을 신은 어린 소녀 두 명이 뛰어나왔다. 키와 머리모양까지 똑같은 그들은 라스가 무슨 말을 하자, 선착장 위에서 미소를 지으며 손을 흔드는 잉그리드와 수잔을 동시에 올려다보았다. 그들의 뒤를 따라 라스보다 조금 더 키가 큰 여인이 모습을 드러냈다. 검은 머리에 검은색 옷을 입은 그녀는 햇살을 받아 비단처럼 반짝이는 흰색과 노란색의 스카프를 머리에 두르고 있었다. 이어서 창고 쪽에서 어린 소년 두 명이 모습을 드러냈다. 잉그리드는 올레를 알아보았고, 그 옆에 있는 여덟 살 또는 아홉 살 정도로 보이는 소년은 라스의 아들 한스라고 짐작했다. 그녀는 옷 속에서 손을 꺼내 다시 손을 흔들었지만, 아이는 손을 흔들어 주지 않았다.

"펠릭스는 어디 있어?" 수잔이 소리쳤다.

"바다에 있어. 고기를 잡는 중이야." 라스가 대답했다.

그는 객실 문을 열며 마침 갑판으로 내려온 마그누스에게 옆 객실 문을 열어 달라고 부탁했다. 잉그리드는 그들이 어떤 크레인을 사용해야 할지 대화를 주고받으며 웃는 모습을 지켜보았다. 마그누스가 엔진에 시동을 걸자, 객실에서 한 여인과 소년 한 명이 나왔다. 여인은 빨간 치마와 목깃을 접은 더 짙은 색의 빨간 양모 재 킷을 입고 있었으며 머리에는 역시 스카프를 두르고 있었다. 두 여인이 갑판에 서서 주위를 둘러보았다. 검은색 옷을 입은 여인은 크레인을 사용해 갑판 아래 객실에서 짐을 올리는 마그누스에게 서랍이 달린 책상에 조금이라도 흠이 생기면 안 된다고 참견했다. 라스가 갑판에 올려진 책상을 선착장의 크레인을 사용해 뭍으로 옮기기 시작하자 수잔이 소리를 질렀다.

"어느 바다를 말하는 거야?"

라스는 책상에서 눈을 떼지 않은 채 토르 이베르센 지역이라고 대답하며, 크레인을 이용해 잉그리드의 발 앞에 책상을 조심스레 내려놓았다. 잉그리드는 아버지가 언젠가 충동적으로 구입했던 값비싼 서랍장처럼 고급스러운 책상을 보며 그들이 바뢰이에 눌 러살기 위해 되돌아왔다는 것을 깨달았다.

그녀는 크레인의 밧줄을 풀어 다시 배 위에 있는 라스에게 내 려 주었다. 뒤를 이어 궤짝과 포대, 침대와 매트리스, 의자와 식탁 등 손님용 거실 두 개, 침실 여섯 개, 부엌 두 개를 꽉 채울 만큼의 물건과 가구들이 뭍으로 올라와 선착장을 채웠다. 잠시 후 검은 색 옷차림의 여인이 선착장에 올라와 방수 재킷을 벗어 책상 위 에 올려놓고 펠릭스의 아내 한나라고 자신을 소개하며 무릎을 굽 혀 인사했다.

잉그리드는 과거 핀마르크 여인들과 마찬가지로 그녀가 옷 속 에 갓난아이를 감추어 안고 있다는 것을 알아차렸다. 세상에 태어 난 지 한 달밖에 안 된, 펠릭스와 그녀의 사이에서 태어난 세 번째 아이인 오스카였다. 갓난아기에게 손을 가져가던 수잔은 쌍둥이 소녀들도 펠릭스의 자식, 즉 자신의 조카라는 것을 알게 되었다. 그녀는 무릎을 굽혀 조카들이 뭍으로 올라올 수 있도록 도와주며, 도시에서 사용하던 표준어로 그들의 곱슬머리와 옷이 예쁘다고 칭찬했다. 그들의 손을 잡으며 자신을 소개한 수잔은 마침 바닷물을 길어오기 위해 무덤덤한 표정으로 내려오던 프레드릭을 소리쳐 불렀다. 청어 염장을 위한 소금물은 여전히 세 통이나 부족한 상태였다.

한나는 잉그리드의 숙모 헬가와 비슷했다. 항상 심각하고 진지하며 깊은 신앙심을 지니고 있었지만, 내면은 너무나 약해 조그만 일에도 깊은 슬픔에 잠겨 흔들렸던 사람. 어쩐 일인지 잉그리드는 한나를 보며 마음이 안정되는 것을 느꼈다.

그들은 펠릭스가 바뢰이 II호를 이용해 성탄절 전에 이곳에 도착할 예정이며, 해가 바뀌자마자 다시 로포텐으로 올라가 다시 고기를 잡을 것이라고 했다.

잉그리드는 뭍으로 올라온 마그누스에게 아이를 보여 주었다. 그의 궁금증을 풀어 주는 동시에 그와는 관계없는 일이라는 것을 알려 주고 싶었기 때문이었다.

예의를 갖춘 그의 나직한 말에 짜증이 날 정도로 얼굴이 붉어진 것을 깨달은 잉그리드는 얼른 다른 여인을 향해 몸을 돌렸다. 셀마라고 자신을 소개한 여인은 라스의 부인이었다. 라스와 비슷할 정도로 키가 작았지만 호리호리하고 생기가 넘쳤으며 풍성한 금발을 지닌 그녀가 잉그리드를 향해 손을 내밀어 악수를 청한 후,

두 아들에게도 잉그리드에게 인사를 하라고 등을 떠밀었다. 한스는 아홉 살, 마틴은 다섯 살이었다. 잉그리드는 마침내 바뢰이에 다시 한스와 마틴이 살게 되어서 기쁘다고 말하며 눈물이 나는 것을 억지로 참았다.

반면 바브로는 눈물을 멈추지 않았다. 부엌에서 빵을 굽던 그녀는 살트함메르호의 소리가 그녀의 예민한 귓전에 닿자마자 팔과 얼굴, 머리카락에 묻은 밀가루를 털어 내지도 않고 밖으로 달려 나왔다. 배 위에서 물건을 옮기기 위해 분주하게 움직이는 아들을 내려다보았지만, 아들은 그녀에게 눈도 돌리지 않았다. 그녀는 눈물 사이로 아들의 이름을 소리쳐 불렀다. 그는 거대한 갈색 안락의자가 그녀의 머리 위에서 흔들거리며 선착장의 식탁 옆에 소리 없이 내려앉았을 때 마침내 말문을 열었다.

"부끄럽지도 않아요, 어머니?"

9년 동안 아들을 한 번도 못 봤던 그녀는 배 안이 텅 빌 때까지 참을성 있게 기다렸다. 배에는 가구뿐 아니라 밀가루, 설탕, 당근 세 포대가 있었고, 잉그리드가 전쟁 이후에는 한 번도 보지 못했던 소시지, 심지어는 소금에 절인 돼지고기 등 섬사람들이 관심을 가질 만한 물건들이 꽤 많았다.

마침내 라스가 선착장으로 올라왔다. 바브로는 말없이 그의 옆으로 다가갔다. 그는 잉그리드에게 말하지 않으려 했지만 어쩔 수 없다며 짜증스럽게 입을 열었다. 편지에는 그들이 머물 집을 다 지어 놓았다고 했는데, 막상 도착해 보니 카르비카에 이제 막 공사를 시작한 집과 쓰러져 가는 정고밖에 없어 실망했다고 했다.

어린 시절 사촌과의 위협과 안정감이 공존했던 이중적 관계를 떠올린 잉그리드는 웃음을 터뜨리며 그 편지는 자신이 쓴 것이 아니라고 말했다.

"뭐?"

"그 편지는 수잔과 네 어머니가 쓴 거야."

"펠릭스는 그런 말을 안 하던데."

"그도 집에 돌아오고 싶었나 보지."

안락의자에 앉은 라스는 몸이 푹 파묻히자 자신의 몸에 비해 의자가 너무 크다고 생각했는지 재빨리 몸을 일으켰다. 뒤를 이어 그 자리에 앉은 마그누스는 집이 다 지어질 때까지 선착장에 가구들을 늘어놓고 사는 수밖에 없겠다고 말했다. 농담으로 한 말이었지만 한나와 셸마는 눈빛을 교환했고, 쌍둥이 아이들은 앞으로 그들은 어디에서 살아야 하는지 물었다.

"우리 집에서 함께 살면 돼." 잉그리드는 쌍둥이를 안심시킨 후, 아르네에게 청년들을 데리고 자기를 따라오라고 말했다.

집 안에 들어선 그녀는 오븐에서 다 타 버린 빵 세 개를 꺼내 그을린 자국을 긁어내고 식탁 위에 올려놓은 후, 창문을 열어 환기를 시킨 후 외르겐에게 손수레를 가져오라고 했다. 두 사람은 궤짝 두 개를 한 번에 한 개씩 손수레에 싣고 선착장으로 내려갔다. 궤짝 안에는 스카르스보그 형제들의 옷과 부엌 용품들 그리고 잉그리드가 그들을 위해 따로 마련해 두었던 갖가지 장비와 연장들이 들어 있었다. 벤자민과 외르겐을 위한 궤짝에는 옷가지만 넣었다. 그 외에도 그들은 축사에 있던 러그와 양가죽 여덟 개, 담요와 침대보, 독일군의 대포 지지대에 사용되었던 타이어를 떼어 내 만든 새 장화도 얻었다.

그녀는 배에 있던 올레에게 적재 리프트를 올리라고 소리쳤다.

마그누스는 여전히 안락의자에 앉아 잉그리드에게 뭘 하느냐고 물었다. 식탁 위에는 독주 한 병과 작은 술잔들이 반원형으로 자리 잡았고, 사람들은 마치 레스토랑에서 주문한 음식을 기다리듯 식탁 주위에 둘러앉았다. 잉그리드는 마그누스에게 북쪽으로 가는 여섯 명의 승객이 있으니 데려가라고 말했다.

"그게 누군가요?" 마그누스가 자리에서 일어나며 물었다.

"모두 당신이 아는 사람이에요."

그는 곧 항해를 같이할 젊은 청년들에게 회의적인 눈길을 던졌으나, 외르겐을 발견하고선 미소를 지으며 그의 손을 잡았고 벤자민에게 고개를 한 번 끄덕여 주었다. 스카르스보그 형제들에게는 한 번의 고개 끄덕임으로 인사를 대신했다.

"난 남쪽으로 갈 건데요."

"그렇다면 그들을 가까운 도시의 항구에 내려 주세요. 그들은 북쪽으로 갈 예정이니까." 잉그리드가 말했다.

그는 양손을 허리에 짚고 아랫입술을 질근질근 깨물며 배 안에 있던 올레를 내려다보았다. 올레는 의아한 표정으로 마그누스를 올려다보더니 잠시 후 알았다는 듯 고개를 끄덕였다. 올레는 리프트를 다시 선착장으로 올렸다.

"언젠가 당신이 내게 뚱보아줌마라고 말했던 걸 기억하나요?" 증조할아버지의 궤짝이 리프트에 실려 허공으로 올라가는 것을 보며 잉그리드가 말문을 열었다.

"물론 기억하죠. 그리고 그땐 진심이었답니다." 마그누스가 말했다.

두 사람은 미소를 지었다.

라스는 아들과 함께 평소 물을 긷는 양동이가 자리하던 돌무덤 사이에 모닥불을 피웠다. 바람 없는 화창한 날이었기에 모닥불을 피우기는 어렵지 않았다. 그는 아르네가 사용하던 망치를 가져와 소시지가 들어 있던 양철통 아래쪽에 구멍을 낸 후 불 위에 올려놓았다. 잉그리드는 그가 어렸을 때 추운 날씨에도 불구하고 밖에서 일을 하지 않으면 몸이 근질근질하다며 바로 그 자리에 모닥불을 피웠던 기억을 떠올렸다. 불을 피운 그는 아들들을 바브로 앞으로 떠밀며 할머니에게 인사를 하라고 말한 후, 재빨리 몸을 돌려 술병의 뚜껑을 열고 술 한 잔을 따라 잉그리드에게 건네주었다.

술을 한 모금 마신 잉그리드는 그가 아직 입 밖에 내지 않은 질문에 거의 그렇다고 대답할 뻔했다. 이제 바뢰이의 책임자는 그라고. 그는 술 한 잔을 더 따라 어머니에게 건네주었으나, 떨리는 손을 주체하지 못한 바브로는 서둘러 잔을 식탁 위에 내려놓고 손자들의 머리 위에 각각 한 손을 얹으며 아들에게 그 추한 안락의자는 누구 것이냐고 물었다.

"어머니에게 드리려고 가져온 거예요." 라스는 등을 돌린 채 술을 따르며 말했다.

잉그리드는 섬에 막 도착한 여인들과 함께 집 안으로 들어가 침실을 보여 주었다. 남쪽 방에는 한나와 갓난아기 그리고 어린 소녀들이 사용하고, 할아버지의 방은 셀마가, 라스와 그의 아들들은 스웨덴 선착장에 방금 손질을 끝낸 작은 부속 건물을 사용하면 된다고 말했다. 수잔은 프레드릭이 사용해 왔던 잉그리드의 어릴 적 방으로 옮겨 가야만 했다.

그들은 바브로가 구운 빵 여섯 개를 잘라 라스 일행이 가져온 버터와 잼, 유당(乳糖) 등과 함께 나무 상자에 넣었다. 셀마는 부엌 흔들의자에 앉아 자고 있는 노부인이 누구냐고 물었다.

"야드비가라고 해요." 잉그리드가 대답했다.

어둠이 깔리자 소나기가 내렸다. 새 선착장의 울타리 문이 열렸고, 모닥불의 불빛은 마치 레스토랑처럼 식탁 위에 식탁보를 깔고 그 주위에 모여 앉아 먹고 마시며 대화를 나누는 사람들 옆에서 춤을 추듯 흔들렸다. 그곳은 마치 두 개의 부엌과 두 개의 식료품 저장실, 네 개의 침실을 붙여 놓은 파티장처럼 보이기도 했다. 기다란 식탁의 한쪽 끝에 앉아 손자 한 명씩 양팔로 안은 바브로는 그들에게 무슨 말을 해야 할지 알 수 없어 그들의 접시 위에 말없이 소시지를 놓아두고 빵에 버터를 발라 주었다. 아이들은 손으로 음식을 집어 먹었다. 그녀는 아이들에게 유당도 좋아하는지 물어보는 게 좋을까 머뭇거렸다.

마그누스와 라스는 올레와 그 일행들과 함께 식탁의 다른 쪽 끝에 앉아 고래사냥에 관해 대화를 나누었다. 라스는 바렌츠해와 베스트피오르의 백야 아래서 고래 사냥에 참여하는 것을 고려하는 듯했다. 그렇게 하면 환한 여름밤에 들썩거리는 몸을 주체하지 못

해 뜬눈으로 밤을 새우는 일을 피할 수 있을 테니까. 마그누스가
그에게 농사를 지어야 하지 않냐고 묻자, 라스는 농사일은 전통적
으로 여자들이 해 왔다고 말했다.

살트함메르호에 짐을 옮겨 놓고 돌아온 핀마르크 청년들이 자
리를 잡고 앉았다. 그들은 함께 북쪽으로 갈 수 있는 방법을 의논
했다. 메하픈과 스카르스보그는 그리 멀지 않지만, 외르겐과 벤자
민은 수용소에서 그들을 기다리는 가족들이 있기에 쉽지 않을 것
같았다. 게다가 그들은 소식이 끊긴 야드비가의 아들들을 수소문
해서 찾으려는 계획도 가지고 있었다. 그들의 대화는 곧 쉽사리 떨
쳐낼 수 없는 침묵 속으로 부서져 내렸다.

조카들과 함께 앉아 있던 수잔은 그들의 아버지에 관해 이야기
를 늘어놓기도 하고 물어보기도 했다. 그들의 양옆에는 각각 셀마
와 한나가 앉아 나이프와 포크를 사용해 음식을 먹고 우유를 마
셨다. 셀마는 가끔 독주를 한 모금씩 들이키기도 했다. 자리에 가
만히 앉아 있지 못하고 식탁 주위를 돌아다니며 사람들의 이야기
에 귀를 기울이던 프레드릭이 갑작스러운 라스의 외침에 깜짝 놀
라 발을 멈추었다.

"아니, 도대체 이게 무슨 일이야?"

그의 술잔에 물이 떨어지고 있었다. "지붕이 새는 걸까?"

모두 천장을 향해 고개를 들었다. 식탁 위로 상체를 쑥 내민 아
르네가 얼마 전에 지붕을 수리했지만 슬레이트 판자가 모자라는
바람에 미처 마무리를 하지 못했다고 말했다.

모두들 천장의 거뭇거뭇한 구멍을 쳐다보았다. 물방울은 바로

거기에서 떨어지고 있었다. 라스가 자리에서 일어나 양손을 휘젓자, 모두들 일제히 일어나 식탁을 북쪽으로 약 1미터 옮긴 후 다시 자리에 앉았다. 라스는 물이 떨어지는 곳에 소시지가 들어 있던 빈 양철통을 놓아두었다. 양철통에 물이 차오르자 똑똑 떨어지는 물방울 소리도 사라졌다. 프레드릭이 최근에 익힌 바뢰이 사투리를 사용해 질문을 던졌다.

"잉그리드는 어디에 있나요?"

그곳에서 볼 수 없었던 사람은 잉그리드뿐이었다. 그녀는 북쪽 방에 누워 아이에게 수유를 하고 있었다. 카야가 잠들자 그녀는 젖은 창을 통해 스며드는 희미한 백야의 햇살이 아이의 얼굴에 닿을 수 있도록 아이를 돌려놓았다. 시간은 멈출 수도 있고 모든 것은 사라질 수도 있다. 잉그리드는 넬비를 잊으려 애썼다.

16

바브로와 한나는 핀마르크 청년들이 떠나는 날에도 함께 빵을 구
웠다. 살트함메르호는 그간 마을의 교역소에 두 번이나 청어를 배
달했고, 라스가 레이네의 집을 판 돈으로 구입한 건축 자재와 땔
감을 실어 왔다. 잉그리드가 지난여름에 땔감을 마련할 시간을 얻
지 못했기 때문이었다. 마그누스 만비크는 바뢰이에 머물며 섬에
익숙해진 것 같았다. 특히 카르비카에 지어 올린 집을 보며 크게
칭찬을 늘어놓았다. 잉그리드는 그들과 시간을 보내는 일이 드물
었다.

청년들이 섬을 떠나는 날, 그녀는 마그누스의 손을 잡고 그간의
도움에 고맙다며 진심 어린 마음을 전했다. 다시 뚱보아줌마라고
그녀를 놀리고 싶었던 그는 얼른 생각을 바꾸어 미소를 지어 보였
지만, 그 미소는 어색하기만 했다.

잉그리드는 아르네와 악수를 나누었고, 스베레에게는 포옹을
건넸으며, 포옹을 거부하는 헬메르에게는 앞으로 많이 보고 싶
을 것 같다고 말했다. 야드비가는 거대한 안락의자와 함께 리프
트에 실린 채 배에 올랐다. 바브로가 안락의자를 마음에 들어 하
지 않았기 때문이었다. 마그누스는 좌현 창을 내리고 고개를 쑥

내밀었다.

"날씨가 좋아서 다행이에요."

살트함메르호는 엔진 소리와 함께 바다 위를 미끄러지듯 움직였다.

배에 타고 있던 사람들은 손을 흔들지 않았다. 단지 야드비가만한 손을 살짝 들어 올렸을 뿐. 반면 섬에 남아 있던 사람들은 프레드릭만 빼고 모두 손을 들어 흔들었다. 새로운 섬 주민이 된 어린한스 바뢰이는 눈물을 찔끔찔끔 짜는 프레드릭을 보며 코웃음을쳤다. 셀마와 수잔은 한스를 꾸짖으며 도움을 요청하듯 아이의 아버지를 바라보았다. 라스는 한스와 프레드릭이 학교도 함께 다녀야 하고, 집 짓는 일에도 함께 손을 보태야 하니 친하게 지낼 수 있기를 바란다고 말했다.

한스는 아버지의 말에 비웃듯 코웃음을 치며 사람들이 차라리듣지 않았으면 더 좋았을 말을 내뱉었다. 라스는 아이의 뺨을 때렸고, 아이는 울기 시작했다. 그 광경을 지켜본 프레드릭은 눈물사이로 미소를 지었다.

잠시 후 그들은 함께 집으로 올라갔다.

잉그리드와 나란히 걷던 라스는 앞일이 걱정이라고 말했다.

잉그리드는 아이들이 곧 친하게 지낼 수 있을 것이라며 그를 안심시켰다.

라스는 프레드릭 때문이 아니라 핀마르크 청년들 때문에 걱정이 된다고 했다.

잉그리드는 생각에 잠겼다. 문득 라스와는 달리 자신이 무언가 간과하고 지나친 것이 있다는 오래되고 익숙한 느낌이 스쳤다. 그녀는 지금껏 밭일에 관해 아무 언급도 하지 않은 라스에게 어떻게 생각하냐고 물었다. 그는 그간 잉그리드 일행이 갈아 놓은 밭 상태가 매우 좋아 보인다며 감탄할 정도라고 칭찬했고, 내년에는 소를 한 마리 키워 보는 건 어떻겠느냐 물었다. 그녀는 적어도 두 마리는 있어야 할 것이라 말했다. 그는 그때 가서 결정하자고 대답했다.

라스가 바뢰이에 돌아온 후부터 섬에는 우유수송선이 들어오기 시작했다. 그 배는 우유 대신 갖가지 자재와 물건을 가져 들어왔고, 청어를 뭍으로 내어가기도 했다. 바뢰이에선 절반 크기의 나무통에서 벗어나 큰 나무통을 사용한 지 꽤 되었다. 바다에서 잡히는 물고기의 양도 한 달 내내 만족할 만한 수준이었다. 우유수송선은 펠릭스가 보낸 전보도 가져왔고, 11월 말 어느 날에는 잉그리드 앞으로 온 편지도 세 통이나 배달해 주었다.

그날의 날씨는 최악이었다. 잉그리드와 카야 그리고 세 통의 편지는 그들이 집 안으로 들어오기도 전에 흠뻑 젖어 버렸다.

에바 소피에는 병원 구급차 운전사와 약혼했다고 전했다. 그녀는 과거 잉그리드를 실어 나른 사람도 바로 그였다면서, 그를 기억하냐고 물었다. 다가오는 봄에 출산 예정인 에바 소피에는 현재 매우 행복하게 지내고 있으며, 약혼자는 그녀의 집 여기저기를 수리하느라 바쁘다고 했다. 그럼에도 그녀는 현재의 행복과 평화에 완전히 안주할 수 없다고 덧붙였다. 머릿속에서 잉그리드의 생각을 지울 수 없기 때문이라고 했다. 바로 그 때문에 편안하게 지낼 수 없다고……

잉그리드는 미소를 지으며 젖은 편지를 말리기 위해 스토브 위에 얹어 놓았다.

에릭 팔크 요한네센의 편지에는 새로운 시간을 맞아 달라진 병원 이야기가 주를 이루었지만, 그 역시 머릿속에서 잉그리드의 생각을 지울 수 없다고 했다. 잉그리드는 두 번이나 자신을 친자식처럼 생각하며 함께 있을 때 길들이지 못했던 것이 후회된다고 적은 그의 미묘하고 애매한 말투에 크게 신경이 쓰였다. 두 번이나 반복해서 그의 편지를 읽은 그녀는 불쾌감을 떨치지 못했고, 결국은 편지를 난롯불 속에 집어넣어 태워 버렸다.

하지만 그녀는 편지에 동봉된 사진은 태우지 않았다. 사진 속 사과 과수원을 배경으로 로코코 양식의 의자에 나란히 앉아 있는 잉그리드와 에릭 팔크는 눈에 보이지 않는 한 점을 뚫어지게 응시하고 있었다. 비록 두 사람은 평소의 모습과 많이 다르긴 했지만, 누구인지 알아보는 것은 그다지 어렵지 않았다.

그녀는 사진을 부엌으로 가져가 다른 이들에게 보여 주었다. 수잔은 입가에 묻은 물을 손등으로 닦으며 사진을 자세히 들여다보았다. 남자가 참 잘생겼다며, 그가 누군지 궁금해했다. 셀마는 잉그리드가 매우 어려 보인다고 했고, 한나는 잉그리드가 겁에 질린 것 같다고 했으며, 바브로는 사진 속의 여인은 물론 그 옆의 남자도 누구인지 모르겠다고 말했다.

젖은 사진을 말리던 잉그리드는 언젠가 카야와 함께 시내에 가서 사진을 찍어야겠다고 마음먹었다. 어머니와 딸의 사진. 누군가에게 보내도 되지 않을까. 하지만 그건 급한 일이 아니었다. 아이는 날이 갈수록 점점 더 예뻐지고 있었으니까. 그녀는 한나에게 사진을 찍으려면 돈이 얼마나 드는지 물었다.

"굉장히 비싸요."

세 번째 편지는 아르네에게서 온 것이었다.

어느 이상한 날 저녁, 잉그리드는 대문 앞 계단에 홀로 우두커니 서 있었다. 이상했던 점은 그 시간이 저녁이었으나 한낮처럼 밝다는 것이었다. 그녀는 섬으로 들어온 우유수송선에서 학교 수업을 마치고 돌아오는 프레드릭과 한스가 내리는 것을 보았다. 그날은 토요일이었다. 그녀는 평상시와 다르게 아이들을 맞으러 선착장으로 내려가지 않고, 앞서거니 뒤서거니 하며 집으로 뛰어오는 아이들을 가만히 바라보기만 했다. 정고 부근에서 사람의 그림자가 어른거렸다. 라스였다.

잉그리드는 아이들에게 학교에서 잘 지냈냐고 물으면서 대답을 기다리지 않고 양들을 정고 안으로 몰고 가는 라스에게 다가가 물었다. "왜 양들을 정고 안에 넣으려고 하는 거야?"

그가 잉그리드와 아이들을 빤히 바라보더니 마치 그가 하는 일이 카야와 관계가 있다는 듯 카야의 뺨을 어루만졌다.

잉그리드는 아르네가 보낸 편지를 그에게 건네주었다.

"그들에게 돈을 줬던 거야?" 편지를 읽은 라스가 잉그리드에게 물었다.

잉그리드는 그렇다고 대답하며, 말름베르게트 목사가 건네주었던 돈주머니를 아르네의 궤짝 속에 몰래 넣어 두었다고 덧붙였다. 그 궤짝은 '한스 바뢰이, 1831년'이라고 적혀 있던 것이었고, 아르네는 편지에서 몇 번이나 고맙다는 말을 되풀이했다.

"내가 뭐라고 했어?" 라스가 말했다.

잉그리드는 어깨만 으쓱 추켜 보일 뿐 아무런 대꾸도 하지 않았다.

아르네의 편지에 의하면 형제들은 고향 마을에 무사히 도착했으나 예상했던 바와 마찬가지로 마을은 이전의 모습을 알아볼 수 없을 정도로 황폐해져 있었다고 했다. 그들은 혼닝스보그의 임시 건물과 함메르페스트의 임시 건물을 거쳐 현재는 트롬쇠의 수녀들이 운영하는 시설에서 거주하고 있었다. 그것이 가능했던 이유는 수녀들의 친절함과 잉그리드가 준 돈 때문이었다. 그들은 현재 그럭저럭 지내긴 하지만 봄이 올 때까지 무엇을 해야 할지 모르겠다고 했다.

라스는 편지를 마구 흔들며 소리쳤다.

"그래서 하고 싶은 말이 뭐야?"

"겨울 바다에서 고기를 잡으려면 일손이 더 필요하지 않겠어?" 잉그리드가 말했다.

라스는 한참 동안 잉그리드를 빤히 바라보았다.

"난 벌써 선원을 구해 놓았어."

"바꾸면 되잖아."

"이 편지를 보낸 청년과?"

잉그리드는 대답할 필요를 느끼지 못했다. 라스가 말을 이었다.

"선상 낚시용 줄에 미끼를 낄 수도 있을까?"

"바닷일에 경험이 없지 않아."

"우린 먼바다로 나갈 텐데. 환경이 그리 좋지도 않고."

"아르네는 낚시를 할 줄 아니까 문제없을 거야. 동생들은 미끼 작업을 하면 될 테고."

라스는 곰곰이 생각하더니 무덤덤한 표정으로 잉그리드에게 당장 편지를 보내라고 말했다. 그들에게 로포텐으로 가서 레이네의 콘라드 하르트비그센 공장의 책임자에게 성탄절까지 라스 바뢰이의 해안 오두막에서 지낼 예정이라고 말하면 된다고 했다. 라스와 펠릭스는 1월 초에 그곳으로 갈 예정이라고 덧붙였다.

잉그리드는 긴 속눈썹을 깜박깜박 움직이는 카야를 내려다보았다. 그녀는 라스에게 미처 고맙다는 말도 하지 못한 채 정고 안을 둘러보며 같은 질문을 되풀이했다. 왜 그가 양들을 정고 안으로 몰아넣었는지.

"눈이 멀었어?"

라스가 말했다. 그리고 등을 돌려 어둠 속으로 성큼성큼 걸어나가 카르비카로 향하는 작은 샛길을 걷기 시작했다. 보아하니 그는 매우 바쁜 것 같았다.

잉그리드는 그의 뒤를 따라 달리다가 마치 보이지 않는 손에 등덜미를 잡힌 듯 갑자기 제자리에 서서 주위를 둘러보았다. 섬이 한눈에 들어왔다. 대문이 열리고 아이들 세 명이 각자 빵 한 조각씩을 손에 들고 뛰쳐나왔다. 라스를 본 아이들은 그를 막아서

기 위해 지름길인 언덕 위로 달렸다. 지붕 위의 굴뚝에서는 하얀 연기가 모락모락 피어올랐고, 막 대문 밖으로 나온 바브로는 사방으로 회의적인 시선을 던진 후 널찍한 침묵 속에 걸려 있던 옷가지들을 빨랫줄에서 걷어 냈다. 부엌 창이 열리고 한나의 얼굴이 나타났다. 그녀는 바브로를 향해 무슨 말인가를 큰 소리로 외쳤고, 바브로는 등을 돌려 대답했지만, 그것은 언뜻 질문처럼 들리기도 했다. 하나도 아닌 두 개의 질문. 잉그리드는 마치 꿈을 꾸듯 그 모든 것을 지켜보았다. 섬에는 그해 첫 겨울 폭풍이 다가오고 있었다.

하얀 바다

초판 1쇄 발행 | 2024년 11월 22일

지은이 | 로이 야콥센
옮긴이 | 손화수
펴낸이 | 이정헌
편집 | 이정헌
교정 | 허유진

펴낸곳 | 도서출판 잔
출판등록 | 2017년 3월 22일 · 제409-251002017000113호
주소 | 경기도 김포시 김포한강3로 432 502호
팩스 | 070-7611-2413
전자우편 | zhanpublishing@gmail.com
웹사이트 | www.zhanpublishing.com

표지 그림 | 이고은 | www.leegoeun.com
디자인 | DNDD | www.dndd.com
인쇄 | 공간코퍼레이션

ISBN | 979-11-90234-28-3 03850

본 도서는 NORLA(Norwegian Literature Abroad)의 후원을 받아 출간되었습니다.